本书受教育部人文社会科学研究规划基金项目"现代英国女性小说家文学地图及其殖民思想研究"（项目编号：18YJAZH073）资助。

本书受合肥师范学院学术著作出版基金资助。

现代英国女性小说家

文学绘图研究

沈洁玉 著

吉林文史出版社

图书在版编目（CIP）数据

现代英国女性小说家文学绘图研究 ／ 沈洁玉著
. —长春：吉林文史出版社，2023.7
ISBN 978-7-5472-9594-6

Ⅰ．①现… Ⅱ．①沈… Ⅲ．①小说研究－英国－现代
Ⅳ．① I561.074

中国国家版本馆 CIP 数据核字（2023）第 141251 号

现代英国女性小说家文学绘图研究
XIANDAI YINGGUO NÜXING XIAOSHUOJIA WENXUE HUITU YANJIU

出 版 人	张　强
著　　者	沈洁玉
责任编辑	杨　卓
出版发行	吉林文史出版社
地　　址	长春市福祉大路 5788 号
印　　刷	三河市龙大印装有限公司
开　　本	787mm×1092mm　　1/16
印　　张	12
字　　数	190 千
版　　次	2023 年 7 月第 1 版
印　　次	2023 年 8 月第 1 次印刷
书　　号	ISBN 978-7-5472-9594-6
定　　价	58.00 元

目　　录

引　言

　　地图是行之有效的分析工具，可以帮助研究者重新审视现实世界，甚至为他们提供全新的世界观。

——克里斯托弗·博德

　　在二十世纪六十年代末、七十年代初，随着空间理论的发展，文学批评的空间转向也催生了空间元素在文学创作与评析中的重要地位。列斐伏尔、福柯、爱德华·索亚等一大批学者以各自的空间理论掀起了一场重新理解、阐释空间的思想潮流。其中，弗雷德里·克詹姆逊的"认知图绘"理论是一种把空间问题作为核心问题的认知美学，他认为只有通过认知图绘，主体才能在现代社会中定位自己，重拾精神家园，并正确地评价周围的世界，获得重新行动的能力。基于此，美国德克萨斯州立大学的罗伯特·泰利教授进一步发展了他的学说，提出了文学地图学批评理论。它借用了"地图"的概念，隐喻地指出文学文本的叙事架构，尤其是当我们考量它的所有空间元素时，就宛如一幅地图，它既含有对构成文本地理背景的街道、楼宇、地标、行走路线等地理元素的布局，也承载了作家在规划和呈现这些元素时的构思及其背后的深层动机。在泰利的文学地图学理论中，"地图"的概念既包含了文本中所真实出现的一些城市或局部的图片，同时也涵盖文本中描述地理状况及活动路线的文字性质的"地图"。而作家用文字记录及描述一系列地理元素的行为就被喻指为"文学绘图"。在文学地图学看来，所有文本都是各种形式的文学绘图的结果。其中，绘制的空间不仅包括地形地貌、建筑地标，以及道路和活动路线，还包括主体自己和他（她）

所在的共同体。因此，精确的街道、山峰或河流并不是作家进行文学绘图最重要的方面，更重要的是他（她）塑造的整个世界或使整个世界变得更有意义的方式。因此，用"文学绘图"这个术语可以讨论作家的写作实践：他们以比喻的方式表征叙事或文本中的社会空间，以及个体或集体主体与更大的空间、社会、文化整体之间的关系。

可以说文学绘图是一种类似绘制地图的"制图"行为，但绝不仅仅是用图解方式或文字描述去所谓忠实地再现"真实世界"，它是一切叙事工程的一部分。在很多方面，讲故事就像绘制地图，反之亦然。罗伯特·泰利在其专著《空间性》中论述道，"如绘图者一样，作家需要勘测土地，决定作为目标地域的哪些特征要被包括，被强调，或者被减少……讲故事的行为也就是一个产生地图的过程"。[①]

本研究以现代英国女性小说家弗吉尼亚·伍尔夫、琼·里斯、多丽丝·莱辛及扎迪·史密斯的文学绘图为研究对象，运用文学地图学理论解读文本，将其中的语言地图（作家用语言描述的地理环境及路线）、言语地图（作家的叙事行为所再现的社会状态和人类的生存状态）和人物的认知地图（主体对外界物理环境及人文环境的认知与反馈）进行还原，从而在地图的界面上揭示她们潜在的复杂的意识形态及其相互间的关联。

在本书中，"地图"的概念既是研究的视角，也是研究对象和问题域的核心之一。运用地图的认知模型与绘图的操作范式本研究将作家文本中的空间与地方元素提取出来，关注它们的定位、大小和形状，并在此基础上总结出每位作家文学绘图的特征，包括地图表征及其所隐含的绘制者的思想意识。通过纵向探究和横向对比进一步揭示二十世纪英国几位女作家所绘制的一幅幅文学地图中所存在的互文特征，从而整理出作家的创作思想流变。

可以显见，文学地图学视域下的小说研究是在文学批评中植入地理学科的知识与概念，如空间、地方、地图、绘图等，呈现出文学批评的跨学科格局。同时，

---

① Robert Tally Jr. Spatiality[M]. New York: Routledge, 2013: 45.

使用不完全同于空间批评的一些地图知识，可以使文学批评的手段变得更为直观、形象，结论也更加有说服力，因为以地图为界面可以更客观地呈现女作家各自独具特色的文学绘图手法和她们的文学地图特征。

　　本书所做的研究即旨在探究作为绘图师的作家，她们在构思文本的地理背景，选取人物的活动场所，设计人物的活动轨迹等诸多地理问题时是基于怎样的考量，又是呈现出怎样的表征，而这些所有的决定与其背后的生存背景、生活经历、性别属性、思想意识等又有着什么样的关联。当然，这只是文学地图学理论运用的一个小小的尝试。随着文学地图学批评理论的进一步扩充、深化，相关的研究也会更加丰厚、多彩。

第一章　文学地图学概述

文学地图的概念在我国文学批评领域并不陌生，近年来更是频频出现，其定义内涵与研究方法较之前也都有所变化。早在2015年相继发表的梅新林的"论文学地图"（《中国社会科学》2015年第8期）、杨义的"重绘中国文学的历史地图"（《文史哲》2015年第3期）和郭方云的"文学地图"（《外国文学》2015年第1期）及之后的一些文章我们可以对当今国内文学地图研究状况有个大致了解。这些研究有覆盖中国传统的偏向地域文学研究的"地图说"，也有受到西方学者思想影响而出现的"地图新说"，如从杨义、郭方云和张袁月等的文章中我们可以看到斯坦福大学弗兰克·莫雷蒂、法国利摩日大学的伯特兰·韦斯特法尔和美国得克萨斯州大学罗伯特·泰利等西方文学地图研究者的思想。传统的文学地图研究偏文本的外部环境，而以韦斯特法尔和泰利为代表的新兴文学地图研究更倾向于研究文本内部的地理元素设置和空间安排。此外，新一代的空间研究学者们既有关注空间的诗学层面的文学评论专家，也有关注叙事的空间性及叙事中的地理呈现的地理学家，甚至还有哲学家，这种发展态势使得当代文学地图研究成果不仅丰硕、深刻，也更加复杂多面。

第一节　西方文学地图研究的发生及发展

在"文学与空间"研究领域，纵观国内外有许多不同的称谓与提法，如地理批评、文学地理学、空间诗学等，实则都是研究文学与空间的关系，研究内容也多有交叉。西方的文学地理学在 20 世纪 70 年代成为地理学的分支学科。尽管文学地图绝不是文学地理研究的先决条件，它们却一直以来是它的一个传统特征，文学地图和文学制图一直就与文学地理学这个术语紧密相连。

1899 年，耶鲁大学英国文学教授菲尔普斯出版了第一本有关于"文学地图"的作品。作为英国文学的初级读本，这本《英格兰的文学地图》（*A Literary Map of England*）在 20 世纪又得到再版，它描绘了英格兰所有与文学有明显关系的城镇和地址。[①] 这最初的文学地图实际上是在寻找与确定文学中的地方与现实地理的指涉关系。1904 年，苏格兰作家夏普写了第一本自称为文学地理的书，题目就是《文学地理》，它强调了地区的文学地图，如狄更斯小说的伦敦地图、苏格兰浪漫史诗的地图等。1910 年，英国登特出版社出版了巴萨罗姆所著《欧洲文学历史地图集》（*A Literary and Historical Atlas of Europe*, 1910），它包含有大量彩色地图，不仅界定了国家的疆域与边界，还阐释了历史与文学，尤其是英国文学。这成为西方文学地图发展史上第一个里程碑。

其后，文学地图的再次快速发展是源于后现代语境中的空间困惑与定位焦虑。在这样的情境中，任何标识都会有所帮助，最有用的就是地图。地图是人们理解自己所处在这个世界中什么地方的有效的方式之一。地图带有科学客观性，又是深刻的文化和意识形态产品，它呈现这个世界，同时也反映了它的制造者的世界观。新一股"绘图冲动"开始出现，一种带着制图的意愿去探索文本，聚焦于文本中的空间特征——地方的名字、地形和空间描写。卢卡奇曾在他的《小说理论》中说："以小说为代表的现代状况的标志是内部与外部的分离，主体与世界的分离，它的特点是一种"超验的无家可归感"。[②] 这种存在的焦虑转

---

① Peta Mitchell. "Literary Geography and the Digital: the Emergence of Neogeography", The Routledge Handbook of Literature and Space[M]. Edited by Robert T. Tally Jr. New York: Routledge: 2017: 85.

② Georg Lukacs. The Theory of the Novel[M]. Trans. Anna Bostock. Cambridge: The MIT P, 1971: 88.

变成空间中的迷茫。小说时代就被一种可怕的无家感所标志，它需要一种隐喻的方式将自己与世界相联系。小说于是变成了一种文学制图，这个世界和主体在其中的位置就是种种富含寓意的意象。这种以制图活动去适应后现代社会的观念在詹姆逊的研究中就被称为"认知绘图"(cognitive mapping)，它可以建立起一种关系网络结构，就个人主体对于广阔的不能正确再现的整体（是指作为一个整体的社会结构）来说，它使一种情形再现成为可能，可以呈现后现代社会空间的碎片化与流动性，是理解后现代条件的最有效的方式。

在整个 20 世纪的历程中，西方文学界中大量的民族、地区文学的文学地图被创造出来，并被出版。20 世纪 90 年代初期，文学研究有了自己的分支学科专门聚焦于文学文本中的空间、地方和制图问题，也就有了文学制图学。它起初主要关注的是文学中的地图而不是文学的地图。后殖民文学研究者哈甘在 1994 年绘出他的"文学制图学最初的准则"(first principles for a literary cartograpy) 的轮廓，将文学制图学限制在只考虑地图（如图标、图形和隐喻）是怎样在文本中起作用的，从而组织起特定的地图的或地区的文本策略。①

为了显示绘制文学地图和文学地理研究在整个 20 世纪的流行，1999 年，美国国会图书馆出版了由霍普金斯和布舍尔所编《土地的语言》，它含有 230 多幅文学地图，收集了从 1899 年至 1997 年将近一个世纪的各类文学地图，反映出一种广泛的文学制图的冲动。著作显示在 20 世纪 40 年代和 20 世纪 50 年代之间，地图在文学研究、阅读中的流行，然后在 20 世纪 60 年代和 20 世纪 70 年代期间相对较少，但却越来越与诸如性别、种族和阶级这些文学中常被提及的问题相互关涉，呈现出文学地图的横向拓展，② 而这一时期也正是文学地理学被确立成地理学的一个学术分支学科的时期。

---

① Graham Huggan. Territorial Disputes: Maps and Mapping Strategies in Contemporary Canadian and Australian Fiction[M]. Toronto: University of Toronto Press, 1994: 31.

② Martha E. Hopkins and Michael Buscher. The Language of the Land: The Library of Congress Book of Literary Maps[M]. Washington, DC: Library of Congress, 1999: 16.

以《土地的语言》出版为标记的对文学制图研究的复兴，因为同时期的两本著作的出版而得到进一步强调，一本是布莱伯利的《文学地图集》（*The Atlas of Literature*，1996），绘出从但丁时期的意大利到 20 世纪世界文学的地图。另一本是两者中更有影响力的莫雷蒂的《欧洲小说地图集，1800—1900》。在书中，莫雷蒂明确地将文学地图重铸为学术探究的一个丰富的方法，可以"建立文学与地理之间的清楚的联系"。[1]

进入 21 世纪后，泰利所编的《文学制图学》是对文学地图发展的又一个里程碑式的总结书目。泰利将本书的介绍部分命名为"绘制的叙事"，是想要澄清一些歧义。他认为文学制图是讲故事的最基本的方面。叙事在某种程度上就是绘图机器，作为手段和方法，可以被用来绘制人类经验中真实的与想象的空间。另一方面，这些叙事，它们也是地图，又必须被当成绘图的对象（客体）来被理解。这样，"绘制的叙事"就遵循着主体和客体的轨道；一个叙事同时是进行着绘图的主体（作者层面），又是要被绘制的客体（读者层面）。[2] 这实际上是对他在《空间性》一书中的观点的再次梳理与规整。

由上述的一个发展概况可以发现，西方的文学地图从一开始出现到发展至今就一直存在着概念上的指涉不统一、涵盖范围的不一致以及基于此的研究方法与理路各异的种种问题。意大利帕多瓦大学历史和地理科学系的卢凯塔在 2016 年撰文认为"文学制图"这个术语的定义至今都是模糊的，它涉及在文学中关于制图策略的不同角度，它可能是指研究一种在写作行为和制图行为之间的类比，或是将地图看成是分析工具，来阅读文学中的地理，[3] 她还解析了文学地图绘制的步骤和趋势，指出未来的文学地图可能将依赖于数字文学绘图，同时指出数字时代文学绘图的复杂性。

①　Franco Moretti. Atlas of the European Novel, 1800—1900[M]. London: Verso, 1998: 3.

②　Robert Tally Jr. Literary Cartographies: Spatiality, Representation, and Narrative[M]. New York: Palgrave Macmillan, 2014: 3.

③　Sara Luchetta. Exploring the Literary Map: An Analytical Review of Online Literary Mapping Projects[J]. Geography Compass 2017, wileyonlinelibrary. Com/journal/gec3.

对于当代西方文学地图研究中的种种提法与用法，要想弄清它们各自的所指及含义我们首先要搞清楚的是：谁是地图的绘制者？这是一切分类的本源。泰利在《空间性》中虽没有对两种地图作出明确分类和比较，但他用"文学制图"来指称作者的绘图，而用"文学地理"来指读者的绘图。他说："我所考虑的文学地理是作为由叙事或别的文本所产生的文学地图的一种补充或对应物。它关系到被（作家）绘制进地图的地方如何被（读者）阅读或绘制"。[①] 这虽然不够严谨，但他起码在讨论文学地图的过程中给地图的所属性质作出了划分，其下一步的分析也才有了立足点和针对性。

库珀和格雷戈瑞在他们的文章《给英国湖区绘图：一种文学的地理信息系统》中明确指出：文学制图的实践可以被分为两个主要类别：一是作者制图，指的是明确地探索制图与文本性的关系；另一个是读者制图，指个人通过阅读过程重新检验文本的地理空间再现和制图的地理空间再现之间的关系的方式。[②] 这两个类别又都含有各自多种的细小分类。这一分类很好地解决了"谁是地图绘制者"这一问题。

一、作者的绘图

泰利认为作者的文学地图同时有隐喻层面和文字层面两种。隐喻层面是指讲故事本身的行为就类似制作地图的过程。在《空间性》的第二章"文学制图"中，泰利认为具有想象力的作家的作用就是一种地图绘制者，叙事就是一种形式的绘图。像地图绘制者一样，作家必须探测地域，决定景观的哪些特征要被包括，哪些要被强调，或哪些要被去除。[③] 图尔奇在他的专著《想象的地图：作为制图者的作家》中详细探索了将作家视为制图师的思想。他希望显示出文学和制

---

① Robert Tally Jr. Spatiality[M]. New York: Routledge, 2013: 80.

② David Cooper, and Ian N Gregory. Mapping the English Lake District: A Literary GIS[J]. Transactions of the Institute of British Geographers, 2011: 91.

③ Robert Tally Jr. Spatiality[M]. New York: Routledge, 2013: 45.

图行为是如何相互交叉，相互渗透，最终混在一起形成文学地图。[①] 在隐喻这个层面，米勒在他的《地形学》中写道："小说就是隐喻的制图"。[②]

2011 年泰利发表文章《论文学制图学：作为一种空间象征行为的叙事》，他说地图绘制是为主体建立了一个有意义的框架，上面有各种标记来作为参考，主体从而可以在广阔的空间中思考自己的方位。同样，叙事也常常被用来理解，或给这个世界以形式，充当了制图的功能。它创造了一个隐喻的或富有寓意的社会空间再现。[③]

也有的观点认为作者的地图可以分为"没有地图的绘图"和在文本中插入图解、图标或地图，前者即泰利所称的文字地图。

文字层面的地图就是一种叙事地图，是语言上对地理的图示式的描绘。维斯特伏说："文学空间，说到底就是一个真实的，物质的，地理的地方，是用语言所想象和呈现的"。[④]

泰利编著的《文学制图学》就是集中阐释文学文本的地理书写在一定程度上就是制图行为。它所包含的 13 篇文章虽然在内容上跨世纪、跨洲际，且类型各异，却都显示了作家们在叙事中所呈现的文学地图。

至于在文本中插入实际的地图，这在西方文学很早阶段就有许多实例，如但丁《神曲》的灵魂路线图、莫尔《乌托邦》的海岛图、塞万提斯《堂吉诃德》的游侠图和史蒂文森《金银岛》的藏宝图等。[⑤] 布尔森在《小说、地图、现代性》（*Novels, Maps, Modernity*，2009）中以麦尔维尔、乔伊斯和托马斯·品钦的文

---

① Peter Turchi. Maps of the Imagination: The Writer as Cartographer[M]. San Antonio, Texas: Trinity University Press, 2004: 11-12.

② Hills J. Miller. Topographies[M]. Stanford: Standord University Press, 1995: 19.

③ Robert Tally Jr. "On Literary Cartography: Narrative as a Spatially Symbolic Act", New American Notes Online, (2011)1(1), 1-10. Retrieved from http: //www.nanocrit.com/~nanocrit/essay-two-issue-1-1/

④ Bertrand Westphal. Geocriticism: Real and Fictional Spaces[M]. Trans. Robert T. Tally Jr. New York: Palgrave Macmillan, 2011: 5.

⑤ 郭方云 . 文学地图 [J]. 外国文学，2015(1): 111–119.

本为例研究了作品中实际的地图和指南手册，以此作为一种来解读现实主义、现代主义和后现代主义作品中的定位问题。

二、读者的读图与再绘图

相较于作者的地图，西方更多的研究是集中在读者绘图上，而这也是近年来发展最快的一个文学地图研究领域。布谢尔将读者绘图定义为"后作者的地图"，指的是"将一个或多个文学文本中的叙事位置进行地理可视化。它们自身并不是文学文本或副文本的一部分。而在有的文学地图学研究中，这一术语可能被用来描述文本中的'作者的'地图"。[①]

为了领会作者绘图背后的用意以及在这个变化的世界中给自己定位和理解世界中的事物，读者对作家文本中的文字地图进行可视化再现。这时候的读者与批评家是文学地图的阅读者，同时像所有的地图阅读者一样，他们也在这个过程中创造新的地图，继而成为绘图者。这也是库珀在其文章中所说的读者制图的最显著的一种方法。

对最早进行读者绘图的莫雷蒂来说，文学地图就是一个文学分析的工具。在 2007 年出版的《图表、地图、树状图：文学历史的抽象模型》（ *Graphs, Maps, Trees: Abstract Models for a Literary History* , 2007 ）中专门讨论地图的部分，莫雷蒂提供了一种阅读文本的方法——"远距离阅读"，旨在将文本的地理性特征提取出来绘制成图。这样的文学地图自身并不能解释与文本相关的重要的东西，它们基本上脱离了它们被生产出来的文本。但通过将文本中一些隐藏的模式显示在表面，莫氏的文学地图提供了一个叙事的模型，因此更多的是用来进行文学史的分析。

更多的读者绘图是与莫雷蒂的理论与方法相异的，是将读者变成地理学家投入到作者绘制的文学地图中，对地理因素进行可视化，在呈现新的地图的同

---

① Sally Bushell. The Slipperiness of Literary Maps: Critical Cartography and Literary Cartography[J]. Cartographica 47.3, 2012: 152.

时理解作者制图的隐喻性意义。苏黎世大学的永贝里说，"当我们不是将自己绘制上或绘制进一个文本世界中，那么什么是阅读一个文学文本呢"？[①] 作者认为阅读就是一个绘图的展现实践，它计算，进行概念化并将文本转变成思想模式，生成有意义的读者与文本的互动，以及读者与世界的互动。

2011 年泰利的《地理批评的探索》论文集（*Geocritical Explorations: Space, Place, and Mapping in Literary and Cultural Studies*，2011）与他同年翻译的维斯特伏的《地理批评》专著都论述了从读者角度来进行文学地图批评，前者是基于文学批评家的视角，而后者更多是以地理研究为目的的。

从 2005 年到 2015 年的十年间，读者的文学绘图出现一个新浪潮。对小说中的地理感兴趣的文学学者们转向了一种新的数字绘图或地理视觉化工具。

数字文学制图可以被看成是人文学科更宽广的数字空间转向的一部分，它见证了人文学科 GIS（Geographic Information Systems）项目自 21 世纪中期以来的扩散。这一数字的空间转向与相对模糊分散的发生在 20 世纪 70 年代的空间转向不同，它预示着新地理学的出现。

数字绘图使地图与文本以一个循环的方式发生。这个循环的第一步是揭示文本中的空间；第二步是将制图放到网上，允许用户去读、去使用，这样它的新生命就开始了。它变成了一扇门，允许任何人进入文学文本。同时，它也是一个媒介，引领读者将文学空间与实际空间相联系。由此看来，网络数字地图变成了既是文学批评家对文学文本进行理解的手段与结果，又变成了一种产品，去提供给其他的文学阅读者来进行文学阅读使用。

2009 年，"文学地理信息系统"出现，它第一次被使用是在格雷戈瑞和库珀的项目"绘制湖区"中，并发文"格雷、克勒律治和地理信息系统：两个湖区游历的文学地理信息系统"。文学地理信息系统项目一般都是学术性的，它只提供来作为文本研究，而不关注给潜在的用户去进行实践体验。但作为一种

---

① Christina Ljungberg. Reading as Mapping" [C]. The Routledge Handbook of Literature and Space. Edited by Robert T. Tally Jr. New York: Routledge: 2017: 95.

文学研究方法，它的局限在于所选的文本案例必须是在地理描写上特别突出的。

2016 年库珀等编著《数字时代的文学绘图》（*Literary Mapping in the Digital Age*）。它收编了全球范围内专家的近作，着力探索地理空间技术怎样对文学研究的规则进行了革命化的发展与改变。这是对数字文学地图的第一次广泛研究。

文学 GIS 的研究与使用都会持续下去，我们要思考与探究除了在工具使用上进行跨学科连接，在理论与研究方法上如何进一步对文学与地理学进行互联。我们还应思考的是：数字时代的文学地图怎样保持其"文学性"？因为文学地图的最终目的应如莫雷蒂在《欧洲小说地图集》中所说："将一个文学现象放进它的特殊空间——绘制它的地图——不是地理工作的结论，而是它的开始。在它以后的工作实际上是这整个事业中最具挑战的部分：看着地图，然后思考。①

国内的"文学地图"作为和传统的文学地理学相伴而生的一种研究，一直以来多是强调根据文学家的籍贯分布等地理轨迹以及作品产生、流通的区域分布来绘制地图，分析文学现象和文学史，这类研究基本不涉及文本中的地理描述。因此，总的来说我国文学领域的地图研究还是偏重"外部地图"，也就是一种读者绘图中的"文学的地图"，属于莫雷蒂所称作的"空间中的文学"范畴。但是近年来，随着文学地理批评家杨义、梅新林等的理论的进一步发展以及"地图新说"的代表郭方云和张袁月等文学地图研究的新实践，我国的文学地图研究呈现出与西方文学地图研究领域相衔接与相交叉的态势，研究对象开始转移到作品中的地名、景观、方位、路线等地图元素上，研究方法上也出现对应用 GIS 技术来绘制数字地图的关注。

第二节　文学地图与意识形态表征

文学地图学理论认为作家的创作行为可类喻为地理学家的绘图行为。"某

---

① Franco Moretti. Atlas of the European Novel, 1800—1900[M]. London: Verso, 1998: 7.

种意义上，叙事就是绘图机器"。① 罗伯特·泰利在其专著《空间性》中论述道，"如绘图者一样，作家需要勘测土地，决定作为目标地域的哪些特征要被包括，被强调，或者被减少……讲故事的行为也就是一个产生地图的过程"。② 那么，这种文学地图（文字的或者是被作家包含在作品中的真正的或虚构的图表式地图）从其被创作伊始就具有了地图的一切特征。丹尼斯·伍德在其《地图的力量》中认为地图是在构建世界，而非复制世界，"所有的地图，势必如此地、不可避免地必然呈现了作者的成见、偏见与徇私。在描述世界的同时，描述者不可能不受到这些及其他特质的限制"。③ 就投射世界来说，写作与绘图都是以带有隐喻意义的符号来表征主体所在的世界，两者都以比喻的式再现社会空间，以及个体或集体与更大的空间、社会、文化整体之间的关系。就本质而言，文学绘图就如同绘制地图，它通过叙事绘制出主体在整个社会空间中所处的位置（空间上的以及隐喻意义上的），与其他主体的相对空间关系，以及与整个社会空间体系的关联，这实际上就等于绘制出了主体的存在状况，并透露出在这一生存境遇中主体的意识反馈。

文学地图作为作家的创作势必带有创作者明显的主观意识形态特征，与作家自身的属性息息相关。而要分析文学地图上的社会属性特征，首先可以追溯到最早的空间理论。

一、空间诗学

20 世纪以来，随着社会发展的突飞猛进和文化思潮的巨大变革，学术界的列斐伏尔和福柯等思想家宣告了空间时代的来临。20 世纪中后期以降，文化学者们对以往的历史决定论进行了反思，对以时间为核心的认识观和再现手段进

---

① Robert Tally Jr. Literary Cartographies: Spatiality, Representation, and Narrative[M]. New York: Palgrave Macmillan, 2014: 3.

② Robert Tally Jr. Spatiality[M]. New York: Routledge, 2013: 45-46.

③ [美] 丹尼斯·伍德. 地图的力量 [M]. 王志弘 等，译. 北京：中国社会科学出版社，2000: 35.

行了颠覆性的重置，整个西方学术界都掀起了一股空前的，跨越学科界限的广泛"空间化"浪潮，空间逐渐浮现为学界的一个核心议题。列斐伏尔的《空间的生产》的法语版在 1974 年问世，这更成为空间时代到来的一面标杆。

继列斐伏尔和福柯之后，一批来自不同领域的学者展开对空间和文化地理学的跨学科研究，他们的理论观点均从各自不同的角度对笛卡尔主义以及康德的时空观提出挑战，其中有：布尔迪厄的"空间区隔"、吉登斯的"时空分延"、德波的"景观社会"、鲍德里亚的"仿真拟像"、卡斯特尔的"流动空间"、哈维的"时空压缩"、以及索亚的"第三空间"。这种种围绕空间论题的理论以其不同的方式揭示出："空间自身是如何既作为一种产品，又作为一种作用力而存在的"。① 下面选取几个有代表性的空间观点，它们既是文学空间批评理论（包括文学绘图学）的重要组成部分，同时也是本书后期论证中的主要理论支撑。

（一）列斐伏尔的空间生产

在西方现代文明史中，人们对空间的认识长久以来都停留在一种固有观念中：空间只是空的"容器"，或如福柯所言：空间是死亡的、固定的、非辩证的、不动的。可以说在后来"空间"观念的革命性转换中，法国思想家、马克思主义者列斐伏尔发挥了无可取代的重要作用。他早在 20 世纪 70 年代就率先提出了（社会）空间是一种（社会）产物。对于列斐伏尔来说，空间不是一个抽象逻辑结构，不是简单的几何学概念或传统地理学的要素，它是承载着社会意义，甚至政治意义的，它是社会关系的重组过程与社会秩序建构后的结果体现，总之，它是一个动态的实践过程。据此，列斐伏尔提出了空间的社会生产性：空间性不仅是被生产出来的结果而且是再生产者。他的空间思想着重体现在《空间的生产》中。

---

① [美]菲利普·E.魏格纳.空间批评：地理、空间、地点和文本性批评[C].朱利安·沃尔弗雷斯.21世纪批评评价.张琼，张冲，译.南京：南京大学出版社，2009:244.

列斐伏尔认为空间从来就不是空洞的容器，它蕴含着实实在在的意义，是一个关系外化、物化与社会生产过程的动态体现。具体来说，在他的理论中，空间不仅仅是指事物处于一定的地点或场景之中的那种经验性设置，同时也是包含着一定主观态度、认知习惯和社会实践。因此，我们最好把他的充满隐喻意义的"空间"理解为一种社会秩序的空间化呈现。而"空间化"就其本质而言，不是一种先验的几何形式抽象物，而是一种发生在社会活动与社会地理环境中的充斥着辩证思想的动态思维凝结，其中包含着生产的经济方式、社会的文化想象等。就其渊源来说，在马克思社会空间批判理论中就蕴含着丰富的空间生产的思想因素，这些"思想因素"为后来列斐伏尔等人的"空间生产"等一系列空间理论思想提供了极其有价值的参考资源与哲学依据。因此，马克思主义社会空间批判的思想因素就是列斐伏尔"空间生产"思想的"源头活水"。

列斐伏尔的"空间生产"批判理论标志着西方马克思主义社会批判研究"空间转向"的成熟，说他是空间哲学的发起者也毫不为过。在《空间的生产》中，列斐伏尔不仅建构了完整的"空间生产"思想体系，还概括出社会、历史和空间的三元辩证法和空间实践、空间表征和表征空间三者既相互独立又相互关联的空间生产内部框架。"空间生产"批判理论的意义指出了空间的社会性含义，并在解释世界中指出了时代的悖谬，"空间的生产并非为了解读，但一个生产出来的空间可以被解码，能够被阅读，它暗指了一个意指过程。即使没有一种一般的空间的编码。"[①]

从作用的意义层面上说，空间的作用已经超越了自然的、单纯的、物理性的含义，空间也就不仅仅是容纳与标志事物不在同一个地方发生的容器与手段。被赋予了社会性含义的空间与各种社会生产密不可分，它是生产关系、社会关系的载体与体现，同时渗透着社会、历史、空间的三重辩证。空间里交织着社会关系，它不仅被社会关系所填充、构建，也被其所生产与再造。为了显现与

---

① Henri Lefebvre. The Production of Space[M]. Translated by Donald Nicholson Smith. Oxford UK: Blackwell Ltd, 1991: 17.

辨析空间、社会、人的各种思想与行为之间所具有的内在关联，列斐伏尔用"空间实践"、"空间的再现"和"再现的空间"这三重概念揭示了不同空间架构中所隐含的各类社会关系及其隐喻性意义。其中，"空间实践"具有最为原初的意义，它主要是指人们在空间中进行的一系列生产及生产过程中筑造空间的活动，它是感知的空间。而"空间的再现"主要是指将空间概念化和规划空间的活动，这种活动主要是理性的、形而上的，一般由建筑师、空间规划师、科学家、哲学理论家等来构想，它是一种构想的空间。"再现的空间"可以看作是一种对生活的感知。不同的群体对空间会形成不同感知，而这些不同的空间感就形成了各种再现的空间，各类文化艺术活动也是在这一层次上展开的。这个意义层面的空间本质上是一个异质性的多元因素的象征性的空间。

（二）福柯的空间权力及异托邦

一直以来，空间的权力隐喻在福柯的论述中不断呈现。索亚曾指出："福柯对批判人文地理学的发展所作出的贡献必须用考古的方式来看，他无疑会抵制人称他为后现代地理学家，但从他 1961 年发表的《癫狂与文明》到 1978 年发表的《性史》等作品，可以看出他的确是一位后现代地理学家。"[1] 福柯在一场访谈中如此回应："人们常指责我迷恋于这些空间的概念，我确实对它们很着迷。但是，我认为通过这些概念我确实找到了我追寻的东西：权力与知识之间的关系。"[2] 福柯对当代空间理论的贡献即源于他对权力、对空间对于身体的规训的独特思考，他宣告当今时代已进入到空间的纪元："我们时代的焦虑与空间有着根本的关系，比之时间的关系更甚。"[3] 福柯强调希望经由地理学概念重新解读空间、权力与知识之间的关系。如果说巴什拉的《空间诗学》

① [法]米歇尔·福柯.权力的眼睛：福柯访谈录[M].严锋，译.上海：上海人民出版社，1997.

② Ward Soja: Postmodern Geographies[M]. London: Verso, 1989: 16.

③ [法]米歇尔·福柯.不同空间的正文与上下文[C].包亚明.后现代性与地理学的政治.上海：上海教育出版社，2001：18.

关注的是内在空间，那么，福柯的空间思维与理论强调的则是社会生活的空间性的另一个维度：外在的空间，即人们实际生活于其中或人们生产出来的场所和关系的空间。福柯强调，空间是任何公共生活形式的基础，空间是任何权力运作的基础，或者说是权力的容器。权力的空间化阐释在一定程度揭示了权力作为一个生产实践背后隐匿的一整套的策略和逻辑的地理学面向。福柯在《规训与惩罚》一书中关于权力的论述主要围绕权力的技术、生物权力和训诫社会而展开，其间关于权力的空间化最能体现其权力地理学之创见。

异托邦是福柯空间哲学研究中的一个很重要的论述对象，它深刻揭示了空间维度之于权力关系的重要性。福柯关于"异托邦"的一次明确定义是在1967年参加建筑学学会时提交的一篇文章《其他的空间》中，他说："在所有文化中，在所有文明中，都存在着这样一些真实的场所、有效的场所，它们被书写入社会体制自身内，它们是一种反位所的场所，它们是被实际实现了的乌托邦，在这些场所中，真实的位所，所有能在文化内被发现的其他真实的位所被同时表征出来，被抗议并且被颠倒；这些场所是外在于所有的场所的，尽管它们实际上是局部化的。因为这些场所全然不同于它们所反映、它们所言及的所有位所，所以，与乌托邦相对立，我称它们为异托邦。"[1] 这里，福柯在乌托邦与异托邦之间建立起了一种比较关系。乌托邦始终处于一种不在场的状态，它不具备自己的真实地点。但福柯却认为在每一种文化和文明中，都存在着这样一种真实存在的反地点。这个东西就是异托邦，也即说，异托邦就是在现实场所中被实现了的乌托邦。

那么异托邦具有何种特征？它又是如何发挥它的功用呢？福柯从六个方面展开了论述。第一，异托邦存在于各种人类文化之中。世界不只存在一种文化，多元文化的情形就是"异托邦"。福柯强调要从形式的变化上区分不同的文化，因为"异托邦"不仅只有一种形式。第二，福柯认为不同的异托邦社会可能会

---

① Michel Foucault. "Of Other Spaces" in Heterotopia and the City: Public Space in a Postcivil Society[M]. edited by Michiel Dehaene & Lieven De Cauter, Routledge, London and New York, 2008: 17.

在同一时段共存，即不同国家的不同时代可能会出现一个相对不变的社会，这个社会就是异托邦。因为从另一个社会的眼光看，这个社会发生的作用的形式是完全不同的。第三，异托邦在一个真实存在的地方将来自不同空间的几个互不相容的地点并置起来。在一个单独的真实位置或场所同时并立安排几个似乎并不相容的空间或场所。"异托邦"就是在同一真实空间中同时包含着自相矛盾或自相冲突的几个不同空间，这几个不同空间既可以是被观察到的，也可能看不见但被想象出来。第四，基于时间与空间的对应性和对称性，异托邦在分隔空间的时候也会把时间分割开来，从而构成一种"异时间"。同异托邦一样，异时间意味着在一种客观存在的时间流中，同样存在着多种相异的时间。第五，各种异托邦始终都具有一种开合系统，也就是说异托邦本身是一个既开放又封闭的系统。两个"异托邦"之间既是隔离的又是相互渗透的。第六，福柯认为异托邦包含着两种意义上的空间，其一是前文所述的虚幻的空间，其二是这个虚幻的空间又昭示出一种真实的空间。这也是福柯想到的"异托邦"最后一种特征，它是空间的两极，一方面它创造出一个虚幻的空间，但另一方面，这个最虚幻的空间却揭示出真实的空间。他宣称这是创造另一个空间，一个真实的空间，它可以像我们周围原来就有的空间一样完美、精细、有序，像原有空间的增补。

福柯关于异托邦的论述与列斐伏尔的第三空间思想之间存在着本质上的相通性。福柯更聚焦于权力问题，而作为西方马克思主义理论家的列斐伏尔更关注的是社会生产关系和对资本主义制度的剖析和批判。总的来说，福柯总是能够一针见血地指出空间这一问题在社会生活中的重要性，而且他从空间和社会权力机制这一角度的探究又为我们深入理解问题提供了一种重要的维度。

（三）索亚的第三空间

爱德华·索亚是美国当代著名后现代地理学家，他的"第三空间"理论是当今的后现代显学之一。他推出了著名的"空间三部曲"：一是《后现代地理学：重申批判社会理论中的空间》（*Postmodern Geographies — The Reassertion* of Space in Critical Social Theory，1991），该书严厉批判了"历史决定论"及其对地理学想象的限制作用。在论述福柯、伯杰、吉登斯、詹姆逊、贝尔曼，特别是列斐伏尔等后现代地理学先驱们的研究成果的基础上倡导重新思考空间、时间和社会存在之间的辩证关系，力主一种历史的和地理的唯物主义。二是《第三空间：去往洛杉矶和其他真实和想象地方的旅程》(Thirdspace: Journeys to Los Angeles and Other Real-and-Imagined Places)（1996），作者提出第三空间既是生活空间又是想象空间，认为它是作为经验或感知的空间的第一空间和表征的意识形态或乌托邦空间的第二空间的本体论前提，可视为政治斗争的战场。三是《后大都市：城市和区域的批判性研究》（Postmetropolis: Critical Studies of Cities and Regions，2000），本书以洛杉矶为例就城市重建的未来展开思考。作者从城市和区域的批判研究角度，对"城市空间的地理性历史""后大都市的六种话语""1992年洛杉矶的都市空间"等问题进行重新界定和讨论，不仅扩展了城市和区域批判性思想的范围，还打开了都市空间被感知、被把握以及实际生活于其中的新方式。

关于《第三空间》的写作宗旨，索亚开篇就说他的目标是鼓励读者用不同的方式来思考空间的意义和隐喻，思考构成人类生活空间的地点、方位、方位性、景观、环境、家园、城市、地域、领土以及地理这些有关概念。可以说，人类与城市的互动关系构成了索亚思考"第三空间"的基本出发点。

至于"第三空间"含义可以追溯到列斐伏尔的三元辩证法。列斐伏尔认为一切形式的简化论，都基于的是一种二元论的思维。在二元论中，一切概念、思想、范畴或术语都被简化为非此即彼的两个对立元素，如主体—客体、精神—物质、本土—全球、中心—边缘等。列斐伏尔认为这种二元对立的设置太过绝对而封闭，并不能反映事物的本质和人类社会生活的多元化与不断发生的变化。对此他提出了一种策略：即通过引入另外一个他者来打破二元对立的平衡，让这种第三方的力量加入到原来的二元组合中，从而构成了一种三元的辩证关系。索亚通过对列斐伏尔《空间的生产》的深度剖析以及对其他关于空间批评观念的总结，系统厘清了"第三空间"的内涵。列斐伏尔将空间分为三类，"一是物理空间，包括自然、宇宙等等；二是精神空间，包括逻辑抽象与形式抽象；三是社会空间。"[①] 这里的社会空间既不同于物理空间与精神空间，同时其划分的原则也与之迥异。换言之，社会空间并非物理空间和精神空间相并置的一个范畴，同时它也不会与前两者一同构成一种新的具有稳定性的结构。因此，社会空间具有双重性质。而索亚的"第三空间"则是基于社会空间的。按索亚的说法便是，"它既是一个区别于其他空间（物理空间和精神空间，或者说第一空间和第二空间）的空间，又是超越所有空间的混合物。"[②] 不过，这种第三方力量加入后的组合并非只是一种简单的叠加，相反，恰恰是这个第三方的力量的他者化在这种三元辩证关系中发挥着至关重要的作用，索亚将之命名为"他者化—第三化"。索亚强调，在第三空间里，一切都汇聚在一起：主体性与客体性、抽象与具体、真实与想象、可知与不可知、重复与差异、精神与肉体、意识与无意识、学科与跨学科等等，不一而足。如此而来的一个必然结果便是，任何将第三空间分割成专门别类的知识和学科的做法，都将是损害了它的解构和建构锋芒，换言之，即损害了它的无穷的开放性。故此，无论是第三空间本身还是"第三空间认识论"，都将永远保持开放的姿态，永远面向新的可能性，面向去往新天地的种种旅程。

二、文学地图的文化表征

在"文学与空间"研究领域，由于侧重点和研究角度的不同也就存在着许多不同的称谓和提法，如文学地理学、空间诗学、地理批评、文学地图学等，实则都是在研究文学与空间的关系，研究内容也多有交叉重合之处。其中，作为近年来国内外兴起的文学地图学虽不是文学空间研究的先决条件和必要条件，它却一直以来是它的一个传统特征和最具特色的一个领域，文学地图

---

① [美]爱德华·W.苏贾.第三空间——去往洛杉矶和其他地方的旅程[M].陆扬等，译.上海：上海教育出版社，2005：78.

② [美]爱德华·W.苏贾.第三空间——去往洛杉矶和其他地方的旅程[M].陆扬等，译.上海：上海教育出版社，2005：79.

和文学制图一直就与文学地理学这个术语紧密相连，也一直就是文学空间研究的重要话题。

文学地图学一方面具有文学空间研究的一切属性，另一方面又因为其地图学的特征呈现出独有的作为空间与地方研究的特色。地理学与文学都是关于地区的写作，也就是关乎空间的写作，它们也都在书写的过程中使地理具有了社会意义与文化含义。很显然，地理学与文学就应当被看作是相同类型的写作。

并且，从词源学上考察，"地理"这个术语的意思原本就是"书写世界"，也就是说把意义刻在地球上。作为地理学中最重要的一个支脉的地图学更是以直观而形象的方式再现了地理景观，同时承载了社会价值体系。根据地图学的观点，地图从来都是绘图者（作者）建构的一个新世界，而非复制世界。"它是关于某物（它的主体），也是透过某人（作者），它在世界上的出现，就是再现意境的作用，而这些再现，这些需要重复的一切，均为所有人类感知、认知与行为的债务（与资产）所致。这无异于指出地图是有关它所呈现的世界，而其揭示的不是世界的某物，或者不只是世界的某物，还有（有时尤其是）绘图者的作为。换言之，地图，所有的地图，势必如此地、不可避免地必然呈现了作者的成见、偏见与徇私。在描述世界的同时，描述者不可能不受到这些及其他特质的限制。即使是指出来，也总是指向作者所关注的某处；这不仅标示地点，同时也使其成为特定焦点之主体，指向此处，而非指向其他地方。这个指示者：作者、制图者；被指出的地方：主体、位置；特别的焦点：关注的方向、主题，而且任何地图不多不少正是包含这些东西。"[1]

地图学家哈利认为，我们查看地图不是仅从外部看到它所描绘的世界，而是向内或向后看到它的绘制者，同时也要向内或向前看到它的读者。制图者在许多地图中都嵌入了哲学思想，只不过它们是以图表的形式表现的。在他看来，地图的绘制者不是隶属于一个特定的职业团体，而是在广义上属于一个社会。

---

[1]　[美] 丹尼斯·伍德. 地图的力量 [M]. 王志弘 等，译. 北京：中国社会科学出版社，2000：35.

他也因此将地图界定为"一种社会建构"。① 哈利认为制图具有"根深蒂固的修辞性"。在这一层面，很自然我们可以说文字的语言表达与图表言语表达是类似的，它们的修辞性或非修辞用法都具有同等程度的作用。因此，如果将每一张地图包括的那些构成元素翻译成语言形式，任何有常识的人都将识别出其中的修辞性。②

在西方文学地图学兴起的历程中，美国后现代主义理论家弗雷德里克·詹姆逊起着举足轻重的作用。他的《后现代主义，或晚期资本主义的文化逻辑》（*Postmodernism, or, the Cultural Logic of Late Capitalism*）更是强调了空间的意识形态性。他在书中指出，"我们的日常生活，我们的心理经验，我们的文化语言，都被空间的范畴支配着，更甚于时间的范畴。"③ 从列斐伏尔的空间理论到詹姆逊的"认知测绘"，这中间既有隐秘的理论关联，又存在着时代和环境所造成的思想上的不同。

（一）詹姆逊的"认知绘图"美学

弗雷德里克·詹姆逊被称为"后现代主义的马克思主义者"。从 20 世纪 80 年代开始，詹姆逊的理论触角就伸向了后现代主义。针对后现代存在中人们支离破碎的空间感和无家可归的漂泊感，詹姆逊在发表于 1988 年的《认知图绘》一文中，提出了一种称作"认知图绘"的新的美学形式。"一种把空间问题作为核心问题的政治美学，一种能够沟通抽象认识与具体再现的认知美学，一个既适于后现代的真实状况，又能达到某种突破，从而再现目前仍然不可思议的新的世界空间的新模式。"④ 这是詹姆逊哲学思想体系中一个重要的理论。詹

---

① J.B. Harley. The New Nature of Maps[M]. Edited by Paul Laxton. Baltimore and London: The Johns Hopkins University Press, 2001: 6-7.

② J.B. Harley. The New Nature of Maps[M]. Edited by Paul Laxton. Baltimore and London: The Johns Hopkins University Press, 2001: 9-10.

③ Fredric Jameson. Postmodernism, or, the Cultural Logic of Late Capitalism[M]. Durham, NY: Duke University Press, 1991: 16.

④ 王逢振，谢少波. 文化研究访谈录 [C]. 北京：中国社会科学出版社，2003: 112.

姆逊早在 1983 年在伊利诺伊大学的一次学术研讨会上提出了"认知测绘"的概念。在认识到后现代社会存在的空间感危机后，詹姆逊认为有必要通过这种"认知测绘"帮助人们在后现代社会中定位自己，重建家园感，从而摆脱后现代社会的生存危机与情感危机。因为，在詹姆逊看来，只有通过测绘这一具体而实在的操作，主体才能够有可能把握自己的位置，也才有可能去正确地观察与评价周围的世界。

詹姆逊曾坦言，他的"认知测绘"理论有两个主要思想来源：一是凯文·林奇的《城市的图像》(*The Image of the City*)，第二个是路易·阿尔都塞的意识形态理论。《城市的图像》一书中，林奇研究了波士顿、泽西城和洛杉矶三个城市所代表的不同种类的城市空间在人们头脑形成的精神地图。通过研究这些城市的市中心布局以及问卷调查，林奇发现城市的异化感与人民是否能够在头脑中描绘完整的城市地图直接相关。异化了的城市是这样一种空间：人们处于其中是无法在头脑中描绘出自己的位置，更不能描绘自己与周围世界的关系。也就是说，在这样的空间中人们是处于迷途的状态的。

根据"认知测绘"学说，作为主体的个人一方面要在某个局部确定自己的方位，另一方面他也要能够描绘出他与他所在的阶级结构这个总体性的关系。但是，这两者之间存在着现象学意义上的认知鸿沟。通过意识形态我们仍然可以试图通过意识或无意识的再现来绘制其地图——也就是总体形态。"所以，这里提出的认知测绘的概念涉及林奇将空间分析外推到社会结构的领域，也就是说，在我们的历史时刻中，外推到全球范围的阶级关系的总体性上。"另一个前提是"受损的政治经验无法进行社会性地图绘，这就类似于无法为都市经验进行空间上的绘图。于是在这个意义上，一种认知图绘的美学就成了任何社会政治计划的一个组成部分。"[①] 在这里，我们看到詹姆逊始终在坚持社会的总体性以及期待社会的总体性变革，这一点也可以说是实现了对列斐伏尔总体

---

① 　Fredrick Jameson. Cognitive Mapping. Marxism and the Interpretation of Culture[M]. University of Illinois Press, 1987: 353.

性观念的某种延续。

认知测绘使个人主体能在特定的境况中掌握再现，在特定的境况中表达那外在的，广大的，严格来说是无可呈现（无法表达）的都市结构组合的整体性。在林奇的分析模式中，制图法是主要的中介，我们可以在这里找出其论说的另一条线索。制图学既是一门学科，也是一种艺术。正是在詹姆逊的"认知测绘"理论的基础上，美国德克萨斯州立大学的罗伯特·泰利提出了他的文学地图学理论及地理批评方法。相较于老师詹姆逊的理论，泰利将文学的空间研究推向了更加专门化的地图学说。作为一种空间视图和各种学科知识的叠加综合体现，地图学聚焦的是一种图示表达，这是在或远或近的人与空间的种种关系的多样表达中的一种。在地图上，定位、知识、理解、探索以及力量和身份等各种概念交织在一起，共同创造了一种富有象征意义的图形和意识形态表达。在再现，同时也是建构一个空间时，地图也创造了个人的或集体的身份，这就是地图对这个异质世界既定的组织化的一种坚守。

（二）文学地图与种族、阶级

自20世纪70年代以来，戴维·哈维先后出版了一系列关于"地方"与"空间"研究的书籍，《资本的限度》(The Limits to Capttial, 1982)、《资本的城市化》(The Urbanization of Capital, 1985)、《意识与城市经验》(Consciousness and The Urban Experience, 1985) 等学术著作。在这些作品中，哈维利用马克思主义理论论证了反映在商品生产中的空间，也因此指出阶级冲突能够显而易见地体现在空间冲突中。

自此，不同领域的学者们，包括文化地理学家和人文学科研究者们纷纷发出观点，认为"空间"这一概念已经从传统的"静态的地理意义上的地方"观点演变成"动态的、被建构的以及被争夺的"。

关于文学地图与种族、阶级的关联，我们在英国小说家弗吉尼亚·伍尔夫的创作中可以清楚地看到例证。如在《达洛卫夫人》《远航》《岁月》等小说中都曾表达，人们生活的轨迹，活动的范围都是由地方、时间和性别决定的。

伍尔夫在小说中展现了阶级、性别等在地域上的分界。①

种族、阶级、性别等从来都是带有明显文化表征的元素，也是强烈的无意识政治表征。詹姆逊认为，政治无意识是一切文化元素的不可分割的部分，也是文学作品的元叙事。那么，作为文本分析行为来说，政治无意识也就成了我们进行文本阐释的一个基点，通过它我们可以还原文学地图上的文化元素，从而可以洞晓文本中的历史现实。因此，一种辩证的文化或文学批评就必须要着眼于对文本的意识形态进行除幻，在打开文本的文学地图时，重现其空间分布与建构，揭示地图上所隐藏的作者的、社会的、时代的乌托邦幻想。而乌托邦的本质在詹姆逊看来就是被压抑的政治无意识。

1. 地理景观与意识形态

首先，地理景观就像文化一样，是种族、阶级等文化因素的集中体现。我们可以很容易地认定作为地图要表征的地理景观就不是个体特征，它们集合在一起反映出的实际上是一种社会的——或者说是一种文化的总体特征，其中包括宗教信仰和各种文化实践。因为地理景观是不同的民族与自己的文化相一致的实践活动的产物。我们看到的一个国家民族外在的地理景观实际上是一个它的价值观念的象征系统。从这个意义上说，考察地理景观就是解读和阐述一个特定的社会中的人的价值观念。地理景观的形成过程自然地嵌入了这个社会的意识形态，而社会意识形态又通过地理景观得以展现、保存和巩固。因此，地理景观从来就不应当仅仅被看作是物质地貌，而应该被当作可解读的"文本"，它们和所有文字文本一样承载着某个民族的故事，传递着他们的观念信仰和民族特征等文化信息。

物理的地理景观是如此，文学中的地理景观亦是如此。地理景观不仅是文学作品的地理背景，文学作品也不仅是简单地对客观地理进行描写。作家在地理景观的描绘中还包涵进了它在的社会的一切文化元素以及个人意识形态。这

---

① Lisbeth Larsson. Walking Virginia Woolf's London: An Investigation in Literary Geography[M]. Palgrave macmillan, 2017: 3.

个民族的、某个特定历史时期的意识形态，以及作家的创作背景和动机形成了文学作品以及作品中的地理景观，反之也被它们所影响。

在过去的 20 年中，西方地理学者们对各种文学作品的兴趣不断增强，他们把这些作品看作是研究一个地方地理景观及其所承载的意义的重要途径。在这些地理学家们看来，诗歌、短篇故事、传记和小说中充满了对空间现象的描写，甚至是真实的记录，它们既体现了一个特定地方在一个特定历史时期的空间特征，同时也折射出了丰富的"政治无意识"。法国利摩日大学的韦斯特法尔教授就是近年来热衷于通过文学中的地理景观描写来研究城市等地理变迁与变化的学者，他的著作《地理批评：真实与虚构的小说空间》（Geocriticism: Real and Fictional Spaces, 2011）就利用了文学与地理相结合的跨学科方法和各种范围的信息资源，以此来解读我们身居其中的这个真实和虚构的空间。他的著作从"空时性""越界性""指涉性"等三个方面详细论证了文学与空间的关系。总的说来，韦斯特法尔的地理批评是更倾向于"地方"的，他的学说是着眼于借助文学中的地方呈现及文学中地方与真实地方的指涉关系来研究某个特定"地方"的历史、文化的现状与变迁。

而在另一方面，对于文学家及文学批评家来说，文学作品中的地理景观描写更是为他们提供了理解与解读文本的又一重要途径。他们可以通过还原文本中的地方与空间，从而得到一幅幅文学地图。

因此我们可以说，文学作品对地方与空间的描写在再现它们的同时也是对空间与地方的一种再造，并且赋予了它们不同的意义。由于时代、地域及作者的不同而造就的文学作品的"主观性"。比如在文学作品中，各种空间是如何分割划定？特定的地点是如何确立？它们又是各自有着怎样的特征、功能及活动群体？这些地理元素的设计与布局都取决于作者对小说情节的构思，同时也都涉及作者自身的经历与认知。"家如同军队的堡垒，流动性是它引以为豪的地方……从基地出发，用脚定义地理，用眼观察使其系统化……正如测量中的基准线对地图绘制以及地图上所有的点都非常重要一样，所以出生地、生长地这些关联点对任何人，尤其是一位作家，就成了自始至终都很重要的因素。"①

2. 殖民、文本与文学地图

历史表明，殖民化进程在很大程度上依赖于占有并规划地理景观的空间行为。在《地理想象》中，德里克·格雷戈里指出想象、地理和空间政治之间的关系，而这一点在对土地的殖民过程中尤为显著。② 大陆的发现者，探索者和定居者开创了空间历史。他们给土地命名，想象建设目标，然后居住下来。这个过程其自身就是一个进行空间想象的实践。正如卡特所描写的"空间历史"的概念是不能简单地等同于"地理学者的空间"，而应该是空间历史引起的空间形式以及空间幻想。空间性是一种非线性的写作，是一种历史的形式。③ 殖民者的领土扩张历程就是将殖民地的景观当作是空白的文本，等待着被殖民进程去书写。这种将地理景观文本化就是殖民进程的实质，也是殖民扩张史与众多殖民文学所记录的内容。因为，"殖民话语理论中有一个重要的内容，即对于帝国的控制不仅是对真正的有形世界的控制，而且还需在象征的层面上实行，也就是说，由于殖民权威是要通过表征中介来实现其控制的，所以一部殖民文学作品也会发挥出权力的功能。"④

著名文学理论家萨义德在他著名的殖民文本《文化与帝国主义》中明确地指出，"帝国主义的主要战争当然是基于对土地的占有与控制，但是当涉及谁拥有土地，谁有权力在那土地上居住、工作并保持这种状况，谁能将土地赢回，以及谁能规划它的未来等，这些问题都在叙事文本中被反映，进行较量，甚至被决定。"⑤

---

① ［英］迈克·克朗. 文化地理学 [M]. 杨淑华, 宋慧敏, 译. 南京: 南京大学出版社, 2005: 45.

② Derek Gregory. Geographical Imaginations[M]. Cambridge: Blackwell, 1994.

③ Paul Carter, The Road to Botany Bay: An Essay in Spatial History[M]. London: Faber and Faber, 1987, xxii.

④ ［英］艾勒克·博埃默. 殖民与后殖民文学 [M]. 盛宁, 韩敏中, 译. 沈阳: 辽宁教育出版社, 1998: 66.

⑤ Edward W. Said, Culture and Imperialism [M]. New York: Knopf, 1993: xii-xiii.

（三）文学地图与性别

自从 20 世纪七八十年代学界的空间转向以来，女性主义学者及研究性别的历史学家们就全面参与到了这一"转向"中。正如琳达·麦克道尔所言："一个地方或处所对于性别身份的绘制已经变成了女性社会地位建构与延续的一个关键因素，这反映在女性生活中实际的或具有象征性呈现的方方面面。"①

英国地理学家梅西（Doreen Massey）认为所有的空间都固有其性别特征。她指出，"从空间 / 地方的象征意义以及它们所传递出来的清晰的性别信息到通过暴力手段的直接的驱除与排斥，空间与地方不仅其自身具有性别色彩，而且以这种属性反映和影响着性别被建构以及被理解的方式。"②

1. 空间的性属特征

"长久以来，城市多是小说故事的发生地。因而，小说可能包含了对城市更深刻的理解。我们不能仅把它当作描述城市生活的资料而忽略它的启发性，城市不仅是故事发生的场地，对城市地理景观的描述同样表达了对社会和生活的认识。"③ 城市绝不单纯是人们意识中有建筑和道路，有边界与各种连接点的二维地图，它应该是一个包含历史与文化，道德与认知，以及各种情感与态度的复杂的立体"地图"。对女性来说她们城市生活的经历和对城市的理解是不同的。而小说也往往会向我们揭示城市里的性别地理空间。通过集中描写诸如家庭、商店、花店、公园等女性集中活动的场所建构的都市空间，小说的地理也往往给我们勾画了一个包含了知识和控制、权力与较量、繁荣与困境以及性别欲望的地理学。

作家们通过空间与地方等地理元素的安排与规划在揭示了两性各自的处所

---

① Linda McDowell(2003)Place and Space, IN Mary Eagleton(Ed.)A Concise Companion to Feminist Theory (Oxford: Wiley-Blackwell), pp.11-31; here, p.12.

② Doreen Massey. Space, Place and Gender. Minneapolis [M]. MN: University of Minnesota Press, 1994: 179.

③ [英] 迈克·克朗. 文化地理学 [M]. 杨淑华，宋慧敏，译. 南京：南京大学出版社，2005: 45.

与所欲所求的同时也彰显了自身对于性别问题的认知。无论从作品本身内容来说，还是从创作者的创作动因来看都说明了地理经验与个人自我认同之间的紧密关联。因此在文学作品中，社会价值与意识形态是借助包含道德和意识形态因素的地理范畴来发挥影响的。

伍尔夫认为寻找关于女性的真理，不是进入所谓充满学识而公正无私的图书馆，而是去穿越伦敦的大街小巷，即在真实的空间中。因此，为了获得这一真理，她本人，以及她笔下的女主人公们都常常穿越伦敦各个街道场所。她甚至专门写了一篇散文集《伦敦风景》，里面收录了有关伦敦街景和生活的六篇散文：伦敦码头、牛津街之潮、伟人故居、西敏寺和圣保罗大教堂、这是国会下议院和一个伦敦人的肖像。在伍尔夫的创作中，空间与性别是紧密结合的两个概念，空间为性别问题提供了工具，利用对空间的观察我们可以探究到它（以及它所属的社会）对一个性别的接纳与对另一个性别的排斥，以及每个性别通往权力的渠道。空间布局（如各种房子与处所），空间的呈现与再现（如各类文本中的空间记录与描写）都显示了空间在划分性别之界限上的执行力。

在地理学、建筑学和人类学领域的女性学者们都已经将她们的目光聚焦于空间在性别上的划分。在《性别空间》一书中，达芙妮断言"建筑与地域的空间布局进一步加强了男性与女性的地位差异，"性别的空间"将女性与知识与见识分隔开，而不受限制的男性则可以轻松地利用这些知识去创造和再创造权力，及获得特权。[1] 克劳丁则从文学和法律的角度回应了达芙妮的观点："对于男性来说，空间布局从根本上就是权力的象征，而当他可以分配给他者以空间时，他就获得了最大的权力。"[2]

在短文《一间自己的屋子》中，伍尔夫直白地揭露了处于男权中心的社会中女性长期以来所处的次等地位以及所遭受的不公平待遇，她呼吁女性要"成

---

[1] Spain Daphne. Gendered Spaces[M]. Chapel Hill: University of North Carolina Press, 1992: 3.

[2] Claudine Hermann. The Tongue Snatchers[M]. Trans. Nancy Kline. Lincoln: University of Nebraska Press, 1989: 114.

为自己",并说出了后来几乎成为西方女性主义宣言的"一个女人如果要想写小说一定要有钱,还要又一间自己的屋子。"① 这里,"一间自己的屋子"不仅标志着物质空间的重要性,也象征着女性精神空间的独立意义。在这样一个独特的空间中,女性不仅有可能进行文学创作(个人智慧与才华的输出与公示),也才有可能反抗男权意识形态的压迫与控制,在桎梏中得到相对的自由与独立价值。伍尔夫的论断再一次为我们凸显了空间对于女性生存与发展的重要意义,尤其是在 20 世纪的西方社会中,相较于彼时的男性作家,女作家的写作条件十分恶劣,女性在家庭和社会中的双重从属地位更加重了她们的卑微。显然在这里空间不可避免地与性别和由它所标志的权力紧紧地联系起来。

"因此,我们确切地看到了从文学到空间的性别意识形态,女性被局限于家庭劳作,安于稳定和养育子女,她们驱逐男人并让他们'逃向'自由和证明自己。男性和女性都受限于空间关系,这些关系帮助说明了'地区经验'是什么,以及它对男性和女性的意义。通过地理揭示了两性各自的所欲所求。这说明了地理经验与自我认同之间的紧密关联。"② 小说向我们揭示了被性别差异标注了的空间,通过集中描写男性与女性不同的活动场所,它向我们绘制了一幅包含了理性知识与政治控制的男性的权力空间以及充满物质欲望和温暖想象的女性的欲望空间。

2. 女性化的土地与女性地图

相较于男性作家,女性在创作她们自己的地图时则会显示出同她们的社会地位与处境同样的复杂性。吉莉安·罗斯在她的书中一直坚持,"女性主义者的地图是多重的,相互交叠的,同时也是不稳定的,处于变化中。"③ 首先,女作家的文学地图在地域范围上就显示了它与男性作家的差异。由于女作家自

---

① 弗吉尼亚·伍尔夫. 一间自己的屋子 [M]. 王还,译. 北京:生活·读书·新知三联书店,1989.

② [英] 迈克·克朗. 文化地理学 [M]. 杨淑华,宋慧敏,译. 南京:南京大学出版社,2005: 44.

③ Gillian Rose. Feminism and Geography[M]. Cambridge: Polity Press, 1933: 155.

身的活动空间限制，她笔下的地方与空间也就充满了局限性。从英国 18 世纪的简·奥斯汀的家庭婚恋小说到 20 世纪具有相对优越生活条件与活动自由的弗吉尼亚·伍尔夫，她们笔下的地理背景也多是家居的厨房与客厅，或者精品商店与花店等充满典型女性特质的空间。

但是，无论是始自现实生活中社会活动空间的受限，还是文学创作中对缺失与不满的欲望和弥补，女作家也常常在她们的文学地图中绘制上自身并未涉足的领域。这些创作材料要么来自于对男性作家作品的拷贝与复制，要么源于丰富的阅读或想象。但正由于缺乏切身经历与体会，这种大胆的复制与想象也往往流于轻描淡写，如奥斯汀《曼斯菲尔德庄园》里的安蒂瓜，夏绿蒂《简爱》中的西印度群岛等。

此外，女性作家的文学地图上往往凸显出鲜明的双重性，甚至多重特征。这折射出她们与男性作家不同的社会体验、角色定位，和她们在文本中所希望达成的宣泄与补偿。

第二章　弗吉尼亚·伍尔夫：双重地图

　　被誉为 20 世纪现代主义与女性主义先锋的弗吉尼亚·伍尔夫是英国现代主义作家、文学批评家和文学理论家，著名的意识流代表人物。其一生的创作给后来的批评家与读者从女性主义、后殖民主义、意识流等诸多角度提供了丰富的解读素材与探究意义。20 世纪人文领域"空间转向"的兴起更激发了从空间的角度阅读伍尔夫的文本倾向。而作为文学批评家的伍尔夫本人对于文本与空间关系，解读文本中的空间等也有着自己独到的见解。她在"文学地理"一文中说到："作家的国家是一块他自己脑中的地域，如果我们要将这里面的城市转化为可以触碰到的水泥砖瓦的建筑，那我们就会有希望破灭的危险……因此，要坚持在实际中找到文本中城市的对应物，那么就是剥夺了它自身魅力的一半。"[①] 按照伍尔夫的评论，文学中的城市其实就是一个兼具"真实与想象的地方"。它不仅是故事发生的背景，更被作家赋予了丰富的隐喻。

　　此外，对于小说中的空间与地方的选取与布局，伍尔夫也是经过仔细思量。作为一个地道的伦敦人，尽管她对伦敦十分熟悉，在创作《达洛卫夫人》时如果手边不放着伦敦地图，她仍然感觉不踏实。当在 1923 年撰写《达洛卫夫人在邦德街》的短篇故事时，她就绘制出了达洛卫夫人的行走路线图。之后将短篇故事改写成长篇小说时，她又再次去查看伦敦地图。她甚至在她所查看的地图上端写道："这个可以成为克拉丽莎行走到邦德街的路线。"这幅原始地图就

---

①　Virginia Woolf. Literary Geography[J]. appeared as a review in the Times Literary Supplement on March 10, 1905: 35.

收藏在英国的萨塞克斯大学。[①] 由此可见小说中的地方与空间绝不仅仅被视作是故事发生的一个地理背景，它们承载了厚重的历史与文化社会意义，它们既参与了故事情节的推动，也参与了人物的塑造。

第一节　伍尔夫的双重地图

英国文化地理学家迈克·克朗认为，城市不仅是很多小说的发生地，对城市地理景观的描述同样表达出作家对社会和生活的认知。[②] 在伍尔夫的众多作品中，伦敦始终占据着中心位置，成为解读她本人、她的文学创作，甚至是当时社会状况的决定性因素。伍尔夫出生于维多利亚晚期，她的一生都几乎在伦敦度过，伦敦也被她设为绝大多数作品的地理背景。她写过一系列关于伦敦的文章，最后收编于散文集《伦敦风景》，其中写道："伦敦永远吸引着我，刺激着我，给我提供一出戏，或者一段故事，或者一首诗，除了我必须迈开双腿在大街上穿行之外，没有任何麻烦——在伦敦独自穿行是最棒的休息"。[③] 那么，伍尔夫在其文学地图上绘制了怎样的一个伦敦呢？这个文学地图又有着哪些特征？喻指了作家什么样的意识形态与心理诉求？

一、地图上的双重性

从伍尔夫对伦敦景观的描写，对笔下主人公行走路线与活动区域的记录中，我们可以看出她像绘图师一样考查地域、选定地方、取舍地理特征，从而构建了一幅幅属于她自己的帝国中心的文学地图。以下将分别以《远航》《达洛卫

---

① Brenda R Silver ed. Virginia Woolf's Reading Notebooks[M]. Princeton: Princeton University Press, 1983: 240.

② [英]迈克·克朗. 文化地理学 [M]. 杨淑华，宋慧敏，译. 南京：南京大学出版社，2005: 50.

③ [英]弗吉尼亚·伍尔夫. 伦敦风景 [M]. 宋德利，译. 南京：译林出版社，2010: 4.

夫人》及《岁月》三部小说为代表，重点分析文本中主要角色的"看"（对城市景观的视觉描画与记录）和"走"（行走路线图），通过这两种基本视角和绘图方式揭示伍尔夫的文学地图的双重性特征，并通过"对位阅读"①进一步揭示这"双重地图"的表征是伍尔夫对英帝国晚期危机做出的美学回应，反映了其作为英帝国现代主义文学的女性代表人物的矛盾心理以及她通过现代主义创作途径进行的美学宣泄与徒劳的救赎。

（一）回望帝国：《远航》（1915）

《远航》是伍尔夫第一部小说，也是唯一一部故事发生的背景不设在英格兰的小说。故事选择"旅行"的主题，在中心与边缘、这里与那里、凝视与回望的对立中，以异质的非英格兰"他者"文化环境为参照，在异域他乡的地域空间中绘制出的实则是浸淫着帝国及父权意识形态的英格兰地图。我们看到，伍尔夫的文学创作从一开始就充斥着对伦敦中心区域的地图式展示，映射出人物性别与阶级属性，而这也成为她后来诸多作品的典型特征。作家根深蒂固的伦敦情结也随着雷切尔的远航被她带到了南美的殖民地，并成为主人公随时相较的参照。

女主人公雷切尔·温雷克跟随舅舅和舅母安布罗斯夫妇等一群贵族从伦敦出发来到曾经是英国殖民地的南美国家桑塔·马里那度假。虽然是远航他乡，伦敦的"山山水水"却一直无处不在：从初达马里那入住别墅，到近距离接触马里那的夜市，再到参观土著村落，马里那"弱不禁风的白色房屋""暴晒于烈日下的无边无垠的土地""幽静的丛林""河岸边的草地"无不在他们的头

---

① "对位阅读"（contrapuntal reading）是萨义德（Edward W. Said）在《文化与帝国主义》中提出的一种殖民文本的阅读方法，其思想来自以对位表演法诠释音乐主题的加拿大钢琴家格伦·古尔德（Glenn Gould）。萨义德认为"回顾文化遗产时，我们的重读不是单一的，而是对位的。我们同时既注意到这个遗产中所叙述的宗主国的历史，也意识到那些与占统治地位的话语抗衡（有时是合作）的其他历史"（爱德华·萨义德：《文化与帝国主义》，李琨 译，北京: 生活·读书·新知三联书店，2003，第68页），所以"在阅读一篇文字时，读者必须开放性地理解两种可能性：一个是写进文字的东西，另一个是被它的作者排除在外的东西"（萨义德，第96页。）

脑中与对应的"伦敦繁华街道与林荫大道""都有名字的乡村与山丘""英格兰树林中的车道""伦敦的公园"一一相较。伍尔夫在自己的文学地图中记录、描画了这群英国人的所行、所看、所谈和所想，彰显出其特有的双重性及其背后复杂的殖民意识形态。

小说开篇即是一段对行程的描述："安布罗斯先生与安布罗斯太太沿着维多利亚堤岸的人行道漫步，看着滑铁卢桥的桥拱，汽车像射击廊中的动物一样成队经过桥拱"。然后"马车的稳步小跑很快就把他们带离了西区，驶进了伦敦市内。这里显然是一个大作坊，人们都在忙着做些什么，就好像西区的所有电灯、透出黄光的大玻璃窗、精致的房子以及在人行道上奔走的蚂蚁般的人影和在道路上行驶的车辆，不过都是在这里制造出的产品"。① 此时，安布罗斯太太看到与感受到的伦敦是阴暗与拥挤的、是庸俗而猥琐的，总之"不值得爱"。在当时乘船离开的人们看来，"英格兰是一个小岛，而且是一个正在下沉的小岛"，② 但当人们来到南美洲后，在异域文化的对比与映衬下，英格兰、伦敦似乎又恢复了它们的魅力，"红色和黄色的公共汽车在皮卡迪利大街上来回穿梭，衣着华丽的女人疯狂地扭动身体，但这里却伸手不见五指，只有一只猫头鹰掠过树枝。"③ 佩利夫人说过的一段话也着实体现了一种根深蒂固的优越感："我认为人们在连肯特和多塞特都没去过之前，就不应该出国——肯特啤酒花，多塞特的古老石头村庄。这里可没有能和它们相比的东西。"④ 显然，人们对伦敦、对英格兰曾有的厌倦和失望之情在遥远的异域空间里却转变为一种回忆中由衷的赞美和深深的向往。

游客刚到达马里那时，看到"一片新月形的白色沙滩。后方时深绿色的山谷，两侧的山丘清晰可辨。棕色屋顶的白色房屋像海鸟一样栖息在右边的

① Virginia Woolf. The Voyage Out[M]. London: Penguin Books Ltd, 1992: 3-4.
② Virginia Woolf. The Voyage Out[M]. London: Penguin Books Ltd, 1992: 24.
③ Virginia Woolf. The Voyage Out[M]. London: Penguin Books Ltd, 1992: 100.
④ Virginia Woolf. The Voyage Out[M]. London: Penguin Books Ltd, 1992: 110.

山坡上，柏树林点缀其间，就像山体上的黑色条纹。这些半山腰泛着红色，顶部光秃秃的山脉高高耸立，后方的高峰在其遮挡下若隐若现。"① 他们入住的别墅"是一幢宽敞的白色房屋，但在英格兰人眼中，它就像欧陆大部分房子一样弱不禁风，极其不牢靠，更像是茶园里的一座塔，而不是睡觉的地方，倒像是花园里的一座宝塔。"②

雷切尔和海伦天黑了以后在镇上闲逛。"桑塔·马里那的社交生活在灯光下几乎毫不间断地继续着，……街上到处都是人，大部分是男人，他们一边走一边互相交换着他们对世事的看法，或是在街角的酒桌边聚在一起，……海伦继续漫步着，观察着穿着破旧衣衫的各种不同的人，……"③ 然后她想到了伦敦。"想一想伦敦宫廷林荫路（注：从将军门到白金汉宫的林荫路，英国皇家礼宾活动多在此进行）今晚的景象！"她激动地说。"今天是三月十五日。也许有宫廷仪式……"。④ 近距离接触马里那夜市。海伦更是沉浸在对伦敦林荫大道宫廷庆典的回忆中。

远航前一直是父亲乖乖女的单纯的雷切尔在旅行中结识了特伦斯·黑韦特，并和他恋爱。随着二人关系的日渐亲密，特伦斯不失时机地向雷切尔流露着希望回英格兰的愿望。当他们来到海边峭壁上的一个地方，黑韦特说的第一句话就是——"我真想回英格兰！"眼前"广袤葱郁的陆地显现一种无论怎样延伸也和英格兰迥然不同的景象；在那里，村庄和山丘都有名字，山峦的最远处和地平线相接的地方，经常不是融入淡淡的薄雾就是现出蓝蓝的一条，那其实都是大海；而这里的陆地无论你怎么远眺，也还是无穷无尽的陆地，突兀成峰的陆地，聚石成险的陆地，辽阔得延伸再延伸的陆地，就像广阔无边的海底。

和特伦斯订婚后，两人更是常常在一起畅想未来。"他不但给她讲述所发

① Virginia Woolf. The Voyage Out[M]. London: Penguin Books Ltd, 1992: 79.
② Virginia Woolf. The Voyage Out[M]. London: Penguin Books Ltd, 1992: 82.
③ Virginia Woolf. The Voyage Out[M]. London: Penguin Books Ltd, 1992: 88.
④ Virginia Woolf. The Voyage Out[M]. London: Penguin Books Ltd, 1992: 88.

生的事情，还讲述按他的理解为什么发生，并且给她勾绘一幅幅使她感到诱人的其他男女的图画，推测他们又可能怎么想的，有什么感受。这使她变得急切地想回英格兰，那里地人很多，她甚至可以就站在街上看他们"。[1]特伦斯更是"一想到英格兰就感到高兴，因为他们可以一起用新的眼光去看旧事物；那将是六月的英格兰，在乡村度过六月的夜晚，小巷里有夜莺在歌唱。当代屋里太热的时候，他们可以悄悄地在那小巷里散步；那里将是英格兰的牧场，湖光山色，牛羊成群；云层低垂遮蔽着绿色的山丘"。[2]然后他发出感慨："是啊，伦敦，伦敦是理想的地方，"他们同时低头看着地毯，好像伦敦就在地板上某个可以看到的地方，它的所有尖顶和塔峰正在刺穿云雾。"总的说来，此时此刻我最想做的，""就是沿着国王大街漫步，经过那些大广告招贴栏，你知道，然后走上滨河马路。或许我还会对滑铁卢桥欣赏片刻。然后我将沿着滨河马路散步，经过那些装满新书的书店。并经过小拱道前往圣庙。我总是喜欢在经过喧闹之后到这里寻求安静。……雷切尔，"他结束对伦敦的幻觉说："我们将一起做这些事情，做六个星期。时间将是在六月的中旬——伦敦的六月中旬——我的上帝！多么美好的时光！"[3]

远离英格兰的这群英国人"却把他乡当故乡"，在马里那依然保持着英式的生活，他们每天浏览《泰晤士报》，在下午的茶会上讨论英国的新闻，周末去教堂参加宗教仪式。故事最后威尔弗雷德和瑟恩伯里太太谈到雷切尔的死。"这种地方最糟的就是，"他说，"人们还像在英格兰一样地生活，可其实不一样的"。[4]"其实不一样"的这块南美的土地就在伍尔夫的文学绘图中与大英帝国的城市、乡村，街道、树林交织在了一起，形成了排斥又融合的一幅地图的双重两面。

---

①　Virginia Woolf. The Voyage Out[M]. London: Penguin Books Ltd, 1992: 282.

②　Virginia Woolf. The Voyage Out[M]. London: Penguin Books Ltd, 1992: 283.

③　Virginia Woolf. The Voyage Out[M]. London: Penguin Books Ltd, 1992: 283-284.

④　Virginia Woolf. The Voyage Out[M]. London: Penguin Books Ltd, 1992: 334.

后维多利亚时期大英帝国由盛转衰，从"无形帝国"转向"有形帝国"的殖民政策非但无法扭转颓势反而引发战争危机，女权运动的发展使女性在渴望突破家庭生活的束缚，争取受教育权、选举权、就业权，参与社会公共事务的过程中更加清醒地认识到"有形帝国"与父权压迫的同构性。

生活在这一时期的伍尔夫在其第一部作品中即将眼光投向遥远的殖民地，以种族优势提升性别地位的策略从而成为建构"有形帝国"文化的参与者；以帝国上层社会的少女雷切尔的成长为依托试图彻底摆脱英格兰女性"家中天使"的他者命运。然而，伍尔夫正视帝国统治危机，批判"有形帝国"的独裁暴政，并借此为女性自我发展开拓空间的同时又不得不借助帝国的父权意识形态，再加上其根深蒂固的伦敦情结就共同造就了其"远航"之下仍然频频回望英格兰，脚下踩踏着殖民文化凝望的对象，脑海中却始终勾勒着伦敦的双重地图。

（二）帝国中心：《达洛卫夫人》（1925）

《远航》中大英帝国与伦敦虽然处于伍尔夫文学地图的核心位置，但更多的是作为一个隐性的存在及其背后的力量。而在以英格兰本土为背景的小说中，这一隐形力量则走到了前台，被高度聚焦化。素有"伦敦小说"之称的《达洛卫夫人》则是其中最典型一部。与同时期的传统小说相比较，《达洛卫夫人》一个突出的创新之处来自于伍尔夫对伦敦空间的选取与布局，每一场故事情节的展开，每一个人物的言行举止似乎都与伦敦的大街小巷密不可分。可以说在这部作品中，"伍尔夫对空间表现出非凡的驾驭能力，通过巧妙和精心组合，不断使空间重叠、错位或分解，展示出无穷的艺术魅力"。[①]

《达洛卫夫人》呈现的是1923年6月的伦敦，主要是伦敦西区的景象。小说一开篇，身为国会议员夫人的克拉丽莎·达洛卫即走出位于威斯敏斯特区的家门踏上了伦敦的大街，先后经过维多利亚大街、圣詹姆斯公园、皮卡迪利大街、邦德街、布鲁克街，饱览了高耸的德文郡大楼、巴斯大楼、装饰着白瓷鹦

---

① 李维屏，张定铨等．英国文学思想史 [M]．上海：上海外语教育出版社，2012：558．

的大楼，以及让人愉悦的鲜花店和无数珠光宝气的商店。仅通过达洛卫夫人短暂的几个小时的活动，伍尔夫就娴熟地绘制了一幅伦敦中心地区的立体地图。我们在小说开头的字里行间看到克拉丽莎愉悦地走在生活了几十年的伦敦街头，和煦的六月天、琳琅满目的精美橱窗、熙熙攘攘的都市人流都让她对伦敦充满了难以言表的情感。"人们的目光，轻快的步履，沉重的脚步，跋涉的步态，轰鸣与喧嚣；川流不息的马车、汽车、公共汽车和运货车；胸前背上挂着广告牌的人们；铜管乐队，手摇风琴的乐声；一片喜羊羊的气氛，叮当的铃声，头顶上飞机发出奇异的尖啸声——这一切便是她热爱的：生活、伦敦，此时此刻的六月。"① 更使她着迷的是邦德街，"旺季中的邦德街清晨吸引着她：街上旗帜飘扬，两旁商店林立。一匹苏格兰花呢陈列在一家店铺里，她父亲在那里买衣服长达五十年之久。"她不禁频频感叹："这就是一切，这就是一切。"②

在从清晨到晚间的约 15 个小时之内，伍尔夫采用追随的步伐又陆续绘制出史密斯夫妇、彼得·沃尔什、理查德·达洛卫和伊丽莎白的活动路线，直到最后几乎所有的人物都集中在达洛卫夫妇家。可以显见，《达洛卫夫人》中充满了对伦敦城地点与路线的描述：什么人在什么地方出现，谁和谁在哪里相遇、分开，谁又重蹈了谁的覆辙等等。在这些时空交错中，伍尔夫极力展现了她对伦敦的熟悉以及她的绘图技巧。然而，在这幅绘制详细，充满鲜活的人物情感的帝国都市的地图之下还隐约浮现着一张张模糊的"他者"地图：印度、加拿大、南非、缅甸和锡兰，它们在不同的时刻，以不同的方式被不同的人物顺带提及。相较于对伦敦的细致描画，小说对它们的处理是简单的、模糊的、印象式的。

在印度待了 5 年的彼得重返英伦，一切都变得新鲜了，好像他以前从未见过似的，"伦敦从未如此迷人——向远处眺望，景色柔和、丰美、翠绿，一派

---

① [英]弗吉尼亚·伍尔夫.达洛卫夫人[M].孙梁，苏美，译.上海：上海译文出版社，2011：2.

② [英]弗吉尼亚·伍尔夫.达洛卫夫人[M].孙梁，苏美，译.上海：上海译文出版社，2011：8-9.

文明的气象；从印度归来，这一切显得分外魅人"。① 当维多利亚街上一家汽车制造商店的厚玻璃橱窗上映现出他的身影，他感觉"整个印度都是他的后盾：平原，山脉，霍乱，比爱尔兰更为辽阔的土地……"，② 之后，他又走上白厅街，经过所有高耸的英国将军的黑色雕像：纳尔逊、戈登、哈夫洛克，他们矗立在高空。接下来是走过科克斯珀街上的商店、穿过特拉法尔加广场、皮卡迪利大街、牛津街和大波特兰街，来到摄政公园。彼得对再见到的伦敦景象感到很满意，他感叹道："今儿早晨多美呀。街上到处洋溢着生活的气息，恰似一颗健全的心脏在跳动。"③ 1807 年英国桂冠诗人威廉·华兹华斯发表诗作《写在威斯敏斯特桥上》，描绘了初秋之际从泰晤士河上的威斯敏斯特大桥远眺清晨的伦敦城的情景："大地再没有比这儿更美的风貌：若有谁，对如此壮丽动人的景物竟无动于衷，那才是灵魂麻木；瞧这座城市，像披上了一领新袍，披上了明艳的晨光；环顾周遭：船舶，尖塔，剧院，教堂，华屋，都寂然、坦然，向郊野、向天穹赤露，在烟尘未染的大气里粲然闪耀。……这整个宏大的心脏仍然在歇息！"（杨德豫译）诗歌最后就将伦敦喻为一颗伟大的心脏。时隔一个多世纪，伍尔夫借达洛卫夫人的旧情人彼得之口传递出同样的帝国情怀和深深的民族情结。

对于在六七十年代去过缅甸的克拉丽莎的老姑妈海伦娜·帕里小姐来说，"只要一提起印度，以至锡兰，她的眼睛便会徐徐地变得深邃，闪烁着蓝幽幽的目光……此刻，她心目中瞥见的是东方的兰花，山间小径，自己驮在苦力背上，翻过孤零零的峰顶；间或下来，去摘兰花（令人赞叹的鲜花，从未在别处见过），并且描成水彩画；一个刚强的英国妇女，尽管有时会烦恼，比如战争打扰了她

① [英] 弗吉尼亚·伍尔夫.达洛卫夫人[M].孙梁，苏美，译.上海：上海译文出版社，2011: 67.

② [英] 弗吉尼亚·伍尔夫.达洛卫夫人[M].孙梁，苏美，译.上海：上海译文出版社，2011: 45.

③ [英] 弗吉尼亚·伍尔夫.达洛卫夫人[M].孙梁，苏美，译.上海：上海译文出版社，2011: 51.

的沉思冥想，使怀念中兰花的倩影，自己于六十年代漫游印度的幻想，都破灭了……"①

这部"伦敦小说"以帝国都市中心为依托，借助城市街道与景观等大量空间元素的使用，在呈现大都市带有民族情怀的地图的同时也草绘出作为对照的殖民地样貌。伍尔夫细致而着墨颇多地记叙了各色人物在英格兰国内不同方位和地点之间的穿行与停留，同时对于他们在不同国家间的旅行与感受也给予了足够的关注，由此刻画出一批双脚既踏在英格兰又涉足异域的英格兰人形象，也由此绘制出了她独具特色的"双重地图"——伍尔夫在伦敦地图之下又构建了一个以印度为主的异域群图。小说"准确地再现了以宗主国为中心的帝国版图和支撑这种排他性却又基本上无法看到的边缘地区。"②

迈克·克朗在《文学地理景观》指出："文本作品不仅是简单地反映外面的世界，只注重它如何准确地描写世界是一种误导。这样浅显的做法遗漏了文学地理景观中最有效用和有趣味的因素。文学地理学应该被认为是文学与地理的融合，而不是一面单独的透镜或镜子折射或反映的外部世界。同样，文学作品不只是简单地对地理景观进行深情的描写，也提供了认识世界的不同方法，揭示了一个包含地理意义、地理经历和地理知识的广泛领域。"③ 因此，《达洛卫夫人》全篇所倚重的帝国中心和它呈现出的伦敦地图就是伍尔夫的文学创造与城市景观地理结合的产物。

（三）帝国变迁：《岁月》（1937）

20 世纪 30 年代西方世界的大萧条，世界政治风云变化引发的第二次世界

---

① [英] 弗吉尼亚·伍尔夫. 达洛卫夫人 [M]. 孙梁，苏美，译. 上海：上海译文出版社，2011：172.

② [英] 艾勒克·博埃默. 殖民与后殖民文学 [M]. 盛宁，韩敏中，译. 沈阳：辽宁教育出版社，1998：162.

③ [英] 迈克·克朗. 文化地理学 [M]. 杨淑华，宋慧敏，译. 南京：南京大学出版社，2005：72.

大战的迫近,这些都对大英帝国造成了巨大的冲击,英帝国陷入前所未有的困境。发表于1937年的《岁月》描绘的即是一幅基调沉郁的大英帝国命运风雨飘摇的图景。在小说人物莎拉眼中,伦敦已经变成了一个"受污染的城市,没有信仰的城市、死鱼和破锅的城市。"①

伍尔夫在《达洛卫夫人》中对伦敦城市地图的描绘更多的是一种"共时"的多场景呈现,而在《岁月》中,她则对伦敦地图进行了"历时"的历史性绘制。这部历史小说以处于中产阶级的帕吉特一家的兴衰记录了从1880年至20世纪30年代的英国状况及伦敦在此期间的变迁。它也是伍尔夫小说中人物跨伦敦最多区域的小说。虽然文学地图绘制的角度与呈现的效果均与《达洛卫夫人》不同,但两者中的伦敦同样具有双重特性,也一脉相承地再现了主人公们对它复杂矛盾的情感。

伍尔夫在小说开篇依旧不遗余力地捕捉着伦敦的一景一貌。在第一章《一八八零》一开始,我们就看到了典型的伦敦街景描绘:"这是一个变幻莫测的春天。……(皮卡迪利)大街上活顶四轮马车、维多利亚马车、双轮双座马车等等,车水马龙,川流不息,因为社交繁忙季节正在拉开序幕。那些宁静一些的街道上,偶尔传出艺人们那微弱的、但更多的是使人忧郁的管乐声,和着这种音乐的或者说伴随着这种音乐的是海德公园、圣詹姆斯公园果树上喊喊喳喳的麻雀声,以及一阵阵情意绵绵的鸫鸣声。"② 第二部分《一八九一》中,我们看到上校的女儿埃莉诺·帕吉特就如克拉丽莎·达洛卫一样穿行在伦敦: "吹过彼得大街的烟雾在房屋与房屋之间那狭窄的空隙中凝成了一层白茫茫的薄雾。然而街道两旁的房屋仍旧清晰可见。除了街道中央的那两幢房子外,其他的房屋都一模一样——下面是黄灰色的鸽笼似的小房间,顶上是蓝灰色的尖顶屋。"③ "随着公共马车沿着贝斯沃特路滚滚向前,一排灰色的房屋在她眼前颠簸晃动着。店铺正在改

---

① [英]弗吉尼亚·伍尔夫.岁月[M].金光兰,译.兰州:敦煌文艺出版社,1997:296.

② [英]弗吉尼亚·伍尔夫.岁月[M].金光兰,译.兰州:敦煌文艺出版社,1997:2.

③ [英]弗吉尼亚·伍尔夫.岁月[M].金光兰,译.兰州:敦煌文艺出版社,1997:80.

建成房屋；有大房子，也有小房子；有小酒店，也有私人住宅。还有这儿的一座教堂已经竖起了它那精致华丽的尖顶。"①双轮马车沿着贝斯沃特路不紧不慢款款而行……埃莉诺朝她前面的牛津街望去。太阳照耀着橱窗里的服装。"②然后是在法官街、斯特兰德大街、特拉法尔加广场、布朗街悉数而过。她也和达洛卫夫人一样呼吸着伦敦舒适的空气，愉快地听着伦敦的喧闹声。"河滨大街的喧嚣、骚乱和空间突然让她放松下来。她感觉自己变得开阔了。……五彩斑斓的生活中的那种涌动、悸动和骚动一齐向她袭来，感觉好像——她体内的，这个世界中的——什么东西松开了一样。专注过后，她仿佛有种被消解和翻腾的感觉。她漫步在河滨大街上，开心地看着百舸争流的街道、满是锃亮的链子和皮箱的商店、白色的教堂，和缠绕着一圈又一圈电线，形状各异、参差不齐的屋顶。"③

在接下来的《一九零七》《一九零八》……直至《一九一八》各个部分中，随着季节交替变化，伦敦街景和帕吉特一家的命运一样也在历史的洪流中发生着蜕变。人物的命运也始终交织在伍尔夫绘制的文学地图中。然而那些永恒的伦敦地标却仿佛独立在年轮转动之外，它们像是一种固定剂和稳定剂，始终给予"埃莉诺们"精神上的慰藉和身份认同的参照，无论他们处于何时何地。而这些地标也成了伍尔夫伦敦地图上醒目的文化坐标。伍尔夫在她的地图上表现了英格兰人与城市的外部空间关联与内在精神维系，由此我们可以对其进行文化和意识形态导向的透视。

但正如前文对《达洛卫夫人》的解读所表明的，英格兰民族身份的想象和书写固然依存于对国内空间的建构，但作为生存体验与文化标志参照物的海外空间在某种程度上显得更加重要，因为它们往往更深层次地刺激了人们的感知。《岁月》中的一个重要海外他者便是爱尔兰，彼时爱尔兰的反殖运动是它的重

① [英]弗吉尼亚·伍尔夫.岁月[M].金光兰,译.兰州：敦煌文艺出版社，1997:85.

② [英]弗吉尼亚·伍尔夫.岁月[M].金光兰,译.兰州：敦煌文艺出版社，1997:90.

③ Virginia Woolf. *The Years*[M]. London: Penguin Books, 1998: 81.

要背景。小说中"爱尔兰是处于边缘的想象性空间"，^①但英格兰人在日常生活中对它总会有意或无意的提及，因而始终都折射出特殊历史时期爱尔兰的政治局势和英爱政治关系，同时也依旧在帝国中心地图上绘制出了支撑着它繁荣与高傲的背面的民族。

在《一九一四》一章中，爱尔兰是人们在基蒂的私人派对上谈论的焦点。当马丁准备和女孩子搭讪时，他想到了爱尔兰："'我想出了三个可以谈的题目，'他连想都没想一下他的这句话怎样结束，就直截了当地说。'赛马、俄国芭蕾舞，以及'——他犹豫了片刻——'爱尔兰。你对哪个感兴趣？'。"^②没过多久，他注意到其他人也关心同样的问题，"他投身到他们的谈话之中。他们的谈话自然涉及政治、涉及爱尔兰。"^③在经过了《一九一七》和《一九一八》两章的"隐匿"之后，《岁月》在讲述20世纪30年代的《当今》一章中再次将爱尔兰推向了地图的显性一面。话题的主人变成了迪莉娅和她的丈夫，以及爱尔兰人帕特里克。他们谈论英国的玫瑰花，爱尔兰的都柏林城堡，还有非洲。帕特里克来自一个为帝国服务了三百多年的英爱（Anglo-Irish）家族，祖上是十六七世纪来爱尔兰拓殖的英格兰人，所以尽管他是爱尔兰人，但他真正认同的是英格兰。在帕特里克看来英格兰是世界上唯一的文明国家；他还认为，正如女性获得选举权并没有从根本上改善她们的生存状况一样，爱尔兰来之不易的自由也并不比受人欺压好多少，甚至更糟，所以爱尔兰人还是愿意重新加入帝国。^④

伍尔夫的一生几乎都在伦敦度过，但她却于1934年出游爱尔兰。这段对爱

---

① Suzanne Lynch, "Virginia Woolf and Ireland: The Significance of Patrick in *The Years*", in Anna Snaith & Michael H. Whitworth, eds., Locating Woolf: The Politics of Space and Place[M]. New York: Macmillan, 2007: 127.

② [英]弗吉尼亚·伍尔夫. 岁月 [M]. 金光兰，译. 兰州：敦煌文艺出版社，1997: 218.

③ [英]弗吉尼亚·伍尔夫. 岁月 [M]. 金光兰，译. 兰州：敦煌文艺出版社，1997: 219.

④ 綦亮. 都市背景下的他者想象——伍尔夫《岁月》中的"英格兰性"建构 [J]. 苏州科技大学学报（社会科学版），2019(5): 73.

尔兰最直观的感受经历无疑大大助益了《岁月》的创作。在她的日记中，我们可以从字里行间明确感受到这位来自宗主国上流社会的名媛在面对爱尔兰这样一个殖民他者时的突出的文化优越感。与伦敦便利的生活相比较，爱尔兰在伍尔夫的眼中是一片荒芜与落后，这让习惯了大都市生活的她很不适应。跟小说中的主人公一样，她虽然身在爱尔兰，但时刻想到的是英格兰，英格兰也是她衡量和评价爱尔兰的始终的唯一标准：爱尔兰的村庄"像是从西肯辛顿切割下来的街道交汇区"，都柏林的圣斯蒂芬格林公园是"对林肯律师学院广场的爱尔兰式模仿，就像梅里恩广场是对贝德福德广场等建筑的模仿一样。"① 在以伍尔夫为代表的"英格兰中心主义"眼光的凝视下，作为被凝视对象的爱尔兰失去了其政治、历史和文化属性，沦为英格兰的附属。因而在《岁月》的创作中，她对爱尔兰的这一感受便成为小说中爱尔兰形象的底色。这种褒贬与详略之间的对比更加凸显了以爱尔兰为中心的"他者"民族在文本中的边缘地位与陪衬角色。

当然，爱尔兰并不是《岁月》中唯一的异域空间，它只是他者地图的中心，周围散布着印度、非洲、埃及和澳大利亚等殖民空间。帕吉特上校家族中三代都有殖民地工作和生活的经历：他本人是一名殖民地军官，曾在印度、非洲和埃及服役。儿子马丁和孙子诺思分别在印度和非洲当过兵，女儿埃莉诺也曾去印度旅行。在殖民地的经历既构成了帕吉特上校人生的主要部分，也成了他回到英格兰后谈话与回忆的重要话题。"午餐会后，艾贝尔·帕吉特上校坐在俱乐部里聊天。他那些坐在皮扶手椅上的同伴都是和他一类的人，这些人曾经当过兵、做过文职官员，这些人现在都已经退休。这会儿他们在回忆他们在印度、非洲、埃及的经历，夹杂着一些老掉牙的玩笑和陈年旧事。"② 而迪莉娅喜欢听父亲讲关于印度的故事。这些故事很新鲜，同时还富有浪漫色彩。③ 我们看

① Virginia Woolf. The Diary of Virginia Woolf. Vol.4: 1931-1935[M]. Ed. Anne Olivier Bell. San Diego, New York& London: Harcourt Brace Jovanovich, Publishers, 1982: 215.

② [英]弗吉尼亚·伍尔夫. 岁月[M]. 金光兰,译. 兰州：敦煌文艺出版社，1997: 2.

③ [英]弗吉尼亚·伍尔夫. 岁月[M]. 金光兰,译. 兰州：敦煌文艺出版社，1997: 29.

到小说对这些异域空间的处理——或加以凸显渲染，或简单提及——都始终与
爱尔兰遥相呼应，共同参与构筑小说中"帝国与异域""中心与边缘"的整体
版图，凸显了伍尔夫文学地图的双重性以及它所标志的"国内"与"海外"之
间的政治对峙和文化张力。我们也在阅读小说，勾画其地图的时候实实在在地
感受到这些都在遥远他乡的地方无时无刻不在伦敦地图的背面与之共存，影响
着活动在帝国土地上的形形色色的人们。

说起伍尔夫在《远航》《达洛卫夫人》和《岁月》中建构双重地图的空间技巧，
我们可以发觉在她的这些文学地图上，《远航》中的游客们、《达洛卫夫人》
中的彼得以及《岁月》里的马丁等都是关键人。他们的一脚在伦敦，而另一只
脚则踏在殖民地，伍尔夫通过他们的活动、讲述与想象，将这些"真实与想象
的空间"经过选择聚合在自己的文学地图之上，赋予了其双重特性。同时，我
们还可以发现在双重地图的绘制中伍尔夫巧妙地使用了一种"不协调的并置"①
将两幅地图自然地重合在一起。最典型的一幕即是在《岁月》中，埃莉诺一边
走在伦敦的街头，一边读着弟弟马丁从印度的来信，向她描述印度丛林是"一
片非常茂密的树林，里面都是些生长不良的小树，颜色是深绿色的。"②于是，
马车行进的伦敦的贝斯沃特路，窗外的大理石拱门，前面的牛津街，法官街就
和印度丛林在埃莉诺抬眼望街景与低头读信的交替中被绘制在了一起。

这些被伍尔夫赋予鲜明的"显与隐""主与次""详与略"双重性的文学
地图"准确地再现了以宗主国为中心的帝国版图和支撑这种排他性却又基本上
无法看到的边缘地区。"③附着在伦敦版图背面的殖民地是模糊而粗略的，是
游弋在作家意识形态边缘的，然而它们却又实实在在地影响着小说中人物的
生活日常、情感与命运。由"重叠的领土，交织的历史"带来的悖论不可避

① Lisbeth Larsson. Walking Virginia Woolf's London: An Investigation in Literary Geography[M].
Palgrave macmillan, 2017: 185.

② [英]弗吉尼亚·伍尔夫.岁月[M].金光兰,译.兰州：敦煌文艺出版社，1997:90.

③ [英]艾勒克·博埃默.殖民与后殖民文学[M].盛宁,韩敏中,译.沈阳：辽宁教育出版社，
1998：162.

免地渗透到伍尔夫的创作中。此外，以伍尔夫为代表的现代主义知识分子视异域为能让衰落中的帝国重获新生的救赎力量，却又在再现中表现出将对方背景化、神秘化和妖魔化的殖民主义心态，"重叠的领土"之间也永远被划着清晰的"文明"与"野蛮"的界限。因此，伍尔夫的这双重地图无论在形式上还是意义上都充满了荒谬的重重悖论。

二、焦虑的帝国女儿

文学地图学[①]理论认为作家的创作行为可类喻为地理学家的绘图行为。"某种意义上，叙事就是绘图机器。"[②]美国德克萨斯州立大学英语系的罗伯特·泰利在其专著《空间性》中论述到，"如绘图者一样，作家需要勘测土地，决定作为目标地域的哪些特征要被包括，被强调，或者被减少……讲故事的行为也

---

① 作为一种新兴的文学空间批评视角，中外学者均对文学地图学定义与研究方法进行了阐述。我国学者郭方云认为，"'文学地图学'特指文学地图批评图示的建构——一种利用地图学特殊的认知模型和操作范式进行文本分析和寓意解释的文学批评视角。"（郭方云：《文学地图》，《外国文学》2015年第1期，第114页）梅新林认为，"'文学地图'是移植和借鉴'地图'理论、方法与技术应用于文学地理学研究的一种新的跨学科批评模式与研究方法，旨在以'图—文'两大叙述语言系统的有机融合呈现和揭示文学地理空间的形态与意义，具有相对完整的图文结构与互文功能。"（梅新林：《论文学地图》，《中国社会科学》2015年第8期，第163页）本文主要基于美国文学地图学理论的领军人物罗伯特·泰利的观点。

他在文章《论文学制图：作为一种空间象征行为的叙事》中认为"地图绘制为主体建立了一个有意义的框架，上面有各种标记来作为参考，主体从而可以在广阔的空间中思考自己的方位。同样，叙事也常常被用来理解，或给这个世界以形式，充当了制图的功能，创造了一个隐喻的或富有寓意的社会空间再现。"

（Tally Jr. Robert T.. "On Literary Cartography: Narrative as a Spatially Symbolic Act", *New American Notes Online*, (2011)1(1), 1-10.Retrieved from http: //www.nanocrit.com/~nanocrit/essay-two-issue-1-1/）在此后的专著《空间性》中，他又分别从作者的绘图和读者的绘图两方面进一步阐述了文学地图学的思路与研究方法。

② Robert Tally Jr. Literary Cartographies: Spatiality, Representation, and Narrative[M]. New York: Palgrave Macmillan, 2014: 3.

就是一个产生地图的过程。"① 那么，这种文学地图（文字的、或者是被作家包含在作品中的真正的或虚构的图表式地图）从其被创作伊始就具有了地图的一切特征。丹尼斯·伍德在其《地图的力量》中认为地图是在构建世界，而非复制世界，"所有的地图，势必如此地、不可避免地必然呈现了作者的成见、偏见与徇私。在描述世界的同时，描述者不可能不受到这些及其他特质的限制。"② 伍尔夫"在作品中对笔下主人公行走路线、所处地点与空间的记录和描述既是表层的呈现，也富含着深刻的隐喻，它们不是偶然而随意的，而是取决于时代、阶层和性别。他们所有的活动都对应着那看不见而强大的力量。"③

首先，对于"对于一位在大英帝国全盛期降生，在帝国衰退期死去的英国作家来说，帝国的故事自然占据其创作的中心。"④ 从父亲斯蒂芬爵士到丈夫伦纳德·伍尔夫，伍尔夫的众多家族成员都与帝国的殖民事业有着千丝万缕的联系。因此，在伍尔夫的文学地图上我们总可以看到鲜明的帝国标记和深深的殖民烙印。即使是在远离帝国中心的《远航》中，我们也能从这群英格兰贵族的心理地图中看到明明白白的帝都地标。《达洛卫夫人》中，作为帝国官员的理查德·达洛卫位于威斯敏斯特区的官邸、在宫廷当差的休·惠特布雷德俯瞰摄政公园的豪宅、威廉·布雷德肖爵士在哈利街的家、布鲁克大街上布鲁顿夫人的寓所，以及他们频繁活动的邦德街、管道街、格林公园、皮卡迪利大街等都围绕着帝国中心白金汉宫和特拉法尔加广场形成了一张生动逼真的伦敦中心地图和笼罩其上的帝国之网。《岁月》同样彰显着明晰的殖民轨迹与帝国精神，"作家对伦敦的绘制从个人空间到公共场所的街道、商店、饭店、剧院、法院、

① Robert Tally Jr. Spatiality[M]. New York: Routledge, 2013: 45-46.

② [美]丹尼斯·伍德. 地图的力量[M]. 王志弘 等，译. 北京：中国社会科学出版社，2000: 35.

③ Lisbeth Larsson. Walking Virginia Woolf's London: An Investigation in Literary Geography[M]. Palgrave Macmillan, 2017: 3.

④ Susan Stanford Friedman. Mappings: Feminism and the Cultural Geographies of Encounter[M]. Princeton: Princeton University Press, 1998: 119.

公园、大桥，以及公共汽车等无不承载着历史特征和政治意义。"① 相较于《达洛卫夫人》，这部发表于 1937 年的历史小说更记录了帝国后期的衰败、社会的动荡不安，以及在充斥着疏离感的无情社会力量下人物的各种迷失、彷徨与无奈感。伍尔夫以时代的镜头在偌大的伦敦地图上捕捉主人公活动区域的变化——从繁荣的中心区域肯辛顿和梅菲尔，到伦敦的边缘——反映出伦敦在这二三十年中的城市变化，也昭示了英格兰帝国逐渐崩塌的现实。

其次，在绘制文学地图时，伍尔夫也十分清晰地揭示了伦敦的阶级与性别密码。② 作为伦敦上层社会一员，伍尔夫自己以及她所塑造的众多人物在伦敦版图上的活动区域都带着鲜明的阶级属性。达洛卫夫妇和他们的社交人群所居住的伦敦高档社区，他们日常活动所经过的象征着权力、繁华与文明的每一幢大楼、每一条街道和每一座公园都通过明晰的界限划分而成为社会控制的一种手段。当理查德·达洛卫和休·惠特布雷德从位于布鲁克大街上的布鲁顿夫人宅邸用完午饭出来后，他们"在伦敦街上行走，穿过他们这辈上等人的'领土'，梅菲尔区，宛如大都市里一方小小的地毯"，③ 身为帝国上层精英分子的骄傲感毕露无虞。再细查伍尔夫的文学地图，我们还可以发现她在描写与记录伦敦那些属于上层阶级的场所时往往是详尽而精确，而对于伦敦东部的贫困区域却不甚模糊，甚至没有真实的名字。达洛卫家的女儿伊丽莎白乘公车前往伦敦东区，就如伍尔夫草草地提及萨默塞特大厦、舰队街、圣·保罗大教堂一样，她也在漫无目的地的冒险后沿河滨大街返回，像个"开拓的先锋、迷途的羔羊。"④ 而在《岁月》中，随着家庭的破产，帕吉特一家的女儿们搬离了肯辛顿区，租

①　Jeri Johnson. "Literary Geography: Joyce, Woolf and the City", City4: 2, 2000: 199.

②　Lisbeth Larsson. Walking Virginia Woolf's London: An Investigation in Literary Geography[M]. Palgrave Macmillan, 2017: 10.

③　[英]弗吉尼亚·伍尔夫. 达洛卫夫人[M]. 孙梁，苏美，译. 上海：上海译文出版社，2011: 108.

④　[英]弗吉尼亚·伍尔夫. 达洛卫夫人[M]. 孙梁，苏美，译. 上海：上海译文出版社，2011: 133.

住在伦敦城郊的贫民窟，除了反复强调它们满目的肮脏与市井的噪音，再没有对街道与建筑物及它们地理位置的详细绘制，连名字"海厄姆街"和"弥尔顿街"都是作家的杜撰。

英国地理学家梅西认为所有的空间都固有其性别特征。她指出，"从空间/地方的象征意义以及它们所传递出来的清晰的性别信息到通过暴力手段的直接的驱除与排斥，空间与地方不仅其自身具有性别色彩，而且以这种属性反映和影响着性别被建构以及被理解的方式。"[①]在伍尔夫的文学地图上我们可以清晰地看到维多利亚时期女性"房中天使"的人设和她们受限的活动区域，伦敦的公共场所与私人空间的划分也都被标上了突出的性别色彩。《远航》中的雷切尔是父亲的乖乖女，长期被禁锢在家中，过着衣食无忧而毫无自由的帝国淑女的生活，对社会政治、两性关系和婚姻爱情一无所知。达洛卫夫人更是标准的"帝国女儿"形象，她奔走在华丽的客厅与伦敦闹市区的花店与精品店之间，在筹划上层社会的晚宴中过着相夫教子的优渥生活。《岁月》里帕吉特一家的女儿们待在宽敞的大房子里，她们不能像家族里的男性一样在城市里自由走动，更享受不到家族男性们受正规的教育，然后供职于政府机构或者被送去殖民地为帝国效劳的权力。同时，我们在伍尔夫的文学地图上也看到她为女性挣脱父权制桎梏去寻求更多自由与权力的尝试：蕾切尔在舅妈海伦的带领下乘船远航至南美，开启了她的成长之路；伊丽莎白踏上了母亲从未涉足的伦敦东区去探险；帕吉特家的长女埃莉诺则在父亲死后卖掉了老宅到世界各地去游历，"她所关注的也是要去拥抱殖民地。"[②]然而，故事的最后是蕾切尔暴病身亡，伊丽莎白熠熠生辉地出现在母亲一手打造的晚宴上，充满野心的埃莉诺和代表着新女性形象的侄女佩吉最后似乎也还是在重复着上一代女性的不幸与痛苦。

---

① Doreen Massey. Space, Place and Gender. Minneapolis [M]. MN: University of Minnesota Press, 1994: 179.

② Lisbeth Larsson. Walking Virginia Woolf's London: An Investigation in Literary Geography[M]. Palgrave Macmillan, 2017: 183.

我们在《岁月》中也可以看到，社会控制权力往往会体现在空间和地点明晰的界限划分上，而这时的空间与地点就成了权力的象征与控制的手段。小说中，男女主人公活动的公共空间和私人空间就明显地体现了一种性别上的隔离甚至排斥，期间的越界对于女性人物来说也常常时充满艰难险阻而变得困难重重。

在第一部分《一八八零》开始的一个场景中，帕吉特家的女儿们正进行着她们生活中惯有的日常——盯着茶壶，等着水开。

"它还没开呢，"米莉·帕吉特望着茶壶说。她在阿伯康·特雷斯府中的前客厅的一张圆桌前坐着。"也不是快开啦，"她又说。这是一个老式的铜壶，上面刻着几乎别人忘却了的玫瑰图案。微弱的火焰在铜壶下面闪烁跳动着。妹妹迪莉娅仰靠在她身边的椅子上，也在注视着茶壶。"壶非得开吗？"过了一会儿她无所事事地问，好像她并没期待任何答复，米莉也没有回答。她俩默默地坐在那儿，注视着黄色炉芯上那一束微弱的火焰。屋里有很多杯子和盘子，好像还有别的人要来，但是眼下只有她俩。房间里摆满了家具。在她们的对面放着一个荷兰式的橱柜，隔板上摆着蓝色的瓷器，四月的夕阳在玻璃上反射初一处处亮光。

伍尔夫这段平淡的语言所刻画的"无聊"生活场景显然是揭示了20世纪初的西方女性在社会空间中的位置或定位，那就是呆在家中，在客厅操持，维持这个家庭生活的正常运转，从而为这个家庭的男性成员营造一个舒适温暖的地方供他们休养生息，比如家里的男性成员莫里斯在法院工作，爱德华在牛津上学，而这些都是这个家庭的女儿们无法企及的。

当然，处于这种空间桎梏以及伴随它而生的性别劣势下的女性们也会有自己的反抗与"越界"的尝试。作为家中的大女儿的埃莉诺拥有自己的"格罗夫日"（到坎宁·普莱斯去拜访那里的穷人）而可以定期的外出。整个《一八九一》一章就详细追随了埃莉诺走出家门步入伦敦大街小巷的行径：赶上公共马车——

沿着贝斯沃特路前进——彼得大街——（停留，参与小组公共事务）——又赶上公共马车——沿着贝斯沃特路向前——沿着梅尔罗斯路疾走——（从阿尔伯康·特雷斯的住宅转身）——兰布利商店——（家中午餐）——出门乘坐双轮双座马车—沿着贝斯沃特路不紧不慢款款而行——牛津街——法官街——（在法院看弟弟莫里斯辩论）——来到斯特兰德大街—特拉法尔加广场——乘坐出租马车。埃莉诺在走出家门步入社会公共区域的这一整天的活动中是兴奋、喜悦的，我们从作家对她一系列感受的描述中可以明显看到，"呼吸着伦敦舒适的空气，愉快地听着伦敦的喧闹声，欣赏着出租马车""喜欢十月份回到这轰轰烈烈的生活中来""这是她的世界；在这里她自得其所……"① 她对所目睹的包扩弟弟莫里斯在内的帝国男性们的自由与发展是充满期待与艳羡的，"她把目光集中到莫里斯身上。他正在和身边的那位浅棕色头发的男人说笑话呢。她想这些人就是他的亲密朋友；这就是他的生活。""那是属于他的公开生活，他的法庭生活。"② 同时她也不由得生发出一种对自由驰骋的向往和去开疆拓土的帝国女儿的豪情，"在查林什字车站入口处她又被挡住了。这里天空开阔。她看到一队鸟高高飞翔，一起飞过天空。她注视着这些鸟。然后她又继续前进。无论是步行的人，还是乘马车的人，在一座桥的桥墩周围都像稻草一样被吞没了；她得等一会儿。堆满盒子的马车从她身边驶过。她嫉妒它们。但愿她这是要出国，去意大利，去印度……"③ 后来，埃莉诺在公共空间有了更大的活动自由，同时承担了更多的家庭和社会责任。她不仅要负责整个大家庭的账目，还参加了一个委员会。在父亲去世后，埃莉诺迷上了旅行，到过西班牙、意大利和希腊。

我们从伍尔夫为埃莉诺描画的地图，无论是伦敦的细致区域图，还是粗廓的远游他乡图，这些空间实践都体现了作为帝国女性相较于男性的社会定位以及她们突破疆域的渴望与实践：一方面是被规约了的有限空间及空间表征下父

① [英]弗吉尼亚·伍尔夫.岁月[M].金光兰,译.兰州：敦煌文艺出版社,1997:78–79.
② [英]弗吉尼亚·伍尔夫.岁月[M].金光兰,译.兰州：敦煌文艺出版社,1997:92.
③ [英]弗吉尼亚·伍尔夫.岁月[M].金光兰,译.兰州：敦煌文艺出版社,1997:95.

权社会对女性的强大控制力；另一方面是女性对空间规约的逾越及她们对桎梏女性空间自由的质疑和颠覆。

细观伍尔夫的文学地图，我们可以看到很多的"重复"：人物行走路线的重复，停留地点的重复，不同代际人物经历的重复……。例如在《岁月》的一开始，帕吉特上校去密会他的情人，那是"位于威斯敏斯特教堂这一巨大的建筑物下面的一条狭窄的街道，街上全是些低矮昏暗的房屋……"[①]37年后（1917年），埃莉诺去探望表妹玛吉一家，他们"住在威斯敏斯特大教堂附近的一条偏僻的小街上，"[②]还是那条街，还是30号。地址的重复暗示着命运的重复。帕吉特一家第三代女性的代表帕吉似乎看到了这种命运的重复，她说："那就像一只在捕捉自己尾巴的小猫，一圈又一圈，它们就在那里打转。"[③]伍尔夫用重复的技巧喻指了帝国的女性们在奔跑的游戏中实际上难以逃脱故步自封的命运。

综上，伍尔夫的双重地图不仅揭示了在帝国盛极而衰时期流露出的殖民意识以及进行自我防御所作的美学回应，同时也彰显出鲜明的阶级与性别属性和作家为女性性别意义的缺失而做的文学补偿。她通过让女性加入"远航"或踏入"公共区域"拓展女性生存空间，试图将女性嵌入到英国的帝国史。然而她在为女性进行自我赋权中又必须挪用殖民者身份和复制男性对臣属的控制话语。因而在抗拒父权权威的同时，伍尔夫实际上又散播了帝国主义的父权意识形态，这无疑又是一个悖论。种族与阶级带来的骄傲感与优越感、扎根其上的民族情感与伦敦情结，既遭遇着帝国文化衰退的撞击，又始终笼罩在性别劣势的阴影中，这位焦虑的帝国女儿陷入了难以化解的"文明与野蛮""改造与归属""异化与同化""对抗与依附"的重重悖论带来的迷茫。

---

①　[英]弗吉尼亚·伍尔夫.岁月[M].金光兰,译.兰州：敦煌文艺出版社，1997:4.

②　[英]弗吉尼亚·伍尔夫.岁月[M].金光兰,译.兰州：敦煌文艺出版社，1997:243.

③　[英]弗吉尼亚·伍尔夫.岁月[M].金光兰,译.兰州：敦煌文艺出版社，1997:324.

三、迷茫的现代生存

20 世纪初，曾经辉煌的英帝国殖民事业在战争、民族解放运动、阶级矛盾的激化下走上了解体的不归路，"帝国的自信渐渐让位于一种谨慎，…… 帝国的上上下下都已自觉意识到了一种毁灭性的损失。"① 在知识分子中形成的文化恐慌使得这一时期的小说带有一种明确无误的不确定性。"宗主国的作家也好，殖民地的作家也好，他们与政治家和决策者们一样，也都深深陷入了自相矛盾的窘境。"② 作为后维多利亚时期的文化先锋，伍尔夫在其创作中表达出对帝国命运的忧思，又在充满悖论的帝国意识中寻求作为女性的出路。

首先，面对 20 世纪充满分裂因素的世界和英帝国衰微带来的文化危机，伍尔夫显然陷入一种"形而上的无家可归感。"③ 宗主国—殖民地、统治阶级—平民、男性—女性这一系列对立及其带来的悖论感让她饱尝迷失与焦虑。而对于人的生存焦虑，萨特的回答是，"我们通过我们的计划创造出意义，或者去形造出我们的存在。在这种让一个人感到无方向感或迷失的焦虑中，人有自由去实施一种对这个世界的图示化再现。那么，一个人在其中的位置就成了一种让事物变得有意义的形式。这个方案就变成了一种隐喻化的制图，通过它就有可能克服无方向感，或者海德格尔所说的"无家园感"。④ 因此，我们看到"现实主义作家再现空间与地方的手法更多的是倾向于描写，而现代主义作家对地理位置的处理更多的是限于命名：只是指出一个方位，而没有太多的细节。这更像是一种路线图，"⑤ 而路线图的功能更接近于地图表达，指向的就是定位

---

① [英]艾勒克·博埃默.殖民与后殖民文学[M].盛宁,韩敏中,译.沈阳：辽宁教育出版社，1998：36.

② [英]艾勒克·博埃默.殖民与后殖民文学[M].盛宁,韩敏中,译.沈阳：辽宁教育出版社，1998：163.

③ Georg Lukacs. The Theory of the Novel[M]. trans. Anna Bostock, Cambridge, MA: The MIT Press, 1971: 41.

④ Robert Tally Jr. Spatiality[M]. New York: Routledge, 2013: 66-67.

⑤ Eric Bulson. Novels, Maps, Modernity: The Spatial Imagination, 1850-2000[M]. New York: Routledge, 2007: 69.

及寻求方向。卢卡奇在《小说理论》中阐释到，"现代主义小说中的许多地址的出现并不是要让读者知晓小说主人公在城市地图上的行踪。这些地址的功能是要描写出一种处于现代主义生活观核心的那种迷失感与误入歧途感。"[①] 伍尔夫在文本中多有对街道地名及主人公行走路线的记录，少有像狄更斯那样的详细描写，她在其文学地图上对伦敦各种标志性建筑和街道的反复的一一细数和追索正是对无家可归的迷茫感的一种图示回应。借助于深深植入其灵魂的伦敦地图，伍尔夫对其家园进行文学再现，企图找到家园感与方向。

然而，如前所述，在伦敦地图背面附着的是殖民地地图，"英国性"与"伦敦人"的身份建构也无不是建立在"海外""那里"和"他者"的存在之上，包括伍尔夫在内的英格兰人在寻求重建迷失身份的同时又漠视支撑其身份的殖民地；在企图重构帝国文化的同时又践踏着意欲同化的殖民地文化，这一切悖论都使得她的双重地图仍旧陷入的是一场现代主义的空间悖论，带给主体的也还是一种滑稽的"有方向的迷失感"。

再者，作为英帝国现代主义文学的女性代表人物，伍尔夫在试图帮助帝国摆脱统治危机的同时也始终密切关注女性在这一特殊历史时期的生存境遇和发展空间，深刻反思父权制社会与有形帝国的关联。通过书写殖民经历，塑造参与殖民过程的女性形象，伍尔夫将女性刻画到帝国的版图中，希冀在其中找到定位。然而，在必须通过与帝国意识形态的共谋来实现她本质上反帝、反殖的女权主义理想的困境下，这种追寻也终将是英帝国现代生存的"迷失中的迷失"而注定徒劳。

当我们将前文中论及的伍尔夫的"重复"技巧聚焦于作品中的地理特征时，我们发现读者往往被带入了一种"空间蒙太奇"的感知：小说中不同人物在一个位置的取景框中（一条街、一个广场、一座花园、一幢建筑物）依次穿行而过，相遇或不相遇，这期间的时间间隔可以很短、顺序相连，也可以长达几十

---

① Georg Lukacs. The Theory of the Novel[M]. trans. Anna Bostock, Cambridge, MA: The MIT Press, 1971: 4.

年。达洛卫夫人清晨到邦德街和布鲁克街交汇的拐角处去买花，接着赛普蒂默斯夫妇闲逛至此并驻足注视那辆爆胎的汽车；摄政公园里，镜头依次掠过从长椅上起身前往哈利街的赛普蒂默斯和要去林肯法律协会安排离婚的彼得；《岁月》中埃莉诺在1890年坐着马车路过牛津街，而30多年后，侄子诺斯驾着自己的跑车行驶在牛津街。每一个镜头都是对时空的记录，它们经过作家的剪辑与组合在小说中呈现出独特的蒙太奇时空效果——以固定的空间和流动的时间形成了一种时空对立，记录了在凝固的空间面前时间如何在流动。这种将时间空间化的现代主义技巧既体现了伍尔夫高超的叙事艺术，同时也在异质的事物表象后面展示出现代社会的流动感、不确定感和碎片化特征这一同质化的主题。根据詹姆逊的理论，资本主义的不同阶段对应着具有不同特点的空间，在帝国主义阶段尤其是在19世纪末和20世纪初，跨国的新的国家空间要求这个时期的作品呈现新的空间投射。随着这种形造空间的问题变得日益急迫，与现代主义相关的一些技巧（如意识流，蒙太奇等空间形式）就可以被视作去克服再现危机的尝试。[1] 伍尔夫的文学地图正是这样一种现代主义时期的美学回应。

通过伍尔夫的文学地图我们看到，"现代主义作家不仅是追求精神自由的艺术家，也是承受历史重压的艺术家。"[2] 特殊的时代变革在激发他们进行美学创造的同时也迫使他们对思想深处的种种体悟与感知作出自己的美学回应。詹姆逊认为："美学行为本身就是意识形态的，应该将美学或叙事形式的生产本身看作是意识形态行为，因为它们能为顽固的社会矛盾提供想象或形式的'解决方案'。"[3] 按照詹姆逊的观点，现代主义并不只是关注内心而与社会政治无关，现代主义作为一个美学形式产生于整个社会政治整体，在这个大的社会政治整

---

[1] Robert Tally Jr. Spatiality[M]. New York: Routledge, 2013: 76.

[2] Malcolm Bradbury, James Macfarlane. "The Name and Nature of Modernism", Modernism: A Guide to European Literature 1890-1930[M]. Ed. by Malcolm Bradbury and James Macfarlane, London: Penguin Books, 1911: 26.

[3] Fredric Jameson. The Political Unconscious: Narrative as a Socially Symbolic Act[M]. London and New York: Routledge, 2002: 64.

体中，所有的文化产品都在其中。现代主义强化了美学与政治的联姻，既凸显了美学的意识形态维度，也为美学角度思考和解决政治问题提供了文化语境。因此，"康拉德、劳伦斯、福斯特和伍尔夫等作家的文学创作表明，英国现代主义文学在很大程度上是对英国殖民统治所产生的社会、政治和文化危机的美学表达。"[1] 因为"帝国主义冒险的政治—心理—语言危机最终产生的是一种全新的、让人产生幻觉的幻景，似乎只能由一种新的、与众不同的现代主义叙事形式来表达。"[2] 充满反叛元素的现代主义文学是抗拒传统的文学，但同时也依然是与西方主流社会意识形态和文化价值观存在共谋关系的文学，是具有妥协性的文学。现代主义文学自身的这种悖论性就注定了伍尔夫双重地图的空间悖论以及它无法消解女作家迷失感与焦虑感的现代美学的挫败。

彼得·图尔西说，每一位作家在某种程度上都是一个绘图师。他（她）在创造一个世界的同时必定表达出自己的意图。并且，他（她）在自己寻找方向的过程中也承担着向导的角色。[3] 作为绘图师的伍尔夫在选择、编排其文学地图上的地点与路线的过程中运用"并置""重复"和"空间蒙太奇"等技巧描绘出一幅幅晚期帝国地图，意欲在混乱的 20 世纪为帝国女儿们找到身份定位并指明方向。作为对应现代主义再现危机的空间叙事，伍尔夫的双重地图无疑是高超的；而作为寻求家园感与方向感的图示探索，她的绘图行为又是徒劳的。在帝国意识形态的桎梏中，20 世纪的现代主义美学带给她的依然是一场破碎的"女儿梦"。

伍尔夫在创作中流露出的深厚的伦敦情结和文化民族主义倾向以及她对"异文明"既排斥又意欲吸收同化的晚期帝国心理和纠结的帝国女儿心态几乎已经是个老生常谈的论题，但当我们运用文学地图学知识从绘图的角度探究作家的创作机理，并结合萨义德的"对位阅读"法，使"陈酿入新瓶"，在耳目一新

---

① 綦亮. 后殖民理论视角下的伍尔夫研究 [C]. 英美文学研究论丛，2013(1): 91.

② Richard Begam & Michael Valdez Moses, eds. Modernism and Colonialism: British and Irish Literature, 1899-1939[M]. Durham &London: Duke UP, 2007: 56.

③ Peter Turch. Maps of The Imagination: The Writer as Cartographer[M]. San Antonio, Texas: Trinity University Press, 2004: 15-24.

的同时我们可以品鉴到作家独特的空间感与再现技巧，也可以在一个更加具象而客观的界面解读其地缘政治内涵。

第二节　特殊的文学地图——时空体

在作家的文学地图中还存在着一种特别的地图绘制，它不仅呈现出了地方、地点与路线的规划与布置、分割与连接，同时还在这些空间元素中交织了时间，从而构筑了一种"时空体"的二维存在。伍尔夫可以说是利用时空元素的现代主义高手：时空融合、时空交错、固定空间中时间的流溢及固定时间下空间的闪回，在她的《达洛卫夫人》中我们尤其可见其独树一帜的"时空体"艺术。

一、时空体

"时空体"理论可以说是 20 世纪以来文艺学领域的一个卓越的理论成就。维斯特伏在《地理批评》的第一章就探讨了"时空性"问题，除了强调的空间及空间隐喻在文学批评和文学理论中的主导地位，他还专门讨论了时间与空间的新的关联，提到时空体是地理学、哲学以及文学研究中对于时间与空间的一种整合性概念，"这是艺术地表现在文学中的时间与空间的固有的联系"。[①]

维斯特伏这里的"时空体"概念与巴赫金的"时空体"理论在本质上是一致的。在《小说的时间形式和时空体形式》一文中，巴赫金首次借用这个术语分析小说中的时空关系，把"文学中已经艺术地把握了的时间关系和空间关系相互间的重要联系"称为"时空体"；并着重指出，"对我们来说，重要的是这个术语表示着空间和时间的不可分割。我们所理解的时空体，是形式兼内容的一个文学范畴"。在这个时空体中，"空间和时间标志融合在一个被认识了

[①]　Bertrand Westphal. Geocriticism: Real and Fictional Spaces[M]. Translated by Robert T. Tally Jr. New York: PALGRAVE MACMILLAN，2011: 26.

的具体整体中。时间在这里浓缩、凝聚，变成艺术上可见的东西；空间则趋向紧张，被卷入时间、情节、历史的运动之中。时间的标志要展现在空间里，空间则要通过时间来理解和衡量。这种不同系列的交叉和不同标志的融合，正是时空体的特征所在。"①巴赫金的理论也正指出了空间与时间在"时空体"中的相互越界与融合，这种越界也决定了它不是同质的、均匀的，不是静态不变的，它带有流动性，充满了各种力量的对峙与较量。

巴赫金运用时空体这个术语将整个时空综合体视为分析历史进程中小说发展的主要方法。按照他的理解，时空体是一种认知现实世界的必要形式，也因此，时空体在艺术认知，以及小说分析与鉴赏中起着至关重要的作用。通过梳理不同时期的小说中的时空体，巴赫金概括出了几种典型的时空体类型：

第一，道路时空体。各种各样偶然相遇都发生在道路上，可以发生在任何时刻，任意地点。来自不同阶级、不同民族、不同性别与身份的不同年龄的人在道路上彼此形成交集。道路打破了社会等级和空间距离，它使得人们偶然相遇，也在种种相遇中形成了各种鲜明的对比。在道路中，时间好像被注入到空间之中，在空间上流动。

第二，田园时空体。在田园时空体中，空间大多呈现为国家或家乡的山山水水、房屋、树木等。由于这一时空体的空间相对固定统一，时间则多表现为循环时间，流动性相对被淡化。

第三，城堡时空体。这一时空体形成于18世纪末英国的哥特式小说中。在城堡这样的独特的封闭空间中填充了过去的历史时间，城堡的建筑与其内在的各种设施都镌刻着时间的痕迹，从而形成别具一格的时空体。

第四，小省城时空体。巴赫金以福楼拜的《包法利夫人》为例，指出了圆周式的日常生活空间。它往往作为背景来映衬其他非圆周式的时间系列。

第五，沙龙客厅时空体。作为20世纪西方上流社会的主要交际场所，沙龙

---

① [俄]巴赫金.巴赫金全集·小说理论[M].白春仁，晓河，译.石家庄：河北教育出版社，1998：274–275.

一直都是一个非常突出的地点，也是现代小说常常选用并且重点描绘的地点。人们在沙龙客厅相会交谈，种种故事情节从这里开始，也常在这里结束；时间在这里流逝，也在这里凝结。在 1973 年撰写的《长篇小说的时间形式和时空形式》一文中，巴赫金在结束语中再次肯定了时空体的研究意义，认为文学中存在着不同大小、不同程度的时空体价值，只有通过抽象的分析才能将时空体的价值从作家的创作中提取出来，赋予它们社会意义和美学意义。

二、《达洛卫夫人》中的时空体

小说中，伍尔夫以精湛的意识流手法再现了第一次世界大战后英国社会各阶层人物的心理，从内空间的角度反观了战争给人类带来的影响以及战争所主导的霸权意识带给人们挥之不去的伤痛与迷茫。然而，一切故事都必须发生在一定的空间之内，即使以人物意识为捕捉对象的文本也必须提供给人物以活动的空间。因此，我们看到，《达洛卫夫人》内空间意识流动之外是一系列外部空间的建构与排列。并且，它的一个重要的创新之处就是其对空间的处理。"伍尔夫对空间变现出非凡的驾驭能力，通过巧妙设计和精心组合，不断使空间重叠、错位或分解，展示出无穷的艺术魅力。"[①] 小说以达洛卫夫人为晚宴做准备为线索聚焦于她在 1923 年 6 月的一天的一整天活动，活动的场所从伦敦的公园、街道、花店再到自家的客厅，时间也随着地点的移动在慢慢流逝，大本钟的一次次敲响巧妙地与每一个场景相辉映，构成了一个个独特的时空体。巴赫金把"文学中已经艺术地把握了的时间关系和空间关系相互间的重要联系"称为"时空体"；并着重指出"对我们来说，重要的是这个术语表示着空间和时间的不可分割。我们所理解的时空体，是形式兼内容的一个文学范畴"。在这个时空体中，"空间和时间标志融合在一个被认识了的具体整体中。时间在这里浓缩、凝聚，变成艺术上可见的东西；空间则趋向紧张，被卷入时间、情节、历史的运动之中。时间的标志要展现在空间里，空间则要通过时间来理解和衡量。这种不同系列

---

① 李维屏、张定铨. 英国文学思想史 [M]. 上海：上海外语教育出版社，2012: 558.

的交叉和不同标志的融合，正是时空体的特征所在。"①正是借助于这一个个时空体结构，作家将人物外在的、内在的种种矛盾与纠缠纳入其中，进行着一场人与自我、人与人、人与社会的对抗与较量，全面展现了一个处于上层社会女性眼中的英国20世纪社会现状以及她自身的矛盾心理。

（一）马尔伯里花店外的街道

在《小说的时间形式和时空体形式》的结语中，巴赫金特别分析了几种典型的时空体（如"道路""城堡""沙龙客厅""小省城""门坎""贵族官邸"等）在组织情节、塑造人物和隐含寓意等方面发挥的载体功能。他将道路描述为人们"偶然邂逅的场所"，在这里，"有许多各色人物的空间路途和时间进程交错相遇；这里有一切阶层、身份、信仰、民族、年龄的代表。在这里，通常被社会等级和遥远空间分隔的人，可能偶然相遇到一起；在这里，任何人物都能形成相反的对照，不同的命运会相遇到一处相互交织。在这里，人们命运和生活的空间系列和时间系列，带着复杂而具体的社会性隔阂，不同一般地结合起来；社会性隔阂在这里得到了克服。这里是事件起始之点和事件结束之处。"②小说中，这个将不同人物第一次聚合到一起的"事件起始之点和结束之处"就是马尔伯里花店外的街道。

就在达洛卫夫人在马尔伯里花店里精心挑选着花朵，外面突然传来一下枪声似的响声。"一辆汽车停在正对马尔伯里花店的人行道上，就是它发出那巨大的爆炸声，把达洛卫夫人吓了一大跳……"③周围的人们纷纷驻足观望，议论纷纷，充满了对帝国大人物的崇敬，此时的赛普蒂默斯也就在这附近。克拉

---

①　[俄]巴赫金.巴赫金全集·小说理论[M].白春仁，晓河，译.石家庄：河北教育出版社，1998：274–275.

②　[俄]巴赫金.巴赫金全集·小说理论[M].白春仁，晓河，译.石家庄：河北教育出版社，1998：444–445.

③　[英]弗吉尼亚·伍尔夫.达洛卫夫人[M].孙梁，苏美，译.上海：上海译文出版社，2011：14.

丽莎与赛普蒂默斯这两个不同性别，不同阶级，处于不同生存状态的个体也在这个时空体中第一次"相遇"，并从此成为小说情节发展的两条主线。这两条脉络并置发展，直到再次交汇在达洛卫夫人的宴会厅。

表面上的克拉丽莎过着外人眼中成功而完美的生活，作为尊贵的议员达洛卫的夫人，她很享受上流社会生活的惬意，战后伦敦的种种——"这一切便是她热爱的：生活、伦敦、此时此刻的六月。"①"邦德街使她着迷，旺季中的邦德街清晨吸引着她：街上旗帜飘扬，两旁商店林立，毫无俗气的炫耀。一匹苏格兰花呢陈列在一家店铺里，她父亲在那里买衣服达五十年之久；珠宝店里几颗真主；鱼店里一条冰块上的鲑鱼。""这就是一切，"她望着鱼铺子说，"这就是一切。"她重复说着……"②她也很喜欢在家里举办宴会，招待她丈夫交际圈中的各色人物，喜欢穿流于其中被注视、被需要、被赞美的感觉。这样的克拉丽莎符合大英帝国的社会标准而又过着体面生活。

然而，午宴、晚宴，举办她那些永无休止的宴会，说些莫名其妙的话，或者言不由衷，从而使脑子僵化，丧失分辨能力也使她心生厌恶。"她心中有一个凶残的怪物在骚动！这令她焦躁不安。她的心灵宛如枝叶繁茂的森林，而在这密林深处，她仿佛听到树枝的哗剥声，感到马蹄在践踏；她再也不会觉得心满意足，或心安理得，因为那怪物——内心的仇恨——随时都会搅乱她的心，特别是她大病以来，这种仇恨的心情会使她感到皮肤破损、脊背挫伤，使她蒙受肉体的痛楚，并且使一切对于美、友谊、健康和建立幸福家庭的乐趣都像临风的小树那样摇晃，颤抖，垂到，似乎确有一个怪物在刨根挖地，似乎她的心满意足只不过是孤芳自赏！仇恨之心多可怕啊！"③克拉丽莎这样的与周围社会环境格格不入的"焦躁不安"与"仇恨之心"正呼应着赛普蒂默斯悲惨的生活状态。

---

① [英]弗吉尼亚·伍尔夫.达洛卫夫人[M].孙梁,苏美,译.上海:上海译文出版社,2011:3.

② [英]弗吉尼亚·伍尔夫.达洛卫夫人[M].孙梁,苏美,译.上海:上海译文出版社,2011:10—11.

③ [英]弗吉尼亚·伍尔夫.达洛卫夫人[M].孙梁,苏美,译.上海:上海译文出版社,2011:12—13.

从战场上回来的赛普蒂默斯摆脱不掉战争的伤痛与阴影，兴趣无法转移到其他事情上去，他总是想着自己，"他，赛普蒂默斯，乃是人类最伟大的一员，刚经历了由生到死的考验，他是降临人间重建社会的上帝……他永远受苦受难，他是替罪羊，永恒的受难者……"① 他于是看上去疯疯癫癫。花店门口汽车的爆胎声，墨尔街上空飞机喷洒彩色烟雾为太妃糖果做广告引起的骚动都不能吸引他的注意，他不能理解那用烟雾组成的语言。他是战争的受害者，是帝国霸权事业的牺牲品，对战争的憎恨与恐惧使他无法与周围的生活环境相融合。

在达洛卫夫人清晨出门买花后的这段时间，不断变更的公园与街道的名称，大本钟的钟声与它缭绕的余音，汽车爆胎与天空中的飞机表演这些标志性事件的出现紧紧地结合在一起，形成了一个独特的"道路"时空体，各色的人物在这里邂逅、驻足，多样的情绪在这里汇聚、弥漫，不同的命运在这里交织、碰撞。克拉丽莎与赛普蒂默斯，这两个截然不同却又有着内在同一灵魂的人物既分别呈现，又相互渗透；既形成对抗，又互相贯通。这样一种包容在时空体中的矛盾体也正反映了伍尔夫对当下生活及对大英帝国殖民政策的分裂性感知和纠结、迷惘的意识：她借达洛卫夫人直言自己沉醉于帝国美好、舒适的生活；她又将灵魂赋予赛普蒂默斯，表达自己憎恶给人民带来伤痛的帝国霸权。

（二）达洛卫夫人的客厅

在小说中，与街道时空体并置的还有一种室内的时空体结构。"这是基于特定的场景而完成的，是发生在一间自己的房间中的回环结构，自我意识始终没有走出房间，只有窗外能提供作者想象的空间。空间的定格使得时空体中的时间呈现一种回环结构。"② 克莱丽莎与彼得在家中客厅的会面即发生在这样一个封闭的时空体中，他们的意识流动于当下及过去的时光，形成的正是一个回环结构。

---

① ［英］弗吉尼亚·伍尔夫. 达洛卫夫人 [M]. 孙梁，苏美，译. 上海：上海译文出版社，2011: 29.

② 吕梁. 试论现代主义小说的时空体问题 [J]. 文艺理论与批评，2005(5): 64.

买完花回到家的克拉丽莎坐在客厅的沙发上动手缝裙子，为晚上的宴会做准备。"她一针又一针，把丝绸轻巧而妥帖地缝上，把绿色褶边收拢，又轻轻地缝在腰带上，此时，整个身心有一种恬静之感，使她觉得安详、满足。"① 显然，此时的克拉丽莎沉浸在作为达洛卫夫人的美好生活中，正如她在早晨跨出家门时想起昔日恋人彼得即将从印度回来，"依然认为她没嫁给彼得是对的——确实很对。"② 就在克拉丽莎沉醉于上流生活的舒适与安逸的时候，彼得来访。两个处于社会不同阶层，扮演着不同身份，阔别多年的昔日恋人上午十一点时在达洛卫家的客厅生活的轨道再次交集在一起。从一开始得知彼得与一个他去印度的船上相识的女子结婚的消息，克拉丽莎就觉得永远不能理解他的爱。而此刻，当彼得再次提到他的婚姻，克拉丽莎思忖"那个女人一定奉承他，欺骗他；她大刀阔斧地唰、唰、唰三下，便勾勒出那个女人的轮廓，那印度陆军少校的老婆的轮廓。多糟糕！多愚蠢！彼得一生都这样被人愚弄……在去印度的船上同一个陌生女子结婚，如今又爱上了一个少校的婆娘——上帝保佑，当初她幸亏不嫁给他！"③

对于彼得·沃尔什来说，"克拉丽莎会把他看作失败者，他想。在他们眼中，在达洛卫一家的眼中，我是个失败者；倘若与这一切相比——镂花桌子、镶宝石的裁纸刀、海豚装饰品、烛台、椅套，还有那些珍贵的古老的英国套色版画——他是个失败者！然而，我厌恶包含在这一切之中的沾沾自喜……"④ 跟达洛卫一家的富有与显赫相比，在那个以金钱为衡量准绳的帝国中彼得是失败者，他甚至认为自己的对手就是克拉丽莎，达洛卫，还有他们那一帮人。然而，彼得

---

① [英]弗吉尼亚·伍尔夫.达洛卫夫人[M].孙梁，苏美，译.上海：上海译文出版社，2011：46.

② [英]弗吉尼亚·伍尔夫.达洛卫夫人[M].孙梁，苏美，译.上海：上海译文出版社，2011：7.

③ [英]弗吉尼亚·伍尔夫.达洛卫夫人[M].孙梁，苏美，译.上海：上海译文出版社，2011：53–54.

④ [英]弗吉尼亚·伍尔夫.达洛卫夫人[M].孙梁，苏美，译.上海：上海译文出版社，2011：54.

又想到"整个印度都是他的后盾：平原，山脉，霍乱，比爱尔兰更为辽阔的土地。"①

可见，彼得虽然有着对伦敦上流社会人物的排斥甚至痛恨，反感他们的奢华与虚伪，但同时又认为那种生活相较于自己却是"成功的"。并且，让他在自视失败却又能聊以自慰的是他的帝国英雄梦和他在印度的殖民者身份，包括娶了印度女人。他对印度女人的喜爱与接纳也是出自于一个帝国的殖民者的征服欲与占有心理。显然，虽然处于社会的不同阶层，彼得与达洛卫一家以及"那一帮人"实际上都有着同样的帝国意识，不同只在于达洛卫他们是政策的制定者与监督人，而彼之流是政策的践行者，大英帝国殖民事业的拥戴者与开拓者。

就在晚宴前的上午一个时间段的达洛卫夫人的客厅，我们看到"空间和时间标志融合在一个被认识了的具体整体中"——一个特定的时空体。"时间在这里浓缩、凝聚"，相见的是阔别20年的昔日情侣，然而，通过意识流的技巧，他们的过往生活片段又在这一时空中一一铺陈开来。"空间则趋向紧张，被卷入时间、情节、历史的运动之中"，处于高雅、华丽的客厅里的两人在客气的交流中又互相检视着对方，使空间中充满了他们观念的冲突与情感的对立。"把我带走吧，克拉丽莎一阵感情冲动，仿佛彼得即将开始伟大的航行……"② 他们无疑都处在"帝国的感觉与参照体系"中，大英帝国的子民是不可能脱离这个体系的。伍尔夫的这种书写也同样折射出这一体系的价值观，因为"作为资产阶级社会的文化作品的小说和帝国主义如果缺少一方就是不可想象的……我要说，帝国主义与小说相互扶持。阅读其一时不能不以某种方式涉及另一个。"③

---

① [英]弗吉尼亚·伍尔夫.达洛卫夫人[M].孙梁，苏美，译.上海：上海译文出版社，2011：57.

② [英]弗吉尼亚·伍尔夫.达洛卫夫人[M].孙梁，苏美，译.上海：上海译文出版社，2011：55.

③ [英]艾勒克·博埃默.殖民与后殖民文学[M].盛宁，韩敏中，译.沈阳：辽宁教育出版社，1998：96.

（三）达洛卫夫人的宴会场

伦敦上流社会的宴会客厅就如同巴赫金所说的"完成小说事件的有限处所——客厅沙龙，有着政治生活和实业生活的晴雨表；这里看得到政治、实业、社会、文学等声望的形成和衰亡；人们从这里开始飞黄腾达，也从这里身败名裂；这里决定着高层政治和金融的命运，决定着法律草案的成败、书和戏的成败、部长或交际花歌手的成败；这里相当充分地反映出新的社会等级的各层次（同时聚于一处）；最后，这里以举目可见的具体形式揭示出生活中新主人——金钱的无所不在的权力。"①

克拉丽莎的宴会场即是这样一个充斥着伦敦上流社会大人物，上演着一幕幕关乎个人成败与帝国命运的处所。客人主要是政界人士：英国首相、布鲁顿夫人、休等，他们就代表着英国社会主流力量。而其中的布鲁顿夫人更是晚宴的主角和这些社会力量的核心。对这个讲起话来像个男子汉，曾在80年代一桩臭名昭彰的阴谋中插过手的贵妇来说，"移民"问题已变成她的血肉般难以分割。"她的整个身心绝对地、无可否认地、甚至专横地倾注于一项计划，急于甩掉这桩微不足道的琐事（彼得·沃尔什和他的私生活）；那项计划使她全神贯注，不仅如此，而且占据了她的灵魂，渗入灵魂深处，那是她的命根子，倘若没有它，米粒森特·布鲁顿就不成其为米粒森特·布鲁顿了；这计划乃是让上等人家年轻的子女们出国，帮他们在加拿大立足，并且顺利地发展。"② 布鲁顿夫人就是帝国意识的集中反映者，而她周围的同僚则一起构成了同谋。宴会场就是他们互相通气，交流信息，并商议帝国策略的场所。至于女主人克拉丽莎，她既看不惯布鲁顿夫人那帝国殖民者的跋扈与张扬浮夸的做派，又为布鲁顿的午宴没有邀请她将她视为同僚而耿耿于怀。

---

① [俄]巴赫金.巴赫金全集·小说理论[M].白春仁,晓河,译.石家庄:河北教育出版社,1998:448.

② [英]弗吉尼亚·伍尔夫.达洛卫夫人[M].孙梁,苏美,译.上海:上海译文出版社,2011:130.

宴会场同时也是一个包含着阶级与性别双重等级的时空体。克拉丽莎的女儿伊丽莎白、曾经的伙伴彼得和萨利、穷亲戚埃利在聚会中均处在边缘位置，与布鲁顿夫人一流构成了互相对抗的两极。彼得和萨利没有克拉丽莎所认同的阶级地位，甚至被视作异类。他们也不喜欢聚会中的势力气氛。他们的在场始终威胁着克拉丽莎希望营造的和谐气氛。而没有参加聚会的赛普蒂默斯则构成了对聚会的最大威胁。

宴会的高潮是首相的光临，它使克拉丽莎感到不胜荣幸，"此时此刻，她委实飘飘然，陶醉了；内心剧烈地跳动，似乎在颤抖，沉浸于欢乐中，舒畅之极——诚然，说到底，这一切都是别人的感觉；尽管她热爱这气氛，感到一阵激奋与爽快，然而，所有这些装腔作势、得意洋洋，都有一种空洞之感，好似隔了一层，并非内心真正的感受……"① 这种矛盾的情绪一直在晚宴中纠缠着她，直到听到赛普蒂默斯死亡的消息。

晚到的布雷德肖爵士将赛普蒂默斯的死亡消息带到了达洛卫夫人的宴会场。"克拉丽莎心里想：死神闯进来了，就在我的宴会中间"。"光华焕发的盛宴一败涂地了；她穿着华美的礼服，独自走进斗室，真怪。"② 在接下来的一些列意识流动中，卡拉丽莎反省着自己的生活，"无论如何，生命有一个至关紧要的中心，而在她的生命中，它却被无聊的闲谈磨损了，湮没了，每天都在腐败、谎言与闲聊中虚度。那青年却保持了生命的中心。死亡乃是挑战。"③ 就在这样一个具有代表性的是空体中，在尽显各阶级较量和不同派别的争斗中，伍尔夫将克拉丽莎殖民情怀的矛盾与人生选择的纠结达到了最大化。随着大本钟的报时声，随着钟声和人声响彻空间，克拉丽莎"觉得自己和他像得很——那自

① ［英］弗吉尼亚·伍尔夫.达洛卫夫人[M].孙梁，苏美，译.上海：上海译文出版社，2011: 210.

② ［英］弗吉尼亚·伍尔夫.达洛卫夫人[M].孙梁，苏美，译.上海：上海译文出版社，2011: 222–223.

③ ［英］弗吉尼亚·伍尔夫.达洛卫夫人[M].孙梁，苏美，译.上海：上海译文出版社，2011: 223.

杀了的年轻人。他干了，她觉得高兴；他抛掉了生命，而她们照样活下去。……
于是她从斗室踅入客厅。"①

在赛普蒂默斯自杀身亡这个标志性事件中，达洛卫夫人的灵魂与饱受精神
疾病折磨的赛普蒂默斯的灵魂碰撞而共鸣，她为他摆脱世俗，追求自由的解脱
之死感到高兴；而她是不可能像他一样抛下生命，甚至抛下身份、地位，去追
求理想的高尚与自由。所以，赛普蒂默斯的死仿佛成了达洛卫夫人自己挑战世
俗的成功一步。

因此，我们看到在这样一个最宏大并最包罗万象的宴会场时空体中，伍尔
夫将 20 世纪初期英国社会的种种对抗置于其中，在深刻反映社会现实的同时也
显露出她自己充满矛盾的帝国情怀。她热爱并依恋伦敦的上流社会生活，如克
拉丽莎；她痛恨战争的残忍和英国上层阶级表现出的妄自尊大、目空一切，如
赛普蒂默斯。她的写作"可谓是帝国主义的态度与反殖民主义情绪并存，她基
本上仍是依赖殖民主义的习惯性理解方式，即使在对英国现存制度进行谴责时
也不例外。"② 这是一种建立在自我批判之上的自我重复，尽管她有着向殖民
社会挑战的冲动，却依然按照殖民主义的视角去看问题。她陷入对帝国意识形
态进行解构的同时又在进行着重构的自相矛盾的窘境。

"现代主义小说最深刻的变革就发生在小说时空体结构这一领域。而小说
作为时空体的艺术正是有各个时空体的对话和互相关联构成。"③《达洛卫夫人》
中时间与空间相互越界、融合形成紧密的时空体当然不只是文中所论证的三处，
在这部意识流作品中，在大本钟所敲响的每一个时间点（全文共 8 处），多重
空间格局并列存在；而在同一空间场所里，人物跳跃而发散的意识流动又使不
同的时间与事件交替闪回。因此，许多不同的因时间而连接或因空间而毗邻的

① [英]弗吉尼亚·伍尔夫.达洛卫夫人[M].孙梁，苏美，译.上海：上海译文出版社，
2011: 226.

② [英]艾勒克·博埃默.殖民与后殖民文学[M].盛宁，韩敏中，译.沈阳：辽宁教育出版社，
1998: 160.

③ 吕梁.试论现代主义小说的时空体问题[J].文艺理论与批评，2005(5): 62.

时空体在文本中并存，各种时空体"相互渗透、可以共处、可以交错、可以接续、可以相互比照，互相对立，或者处于更为复杂的相互关系中。"① 本文所选取的仅是其中有代表性的三处，它们恰可以较为连续又较为全面地记录达洛卫夫人的一天活动以及在这一天中所相遇的人和他们之间的种种关联，从而揭示出达洛卫夫人与自己镜像、与自己作为昔日恋人的对照彼得，以及与伦敦社会各阶层人物的对抗与融合，较量与同谋。同时，在这种种的角逐与斡旋中让我们看到一个内心充满纠葛的达洛卫夫人：对伦敦的爱恋、依附与绝望、憎恨；对战争与死亡的麻木与恐惧；对上流社会的崇尚与厌恶，反抗又同流。这些时空体之间进行着拼接与互补，共同折射出了伍尔夫的殖民思想。

安娜·斯奈斯和迈克尔·H.惠特沃斯指出，"无论是伍尔夫的小说创作还是非小说创作，都涉及空间的政治问题。"② 而《达洛卫夫人》中的时空体借时间与空间的融合（将时间视为空间的第四维），将特殊空间及其隐喻，特定时间及其标志性事件与社会政治问题紧密地结合在一起：街道地图构成的空间话语、城市标志代表的无声言语、钟声的报时（大本钟的钟声、圣玛格丽特教堂的钟声、哈利街的钟声、牛津街的广告钟声）发出的时间诉说共同建构了一个帝国上空的复杂的时空之网。

伍尔夫从不在她的小说中明确表明自己的政治主张。她的政治关怀与时代感悟都是以文学手段呈现，具体地说就是以她绘制的文学地图来呈现的。"伍尔夫的小说创作以及她的非小说类文本书写都一直关乎空间政治：民族空间、城市空间、私人空间，或者作家的文本类空间。"③ 她的一生都被伦敦大大小小的各类地方与空间所吸引，她的文本也成了这些地方与地标的百科全书，在

---

① [俄] 巴赫金.巴赫金全集·小说理论 [M].白春仁，晓河，译.石家庄：河北教育出版社，1998: 317.

② A SNAITH & MICHAEL H W. Introduction: Approaches to Space and Place in Woolf [M]// Locating Woolf: The Politics of Space and Place. New York: Palgrave Macmillan, 2007: 11.

③ A SNAITH & MICHAEL H W. Introduction: Approaches to Space and Place in Woolf [M]// Locating Woolf: The Politics of Space and Place. New York: Palgrave Macmillan, 2007: 23.

层层展示它们的同时也再现了它们承载的历史与意识形态。

　　作为英帝国整个殖民事业的见证者，作为白人上层社会的精英分子，伍尔夫的文学地图不可避免地呈现出"帝国—殖民地"一正一反、一显一隐的双重性。另外，作为女性地图的绘制者，女性与城市空间尤其是城市公共空间的关系问题又始终是她空间政治的核心。《达洛卫夫人》《岁月》等中女性主人公在城市街巷的漫游都是她关于城市空间的性别差异及其背后复杂而动态的社会变化的见证。

第三章　多丽丝·莱辛：边界交错的地图

　　2007 年荣获诺贝尔文学的英国女作家多丽丝·莱辛（1919—2013）是 20 世纪后半叶以来英国文坛的一颗耀眼的明星。相较于英伦本土作家伍尔夫的写作视域，莱辛的写作视野更加开阔，取材也更丰富而独特，具有异常鲜明的地域特色。其早年生长在非洲的经历，成年后又游走于非洲和伦敦两种不同文化空间之间，这种特殊的飞散文化[①]体验使她的创作积聚了众多 20 世纪的热门话题：殖民文化、女性生存、生态环境、科幻轶事、西方文明衰微等。在空间与地方的体验和再现方面她的小说更是涉及了许多不同类别与风格的地点和场景，从而绘制出其独具特色的文学地图。她借助于空间的变换营造了多样的空间叙事，传递出强烈的空间意识。

　　在她 27 部长篇及 16 部短篇小说集的创作中莱辛始终以自己敏锐的观察与深刻的洞悉书写女性的命运，探讨人类的生存。而这样的写作历程也清晰地记录着她本人生活经历的波动、信仰的变化和创作风格的阶段性倾向。在 20 世纪

---

　　①　根据美国加州州立大学洛杉矶分校英语系著名文学批评家童明教授的理论，"飞散"（Diaspora）是表述当今知识特征的一个重要符号，是全球化、后殖民时代一种文化（包括文学）观念，认为文化跨越边界以旅行（即"飞散"）的方式繁衍，是当今文化生产、文化生成的趋势。飞散的文化（文学）是跨界的、旅行的、翻译的、混合的 (border-crossing, traveling, translational, hybridized)，它既是民族的又是跨民族的，是本土的又是全球的。各种飞散作品的共性也是明显的。任何形式的飞散，都是穿越国家和民族界限实现文化繁衍。也可以这样描述：在跨民族关联之中阐述翻译却不被同化的民族文化或文学，即为飞散的文化和文学。飞散者离开家园，带根旅行也好，带种子花粉传播也好，都是在世界中发现家园，或在家园中发现世界，使家园的文化在飞散的过程中获得跨民族特征。（童明. 飞散的文化和文学 [J]. 外国文学，2007(1): 89-99.

70年代写完《暴力的孩子》五部曲的第四部《被陆地围住的》（1900）之后莱辛遭遇了创作瓶颈。她于是将《暴力的孩子》搁笔，转而创作了结构独特，叙事手法新颖的《金色笔记》。重拾《暴力的孩子》第五部时与第一部的创作已时隔7年，而最后完成的这一部《四门城》则标志了她创作风格的陡变。从《四门城》开始，她在作品中融入了大量的幻想情节与精神探索式的漫游，同时文本叙事也呈现出鲜明的空间化倾向，尤其是她创作于70年代的"太空小说"系列更是彰显了非凡的空间想象力和纯熟的空间驾驭能力。

　　纵观莱辛不同时期的创作，她通过殖民地—宗主国、南非草—帝国中心、人类地球—太空行星、外部空间—精神探秘等多种空间的切换，多角度地构筑与绘制自己作品中的空间。可以说"空间"一直是莱辛自身生存与写作生涯中的重要元素，也是她不断探索当代社会纷繁复杂的历史背景下个体的生存境况的实验场。她将要讲述的故事与空间紧密结合在一起，又将空间渗透、交织到故事中形形色色的人的生活中。正是在"空间"这个宽广的语境下，莱辛放手探索了她毕生对人类生存状态的动态关注：个人与社会集体，个人与他人的关系，同时表现出她敏锐、辩证而超然的社会认知。

第一节　越界性——《野草在歌唱》

　　自20世纪70年代学界的空间转向以来，空间不再被视为一个空洞的容器和静止不变的元素，它在文本中也不再被视为仅仅是叙事的必要背景。相反，随着列斐伏尔、福柯、苏贾等空间理论学家著作的问世，空间越来越被挖掘出多样的特性、功能和隐喻意义。法国文学批评家伯特兰·韦斯特法尔从古希腊哲学家赫拉克利特关于"人不能两次踏入同一条河流"之说引入自己的地理批评观点：空间在本质上就是具有越界性的。它不是固定的，它是流动性的，它被各种力量控制，这使得它处于永恒的变动中。并且他认为要研究空间就必须要着眼于它的越界性和它的异质性。[①] 所谓越界不仅仅指的是跨越疆域的物理的界限，它更指一种触犯道德与伦理的界限。它所带来的危险性和颠覆政治形态一样。[②] 法国空间哲学家吉尔·德勒兹在他的地理哲学中将在思想层面上跑脱并冲破界限的运动称为"解辖域化"，是某人或某物离开界域的运动。

简单地说，跨越了一个界限，越过了某种边界，或行为超越了一定习俗，就是"越界"。就其本质来说，"越界"就是一种打破法律规定的行为，从而具有犯罪的属性，或者说越界行为在某种程度上打破了社会中各种形式的规则，关乎社会制度的，或关乎宗教信仰的，而这些都是社会发展过程中由历史沉淀下来的。无论是打破了社会中的法制法规，还是违背了道德制约；无论这一越界行为是关乎男女之情还是其他长久以来已被接受认可的其他方面，"越界"都始终与"形式"或"身份"相关联，它是一种活动或运动，是一段历程，也是一段时期，它是一个从在法律范围内到其外的一段经历，因此，"越界"就在这一过程中构筑了一个空间位移，或是界定了一种关系的定位。[③]

疆域突破与土地占有是殖民行为的基本前提与本质特征，因而以"越界性"来研究殖民文学无疑是一个恰当的切入点，使我们能更清晰而准确地把握相关表征，从而更形象而透彻地解析殖民霸权行为及其造成的恶果。以下将以多丽丝·莱辛的处女作《野草在歌唱》为例分析文本中存在的各种越界性现象。

一、第三空间——疆域间的越界

韦斯特法尔在他的《地理批评》第二章"越界性"中专门设一节讨论的"第三空间"，他认为这是一个处于中间状态的空间，一个未被探索的空间，一个

① Bertrand Westphal. Geocriticism: Real and Fictional Spaces[M]. Translated by Robert T. Tally Jr. New York: PALGRAVE MACMILLAN，2011: 45.

② Bertrand Westphal. Geocriticism: Real and Fictional Spaces[M]. Translated by Robert T. Tally Jr. New York: PALGRAVE MACMILLAN，2011: 42.

③ Julian Wlofreys. Transgression: Identity, Space, Time[M]. New York: Palgrave Macmillan, 2008: 3.

在所有的地图上缺失的空间，它集中体现了空间的异质性特征。这无疑承继了空间理论先驱们的观点。

索亚理论中的"第三空间"本质上是一个具有象征性的异质的空间，它"充满了相互纠结着的真实与想象的内容，充满了资本主义、种族主义、父权制，充满了其他具体的空间实践活动。它们是生产、再生产、剥削、统治及服从的社会关系的具体体现。"① 索亚的这一论述与福柯的"异托邦"存在着本质上的相通性。而福柯认为"殖民地扮演的就是异托邦的角色"。② 殖民者跨越地域的疆界登录殖民地后，占有了土地，摧毁了原住民的文化，然后在这块被他们视作蛮荒之地上将自己的想象图景现实化，同时完成空间布置与地图绘制。

《野草》的故事就发生在非洲殖民地时期，小说中的迪克就是在大英帝国殖民事业的号召下来到南非进行农场经营的穷苦白人。农场在白人殖民者的掌控下就变成了由众多对抗力量集结形成的一个新的"第三空间"。在这里，迪克既是黑人土著对立面的"老板"，也是白人社群里让人嘲笑不屑的穷人和倒霉蛋。他整天从早到晚地在农场上忙碌，娶了玛丽后，"他要求自己更努力地干活，这样才能使境况慢慢好转，能够养得起孩子。他成天地盘算、计划、梦想，站在田里看着雇工们干活。"③ 然而，他既经营无方又运气不佳，他在农场的投资计划总是失败，每年总是亏损，最终落得了破产的结局，把农场卖给了大农场主斯莱特，虽然"农场和农场的所有权就是他的命根子"。④

同是农场主的斯莱特与迪克不同，他善于做投机生意，"至于他自己的农场，除非为了赚钱而不得不下点工本以外，他决不采取任何改良的措施。……他一年一年地榨取这些土地，……他从来没有考虑过施肥。他把树木坎下来当柴卖，这些都是矿产公司开矿以后剩余下来的。但是，即使像他那样肥沃的农场，也

---

① [美]爱德华·W. 苏贾. 第三空间——去往洛杉矶和其他地方的旅程 [M]. 陆扬，等译，上海教育出版社，2005: 87.

② Michel Foucault. Of Other Space[J]. Diacritics, Spring, 1986: 27.

③ [英]多丽丝·莱辛. 野草在歌唱 [M]. 一蕾，译. 南京：译林出版社，1999: 83.

④ [英]多丽丝·莱辛. 野草在歌唱 [M]. 一蕾，译. 南京：译林出版社，1999: 192.

不会取之不竭，用之不尽；土地荒芜了，于是他就想另找土地。……他迫切地需要迪克这块土地，因为和迪克的农场接壤的另外几个农场，他都占有了。"①他买下迪克的农场，替他还清债务。

无论是热爱土地的迪克，还是只将土地看成赚钱机器的斯莱特，他们都以殖民者的身份越入他者疆域，在盘剥土地、压榨当地土人的殖民行径中获取利益。

在弥漫着种族思想的殖民体系中，女性也常常跨出疆域以同男性一样的殖民者面貌参与到帝国事业的同谋与协助中。在嫁给迪克后，玛丽虽然对农场的恶劣环境不满，但也还安于扮演着"房中天使"的角色，她布置房屋、缝补绣花、管理家务、照顾丈夫起居。一次偶然机会她被迫走出房屋，跨进农场之界，替丈夫行使着管理农场的职责。她很快地喜欢上了这份工作。这次越界体验虽然短暂，却让她体会到了作为主人的驾驭快感，这甚至抵消了她作为家庭主妇的卑微和受穷、受歧视的屈辱感，这种越界确实让主体取得了一定的心理补偿。然而"好景"不长，由于缺乏与他人打交道的经验和过于苛刻的脾性，她很快又回到屋内"太太"的角色，整日坐在沙发上消磨时光，成了一个在贫穷种这段翅膀而坠落的"天使"。

文本中英帝国对非洲的侵入、侵占，斯莱特与迪克等在异域购买农场、雇佣土人成为土地的主人，斯莱特对迪克农场的吞并，玛丽从家庭空间走向农场的管制经历均是主体越过地理疆域的行为，从自己的空间领域跨入到一个原本属于他人的界域中并行使主体行为，而《野草在歌唱》中的这一系列疆域的越界又都始于主体的殖民意识和一个体现着霸权思想的"帝国的感觉与参照体系"（爱德华·W.赛义德语）。被突破疆域后的非洲，被殖民者占有并盘剥的农场都成了被这一体系所笼罩的异托邦，一个非此非彼的第三空间，一个在大英帝国的地图上被绘以红色从而失去了原属性的区域。

---

① [英]多丽丝·莱辛.野草在歌唱[M].一蕾,译.南京：译林出版社，1999:182.

二、阈限人物——人物身份的逾越

韦斯特法尔在《地理批评: 真实与虚构的空间》一书第二章"越界性"中写道:
"所有的界限都召唤着跨越。对一个具有游牧精神的漫游者来说,越界就是他
的宿命。"① 小说中黑人雇工摩西就是这样一个带有游牧精神的人物,他以非
凡的勇气与力量冲破种族的、阶级的、伦理的界限,对自己的空间领域进行解
辖域化。

摩西原是农场里的一个雇工,在玛丽替代生病的迪克管理农场期间曾经因
为不服从命令而遭到过玛丽的鞭打。后来因为"他很干净,做事也主动,在那
些雇工中是最好的一个,"② 就被迪克挑选到家里做佣工。由于在教会当过差,
摩西比一般的佣人懂得多,而且会说英语,尽管这让玛丽痛恨得咬牙切齿。摩
西干活很好,对玛丽也没有不尊敬的意思,他总是会"迫使玛丽不得不把他当
一个人看待"。不仅如此,他对被贫困和绝望折磨得希斯底里的女主人充满了
同情,对她说话的语气有时又极其温和,"几乎像父亲对女儿说话一般"。他
甚至还伸出手推着玛丽的肩膀从起居室一直到卧室伺候她去休息。③ 摩西就这
样一步步逾越着束缚自己的看得见与看不见的界限。在一次次的越界中,从边
缘走到了中心。

在特纳夫妇简陋的棚屋内,摩西扮演起了女主人玛丽的生活照顾者、精神
安慰者、心灵寄托者的角色,在某种程度上甚至取代了迪克的位置。这个"黑"
与"白"之间的中间地带为摩西提供了一个他在那个社会中所绝然没有的奇怪
的与白人"平等"相处的机会。在这里,特纳夫妇的家这个脱离了外部社会环
境的"阈限空间"也将摩西变成了一个"阈限人",使他摆脱了原有的身份,
他所要奔往的是一场对"自由"与"平等"的朝圣。

---

① Bertrand Westphal. Geocriticism: Real and Fictional Spaces[M].Translated by Robert T. Tally Jr.
New York: PALGRAVE MACMILLAN, 2011: 40.

② [英]多丽丝·莱辛.野草在歌唱[M].一蕾,译.南京:译林出版社,1999: 149.

③ [英]多丽丝·莱辛.野草在歌唱[M].一蕾,译.南京:译林出版社,1999: 160.

同样，对于处在精神崩溃边缘的玛丽来说，这个暂时的阈限空间也使得她成为了一个游离于日常行为规范的阈限人，跨越了伦理与道德的界域。

童年的玛丽就目睹着父母的无穷争吵和父亲每次醉酒后的猥琐形象，成年离家后她仍摆脱不了不幸家庭生活的影响而一直活着少女般的梦想中，成了别人眼中与众不同的怪人，嫁给迪克后丈夫的软弱无能又使她深深感到"随便哪个女人，嫁给了像迪克这样的男人，迟早总会懂得自己可以办到两件事情：或者是白白地气愤、白白地抗争，最后把自己弄得发疯并且粉身碎骨；或者是努力克制自己，任劳任怨，含辛茹苦。"① 在生活每一个阶段的失落使玛丽定位不了自己的身份，她的一次次逃避（逃离父母、逃离同事、逃离农场）给她带来的是更大的迷失和更深的苦闷。

她从鞭打摩西到害怕摩西（报复），再到被他高大结实的身躯与温和自信的声调深深迷住，直至"她觉得自己已不可自拔地落入了这个佣人的掌握中。"② 玛丽一步步地跨越了她与摩西之间的界域，在经历了"厌恶、惊骇、无法理解、莫名其妙的恐惧、深沉的不安、像噩梦般"等种种对抗性情绪后，她最终对社会伦理道德实现了"解辖域化"。她的行为使她从一个女主人的身份走下来去追求一个普通女人所需求的关爱与温情。

"越界"行为是建构个人主体性的一种尝试。③ 主体打破社会的既定界限，逃离原有的空间定位与束缚，在暂时形成的阈限空间内以自己的观念与理想重构身份。然而，这个阈限空间里往往充满了与社会格格不入的奇异矛盾体，使得阈限人物重塑主体性的愿望与尝试遭受挫败。小说中，主与仆的社会顺序颠倒、丈夫与妻子的伦理错位，这些都注定了摩西与玛丽这两个"阈限人物"越界后的悲剧性结局。在"粉身碎骨"前玛丽不由地感叹："我病了好多年啦，病在

① [英]多丽丝·莱辛.野草在歌唱[M].一蕾,译.南京：译林出版社，1999: 91.
② [英]多丽丝·莱辛.野草在歌唱[M].一蕾,译.南京：译林出版社，1999: 163.
③ 刘云.论略萨小说中的"越界"现象[J].外国文学研究，2014(4): 141.

心里。在心里的什么地方。你知道，这并不是病。而是什么地方，一切都错了。"①

以《野草在歌唱》为代表，我们可以看到莱辛早期创作中对殖民者歧视、压榨非洲黑人的愤恨和谴责。亲历的跨洲际、跨族群、跨文化经历很自然地反馈到她的文学绘图中，使之在区域越界中边缘交错而变得模糊，而这种模糊又更加重了主体性的摇摆与飞散特性。

三、时空体——时间与空间的交汇

莱辛文学绘图中的地方与空间的越界性非常真实而生动地再现了英帝国殖民政策给宗主国与殖民地带来的变化：地域的重新划分与命名，人物身份的重新建构与定位，以及一系列的种族、阶层、性别的冲突与较量。此外，其作品中凸显的越界性还涉及一种特殊的跨越——"时"与"空"的交织——时空体。

《野草在唱歌》中特纳夫妇的铁皮屋顶的房子在小说中就是这样一个"时空体"，它既是空间，容纳着主体的活动，它同时又是时间的载体，留下了岁月的痕迹，并记录了一切人与物的变更。玛丽第一次见到它时"那座四方形的铁皮屋顶发出了雪亮的闪光""房子看上去时紧闭的，漆黑的，窒闷的""在昏黄的灯光中，屋子显得很小很低；屋顶就是她在门外所看到的那种波纹铁皮的屋顶"。"这个闷气的小房间，这光秃秃的砖头地面，这油腻腻的灯，都不是她所想象的。"②小说最后玛丽就在一个雨夜在这个屋子里惨死在摩西刀下，"透过雨水的闪电亮起来，最后一次照亮这座小房子、这个阳台、蜷缩在转地上的玛丽的尸体。"③历经风霜与炙烤的小屋在这样一个将时间的流逝与空间压缩为一体的房子里，我们可以集中地看到主人翁之间多重的对抗与冲突，恰似一幕幕舞台剧。

从摩西被迪克从农场带到家里的那一刻，玛丽就认出他正是两年前自己用

---

① [英]多丽丝·莱辛.野草在歌唱[M].一蕾,译.南京：译林出版社，1999: 218.

② [英]多丽丝·莱辛.野草在歌唱[M].一蕾,译.南京：译林出版社，1999: 49–50.

③ [英]多丽丝·莱辛.野草在歌唱[M].一蕾,译.南京：译林出版社，1999: 223.

鞭子抽打过的那个人。之后，"她对待这个佣人不能像对待其他佣人一样，因为她脑子里老是驱除不掉那年她打了他以后、怕他反击的恐惧。她在这个佣人面前总觉得心神不安……"① 主仆就这样相处下去。直到有一天，玛丽撞见摩西在灌木丛洗澡，"当玛丽穿过中间的那片灌木丛时，他的身体竟然动也不动一下，脸上又显出那样一副表情，眼睛直勾勾地望着玛丽，这实在使玛丽愤怒至极。她感到一股冲动，就像当年举起鞭子抽到他时的那种冲动。"在后来的相处中，玛丽一步步地陷入对摩西的厌恶、排斥和对表现出一个男人的坚忍、温和甚至关爱的摩西的迷恋的折磨中，"她简直不知道该怎样和他相处下去"直到"他们之间有了一种新的关系。她觉得自己已不可自拔地落入了这个佣人的掌握中，"② "等待着那个可怕的终点的来到。他们两人好像是两个敌手，在暗地里斗法。"③

　　玛丽的状态生动而逼真地体现了霍米·巴巴理论中的"矛盾状态"，它被巴巴用以描述殖民者和被殖民者相互关系中那种既吸引又排拒的复杂状态。巴巴认为矛盾状态打断了殖民统治那种泾渭分明的权威，因为它打乱了人们通常认为的殖民者和被殖民者之间的简单关系。殖民者与被殖民者在优越与自卑、纯正与掺杂、模仿与戏弄的矛盾状态中，经常形成一种既排斥又吸引的依存关系。作为被殖民者代表的摩西恰恰以一种"说英语""谈战争"的人的姿态戏拟着以玛丽为代表的白人文化，同时又以自己强健的体魄、果毅的个性嘲弄着懦弱、无能的男主人迪克。

　　然而，这样一种在当时的殖民地为视为不可思议的骇人之举终于有一天被斯莱特发觉，他感到愤怒而不可容忍，毫不犹豫地赶走摩西，并派出了自己的代理人，一个白人青年托尼去接管农场事物。在斯莱特、托尼，以及玛丽的厉声斥责与驱赶中，摩西的屈辱与失望与玛丽的依恋与羞耻构成了这个时空中最

① [英]多丽丝·莱辛.野草在歌唱[M].一蕾,译.南京：译林出版社，1999: 149.
② [英]多丽丝·莱辛.野草在歌唱[M].一蕾,译.南京：译林出版社，1999: 162-163.
③ [英]多丽丝·莱辛.野草在歌唱[M].一蕾,译.南京：译林出版社，1999: 178.

后的一组较量，也加速着它的最后完结。

在这个"时"与"空"相互越界、融合而成的结合体中，玛丽、迪克、查理·斯莱特、英国来的青年托尼·马斯顿，还有摩西，他们的人生中的空间路途和时间进程交错相遇。代表着不同的种族、阶层、性别、身份的他们形成互为镜像的对照，带着复杂而具体的社会性隔阂在这个空间内交互、碰撞。最终，一组组矛盾状态的变化打破了时空体的平衡（时空体本身就是动态的），一切张力与矛盾消散。这个远离当地区域人群，在烈日炙烤下早已飘摇欲倒的房子成了特纳夫妇的坟墓与摩西的刑场。正如巴赫金所说，这个时空体"是事件起始之点和事件结束之处"①

《野草在唱歌》中特纳夫妇所居的非洲农场只是大英帝国在殖民属地里的一隅，然而在那里发生的故事却集中反映了帝国霸权及殖民统治的实质及其后果。殖民行为突破疆域、霸占他者土地的本性注定了小说中的一系列越界行为和人物的反抗意识；而殖民地这一第三空间的异质性又铸就了一个流动而异质的时空体，彰显着一个特殊时间与地点的交错与汇合，种种帝国体系下的矛盾体在这里缔结与较量。

"越界"从定义的本源出发首先就意味着对空间的突破，同时意味着不安分，一种冒险，和一定的危险性。而殖民行为本身就带有跨越空间的性质，殖民者与被殖民者控制与反控制的较量过程又都体现着彼此的不安分和冒险精神。因此，对于记录与体现殖民经历的殖民文学来说，作为韦斯特法尔地理批评核心的"越界性"及其相关论述既可以还原文本中对有形与无形疆域的突破，又可以探究在越界行为中的一切空间隐喻。

---

① 钱中文. 巴赫金文集（第三卷）[C]. 石家庄：河北教育出版社, 1998: 274.

第二节　失落的家园——《四门城》

1949 年，30 岁的莱辛带着她的处女作《野草在歌唱》书稿离开南非来到伦敦，她的小说《四门城》里也以女主人公玛莎·奎斯特的视角艺术化地再现了她初到英伦后的一系列经历与情感变化。

《四门城》是莱辛的成长五部曲《暴力的孩子》的收尾之作，与之前四部有着很大区别。前四部小说以主人公玛莎·奎斯特前半生在非洲的人生求索为主线，探讨了个人命运与集体的关系。[①] 而在被莱辛自称为"预言式小说"的《四门城》里，玛莎来到了曾经梦想都市伦敦。战后伦敦出处破败、凋零的景象颠覆了玛莎曾经作为英格兰人回归家园的梦想。在这座给战争洗劫得千疮百孔、昏暗无光的"被命运注定"[②] 了的城市里玛莎更加感到无所归属的迷惘。小说的前半部分表明上依然是在记录着玛莎痛苦的求索之路，然而读者感觉此时的中年玛莎不仅从年龄上已经失去了在前四部中的热情和不倦精力，同时还给人一种失去了个性、失去了精神实质的意象。她在作者笔下已经变成了伦敦这座现代荒原中的一个移动的坐标，以她的观察记录着 20 世纪的种种矛盾与危机；她也依然化为了一个空洞的符号，代表着西方现代社会文明对个人追求平等、和谐之梦的摧毁与打击。

一、破败的伦敦地图

《四门城》开篇，莱辛即描述了玛莎眼中战后伦敦的凄凉、混乱和萧条的景象。英格兰、伦敦、以及帝国的种种标志性建筑物：皮卡迪利广场、舰队街，这些曾经无数次唤起她心中自豪感的名字似乎都湮灭在凄风冷雨的废墟中。在

---

① Paul Schlueter. A Small Personal Voice[M]. Alfred A. Knopf, New York, 1974: 14.
② Doris Lessing. The Four-Gated City[M].London: Macgibbon&Kee Ltd., 1969: 51.

街上游荡许久的玛莎跳上了公共汽车，"这个车程经过舰队街，它在冷雨中，已变得模糊不见；经过特拉法尔加广场时，狮子们在冷灰的细雨中若隐若现。"[1] 映入玛莎眼中这些地点与地标的现状无声地宣告了帝国曾经辉煌的结束，也揭示了帝国的真面目。在南非时看到的印刷品上以及父母描述中的帝国与眼前现实的落差徒增了玛莎心中对帝国及帝国缔造者的深深怀疑与可笑的荒谬感。内心的这种冲突矛盾进一步加深了玛莎初来伦敦的疏离感与失落感，更抹杀了她对帝国曾拥有的莫名其妙的家乡般的怀旧感。

和《达洛卫夫人》中漫步于伦敦街头的克拉丽莎一样，玛莎也以女性和殖民者的双重身份像勘测者一样在伦敦的大街小巷穿行、观察、体会，脑中聚积着自己对伦敦不同区域和地方的空间感知，绘制着一个游走于两种文化的都市边缘人的城市地图。我们在这幅地图上看到击碎了她"帝国神话梦"的现实的牛津街、工人阶级聚集的伦敦码头、路边站着妓女的贝斯沃特路。无论是曾经繁华高档的市中心社区，还是偏僻的都市贫民窟到处都是破破烂烂、死气沉沉，到处都充斥着各种刺耳的尖叫声，到处都能感受到不和谐的声音和争斗，所有这一切都让玛莎越来越多地认识到一个真实的战后伦敦。在这丑陋的令人厌恶的充满危险的都市环境中，帝国中心荒谬的神话被彻底戳穿。

与克拉丽莎不同的是，在伦敦的都市空间中，女主人公玛莎·奎斯特更多了一重来自殖民地的经历，她的认知绘图中除了正在绘制的充满陌生地点与路线的帝国都市，还早就深深地印制了南非草原的一景一物。来自非洲记忆的地方与空间，和伦敦都市图像共同形成对她的空间触动。非洲殖民地的族裔阶层与帝国中心的统治者在玛莎的头脑中不可避免地交织在一起，在小说里构成一个基本的框架，也突出了莱辛文学地图的边缘交错的特性。

伍尔夫的双重地图是明显地具有"一显一隐""一主一次"的特性，帝国中心图是浮现在她写作的正面与核心地位。同属帝国女儿的莱辛的文学地图虽然也具有双重性，但是殖民地与帝国都市在她的绘图中却呈现在同一平面，并

---

[1] Doris Lessing. The Four-Gated City[M].London: Macgibbon&Kee Ltd., 1969: 35.

且相互交错。此外，生活于 20 世纪前半叶，且家族显赫的伍尔夫目睹与体验帝都伦敦更多的是它曾经的繁华、优雅的现代文明，而生活于 20 世纪后半叶，且在 30 岁才来到伦敦的莱辛感受伦敦更多的却是它战后的破败、颓废与异化。她在《四门城》中也大量描写了战后伦敦被弃置的废墟和曾经地标的遗址。"所有的瓦砾要么被清理掉了，要么堆成一堵墙，或者一扇篱笆什么的。但是，水坑述说着陈旧的地下室，残墙断壁突兀地立在那儿，一大堆大梁已锈迹斑斑。这栋房子的一楼还在，堆满了废铁，在中央，还有一堵附带着壁炉的墙高高地、完整地立在那儿。这个地方有一个篱笆和标语：'危险！儿童勿靠近！'①"在小说的附录部分，核灾难席卷欧洲，不列颠群岛已被毁灭。在弗朗西斯（马克的儿子）写给女儿的信中，他描述这个国家曾经发生的各种社会问题：暴力、战争、经济危机、党派争斗、种族歧视以及严重的环境污染，"我们都中毒了。我们的神经系统都被击成碎片——主要原因是道路拥挤、交通堵塞和飞机带来的我们不得不忍受的噪音；我们呼吸的空气是腐臭的并且充满有毒物质…… 我们的食品被毒染，因为我们使用各种添加剂以及在农作物上使用有毒物质；原子能废物被倾倒到海里；空气日益充满辐射性物质……我们正渐渐将自己逼疯，人类已经将自己逼疯……"② 莱辛以她特殊的"有毒话语"③ 描摹了一个人间地域般的战后伦敦，在破败的地图上奏响的是一曲城市挽歌和 20 世纪人类的心灵挽歌。

二、恶托邦世界的乌托邦幻想

《四门城》继续了莱辛小说的一贯主题：在个人寻求生存意义的追寻中探索人类命运和未来生存。女主人公并不能像作家自己一样在写作的乌托邦世界

---

① 　Doris Lessing. The Four-Gated City[M].London: Macgibbon&Kee Ltd., 1969: 9.

② 　Doris Lessing. The Four-Gated City[M].London: Macgibbon&Kee Ltd., 1969: 665-666.

③ 　"有毒话语"(toxic discourse) 源于美国著名生态批评家劳伦斯·布伊尔《为一个濒危的世界写作》(Writing for an Endangered World)。布伊尔将它解释为那些描写环境灾难给人类带来危害和焦虑的文学文本。

找到建构梦想的空间。经历过在伦敦大街小巷无数次漫游的迷惘之后，玛莎来到作家马克·考德里奇家里做他的助手，并照顾一家人的生活起居，尤其是半疯癫的女主人琳达。没有出路的玛莎后来发生异化，拥有了收音机般能自由接收外来信息的特异功能，并时而如疯女人琳达一样陷入半癫狂状态。这种看似有点滑稽而又与前四部小说的写实风格非常不协调的情节设计实际上既是作者对20世纪西方社会所发生的一切暴力不和谐因素的映照与反讽，同时也是作者借助这一形象表达了自己对现代生存的失望，甚至悲观。

在伦敦战后残缺、破败的地图上，莱辛实际上是建构了一个恶托邦。在这里，一切曾经虚幻的美好化为乌有，充斥的是混乱、肮脏、恐怖与绝望。在主人公马克的书房里挂着两幅巨大的世界地图，"标满了原子弹、氢弹、巨型炸弹、小型炸弹以及研制、生产、销售它们的基地。地图上用红旗标注在世界各地发生的战争，黑旗标注研制、生产、出售在细菌战、化学战中使用的材料以及用来控制和操纵人脑的药物的工厂和实验室，黄旗标注被炸弹、放射性废弃物、喷洒农作物的化学聚集物和船只排放出的油污污染的区域……"[1] 他对玛莎解释到，悬挂它们的目的就是要看清现在的世界正在发生什么。这里马克的恶托邦地图是对大英帝国曾经在全球收复一个个殖民地然后在地图上标红的行径的一个巨大对照与讽刺。除去战争的暴力因素造成的恶托邦图景，20世纪的西方文明造成的环境污染也是它的促因。马克在《给自己的备忘录》里多次谈到人类生存环境被严重污染以及各种现代科技和武器给地球造成的巨大破坏，他忧心忡忡地写道："现在很显然，在未来的十年或二十年人类的生存将是个大问题……；这个世界上的许多区域正被毒物侵害、污染、威胁，在五年、十年、十五年、二十年后，某些不可预见灾难将会发生……"[2] 而英格兰灭亡的景象更是多次在琳达的梦境中显现。小说的最后是一个附录，它是由一封封科德里奇家庭成员间的来往信件组成的。在这带有明显预言色彩的部分里，核灾难席

---

① Doris Lessing. The Four-Gated City[M].London: Macgibbon&Kee Ltd., 1969: 330.

② Doris Lessing. The Four-Gated City[M].London: Macgibbon&Kee Ltd., 1969: 550.

卷了欧洲，不列颠群岛已被毁灭，人们不得不四散转移。① 玛莎最后则死在苏格兰北岸一个同样遭到严重污染的小岛上 。很明显，莱辛在《四门城》的后半部分以夸张的笔触描摹了一个恶托邦世界，凸显了 20 世纪的各种社会矛盾：暴力战争、经济危机、党派争斗、种族歧视、现代科技手段的膨胀、严重的环境污染以及人类精神几乎崩溃的状态，并预言了这样一个世界的"被注定了的"灭亡。当谈到《四门城》里的预言，作家曾说道："我想它是一个真实的预言。我认为'铁蹄'会最终到来。我相信未来是灾变的。"②

所幸的是世界上还有着像马克父子一样怀有严肃的人类使命感，致力于帮助灾难中的人并投身于拯救世界的有识之士。马克在自己的文稿中描绘了一个梦想的小城，那是"一座带有花园和喷泉的精致的小城，……那儿没有战争，没有敌人，……人类最终团结在一起。"③ 马克梦想中的这个理想城市以及作家给这部小说的命名——"四门城"，都绝妙地呼应了五部曲第一部《玛莎·奎斯特》中玛莎曾经的梦境："金色的城里有雪白的建筑，大道通天，树木成行，在这座威严的四门之城里，所有人都平等地生活，没有仇恨与暴力。"④

"四门城"的中心意象——四方形，则"是象征繁荣、秩序、理性、规则的城市元素。"⑤ 因此它的存在实际上显现的是作家心中不灭的对新世界的向往，是一个美丽的乌托邦式的世外桃源的建构。虽然充斥于小说始终的是破碎之城、毁灭之城的意象；通篇恶托邦灾难图景的描绘，闪烁于其间的却总有一块作家与主人公共享的理想之地。因此，"莱辛在作品中勾勒的理想城市形态 —— 四门城，是作者在纷乱现实中无从实现的理想图景，是建立在作家本人生存体验和对整个人类生存困境的思考与探索基础之上的抽象性的空间意象，它已经超

---

① Doris Lessing. The Four-Gated City[M].London: Macgibbon&Kee Ltd., 1969: 648.

② Paul Schlueter. A Small Personal Voice[M]. Alfred Knopf, New York, 1974: 71.

③ Doris Lessing. The Four-Gated City[M].London: Macgibbon&Kee Ltd., 1969: 705-707.

④ [英] 多丽丝·莱辛 . 玛莎·奎斯特 [M]. 郑冉然 , 译 . 南京：南京大学出版社，2008: 184.

⑤ 赵晶辉 . 文学中的城市空间寓意探析 [J]. 当代外国文学，2011(3): 10.

越了地域版图上的具象空间。无论从地域空间还是作家心理空间来说，都体现了作家远离现实和主流话语的意图，体现了更深层次上关于生存问题的思考。"[①]莱辛洞见的是人世间的无情争斗与暴力摧毁，希冀却是和平、平等与和谐；笔下描摹的是一幅幅无处可逃的灾难蔓延图景，憧憬的却是安乐、美好和繁荣；毫不留情预言了世界末日的到来，却又在宣泄末日情绪同时展望另一个新天新地的存在。

第三节　异质空间——《幸存者回忆录》

《幸存者回忆录》(1974)是继《四门城》之后又一部具有空间化特色的作品。这部被纽约时报书评誉为"杰出的寓言"的小说以幻想的方式描摹了末世图景及人类的救赎。而其中占据小说绝大部分叙事的"墙后面的世界"更是以其不可思议而又栩栩如生的存在为小说中的乱世生活抹上了最浓墨重彩、出神入化的一笔。

小说中的这面墙是主人公"我"——一位无名的中年女性所住的公寓客厅的一面墙，"我"在从末世降临这个城市到最后成为一名幸存者共穿墙而过进入墙后面的世界十五次。可以说在这部文本中对墙后面的世界的叙事与"我"在现世生活中的叙事随着"我"的越过与退回交叉进行，并置而存。就是这样一种离奇的安排使小说的内容充满了张力，也使得这一方墙后面的空间充满了被诠释的魔力。结合 20 世纪 70 年代西方学界的空间化转向及其在文学作品中的丰富释义，笔者认为这个墙后面的世界就是福柯笔下的一种异质空间(也称"异托邦")。这一概念是福柯 1966 年首次在《词与物》的前言中提及的，"它涉及真实的空间，也涉及文本和社会空间独特的反映、表征、抗议和颠倒正常句

---

① 赵晶辉 . 文学中的城市空间寓意探析 [J]. 当代外国文学，2011(3): 11.

法和社会空间秩序的哲学思维和哲学功能"。^①莱辛的这个墙后面的"异托邦"
是对现实社会空间的映射、渗透、弥合与拓展，它是异质的，但与现实却又是
共在的。通过创造这样的"另一个世界"，作家表达了她对"这一个世界"的
生存忧虑和内心充满的对突破的渴望。

一、存在于世的无助与困围

《幸存者》中，"我"独居在一所公寓大楼的最底层。那是一个特殊的时代，
城市陷于混乱的瘫痪状态，人性在各种犯罪中沦落与泯灭，人们纷纷弃城而去，
迁徙逃离。"我"没有过去，也没有打算未来。虽然是故事里的一个主要人物，
可是"我"却没有被赋予过多的描述，甚至没有多少与他人的对话。"我"更
像一个观察者，一个收录着各种信息的"载体"，静静地察看并记录一切，被
作家抽离了一个实际存在的人的特质。在这里，"我"的绝境实则是作者对自
己一贯塑造的富于求索精神的女性被现实困围的形象的一个总结性呈现。

突然有一天，一个叫作艾米莉的女孩走进了"我"的生活。领她来的那个
中年男人对"我"说："就是这个孩子。""你要对她担起责任。"^②艾米莉
突兀与毫无情理的到来实则预示着"我"回忆的开始。艾米莉此后在我身边的
生活，在乱世所演绎的一切实则象征着"我"前半生求索的经历。"我"观察
艾米莉追求的各种尝试、失败与无奈——爱情、友情、政治抱负，实则是"我"
在反思中的种种感悟。作家在此巧妙地将过去与当下并置，发生在一个时空体里，
轻松而形象地显示了"我"一路走来至今的绝望处境。

艾米莉一到来就"认定将跟我一起过"。"她认定这是她的避难所"。她
很快地就加入到公寓对面流浪的马路帮。这个正处在青春期的女孩对周围的事
物充满了叛逆与对抗，"我"不免一直担心："这个令人担忧、沉溺于梦想、
不稳重的孩子，她如此专注于自我、幻想和往昔，又怎么能在我们将要被迫逃

---

① 张锦.福柯的"异托邦"思想研究[M].北京：北京大学出版社，2016: 13.
② [英]多丽丝·莱辛.幸存者回忆录[M].朱子仪，译.海口：南海出版公司，2009: 2.

生的人世间幸存？"①（这实则是"我"发出的对自己一生茫然求索的诘问）。同时，艾米莉异于同龄人的早熟与敏感个性的成因又在墙后面的世界中进一步得到印证。"我开始领悟到人行道发生的情况、我与艾米莉之间的事情，可能与我走访墙背后看到的情景有着某种联系。"②墙后面那个"个人的"空间就像一个囚室，令人胆寒。一个四岁的小女孩不断目睹着母亲对弟弟的疼爱，遭受着被父母忽略、责骂与戏弄的痛苦。"这个小女孩当然就是交给我照看的艾米莉，但好些天我都想不明白自己居然旁观了一个她童年时的场景。这当然无法想象，因为这样的童年现在不存在，早已成往事，当时出现的场景只能来自她的记忆，来自她成长的历史。"③读者此时稍加思索便可发觉作者虽隐晦然却分明的匠心所指：艾米莉就是"我"，艾米莉的到来就是"我"对过去生活的回忆，而"我"在墙后面看到的小女孩是艾米莉的童年，也是"我"记忆深处的儿时。因为"从我的角度看，她，她的状况，与我接近得就如同我自己往昔记忆"。④作者正是借助"墙后面"这样一个异质的空间打破了叙事的时间顺序，同时又巧妙地赋予了空间象征性的深意。在这样一个由作者匠心独辟的"另一个空间"里，童年的艾米莉深深的孤独与绝望正是她如今乱世中种种作为的根源所在，也是中年的"我"魅影般独居于乱世而无所归属的症结。这样的一个异质的空间延展着文学创作的时空，同时也作为一种特殊的容器承载着作者无法在正常时空中表述的内在世界。

社会局势日益变糟，在那个呈激增状态的时代，艾米莉很快地成熟。然而接下来，她却遭受到马路群落这个大家庭破裂的失落与凄凉，好朋友琼离去的伤心痛苦，以及与恋人杰拉尔德间的信仰的分歧等种种波折。"我在认识一个成熟的女子……当我的目光与她相遇，这是一对大约三十五至四十岁的女子的

---

① [英]多丽丝·莱辛.幸存者回忆录[M].朱子仪,译.海口：南海出版公司,2009: 3.
② [英]多丽丝·莱辛.幸存者回忆录[M].朱子仪,译.海口：南海出版公司,2009: 4.
③ [英]多丽丝·莱辛.幸存者回忆录[M].朱子仪,译.海口：南海出版公司,2009: 5.
④ [英]多丽丝·莱辛.幸存者回忆录[M].朱子仪,译.海口：南海出版公司,2009: 6.

眼睛……她绝不愿再经受那一切了。就像处于我们已消亡的文明中一个精疲力竭的女人。"①艾米莉在奔波与追求中兴奋过、收获过，同时她在这种闯荡与尝试里也感受到被现实困囿的无奈与痛苦。在此，作者的叙事又巧妙地与当下的"我""我的状况"合二为一。

我通过艾米莉回忆着我的过往，艾米莉在我身边的成长慢慢地铺设开我一路经历与求索的种种失败与无望。在充满暴力与混乱的末世"我"的生存已变得毫无意义。这也就是为什么作者自始至终对于"我"的描写与塑造都停留在一个亦真亦幻的缥缈状态。作者需要"我"做的只是在回忆中总结（艾米莉的出现），并在精神的另一场漫游中寻求着脱离苦海与无望之道（墙后之旅）。其实小说在开始就交代："为了自己的内在世界，我已经抛弃了对寻常事物的所有期待，我真实的生活就在内在世界之中。"②

二、越墙而过的精神放逐

在墙后面的世界中，除了映射艾米莉童年生活经历的"个人的"空间，还有一个作者泼墨颇多的"非个人的"空间。"个人的"空间里容纳着"我"痛苦的儿时记忆，女主人公就是在这里以使命感般的执着追究着她一生的困惑。而"非个人的"空间则对应了"我"在现世中所处的一个熵化世界，它充满了污秽、暴力与毁灭感，"我"在其中的一次次游历，一次次竭力所做的清洁、规整与修补工作则象征着"我"的一场精神之旅，为"我"铺就了一条通往天国的自我反思与升华之路。

首先，对于这面墙，每当靠近它"我"就感觉"仿佛托着一只快要孵化的鸡蛋贴近耳边，倾听着，等待着，想象着里面头缩在翅膀下的小鸡，正啄着自己的出路，摆脱黑暗的牢狱"。③在接下来的越墙而过的际遇中，"我"看到那

---

①　[英]多丽丝·莱辛.幸存者回忆录[M].朱子仪,译.海口：南海出版公司,2009：7.

②　[英]多丽丝·莱辛.幸存者回忆录[M].朱子仪,译.海口：南海出版公司,2009：8.

③　[英]多丽丝·莱辛.幸存者回忆录[M].朱子仪,译.海口：南海出版公司,2009：9.

里许许多多、绵延无尽的房间，那里破败陈旧、凌乱不堪或损毁严重，甚至还有让人感到恶心、感到害怕的有着杀戮痕迹的房间。"我"感觉有许多工作要做。"我"开始擦洗、修补，打开门窗让阳光与清风进入，涤荡整个房间。可"无论我如何打扫、收拾，将翻到的椅子、桌子和室内物品恢复原样，无论我如何刷洗地板，擦洗墙壁，等到我有一阵子脱离了现实生活，再次走进那些房间时，一切又得重做一遍"。① 即便如此，在"非个人的"房间里感受到的低落与沮丧与"个人的"场景的痛苦是不可同日而语的。那些房间的混乱无序也不像"个人的"家庭令人窒息的封闭状态那么糟糕。"走出我的'真实'生活，进入另一个如此充满可能性和可选择性的地方，总是一种解放……清洗与粉刷工作后，人就像站在了清洗干净的蛋壳里面，感觉我已把积攒的妨碍生存者呼吸的污垢都清除掉了。"②

在这个"非个人的"空间里，"我"忘却了个人的恩怨，抛弃了绝望的心境而一心一意地弥补着由于人类的过失而留下的创伤，也弥合与拯救着自己千疮百孔的心灵。莱辛在后期塑造的一些列人物形象，《金色笔记》中的安娜、《四门城》里的琳达与玛莎、《简述坠入地狱之行》中的疯子教授等。他们都或多或少地游离于现世生活而游历在独特的精神世界中，经历过迷乱与颠覆、疯狂与清醒以及禁锢与逾越。安娜独特的笔记本，琳达诡秘的地下室，疯子教授奇特的梦境，莱辛建构了一个个有别于常态时空体的异质的空间来进行他们各自的精神之旅。而在《幸存者》中，"我"的精神之旅，"我"的天路历程则完成在这个"墙后面"的空间中。

一次次的穿墙而过的经历就如一次次灵魂的洗礼，让"我"一次次更透彻地理解了外面的世界和"我"真正的需求与目的。墙后面的空间景象随着我的每一次穿越而不断地发生变化，"我"也在改变，"曾经伴随我整个一生的焦

---

① ［英］多丽丝・莱辛. 幸存者回忆录 [M]. 朱子仪，译. 海口：南海出版公司，2009：10.

② ［英］多丽丝・莱辛. 幸存者回忆录 [M]. 朱子仪，译. 海口：南海出版公司，2009：11.

虑和渴求，总是与我同在的反抗和怒气，都在逐渐减弱"。① 在"我"最后一次踏入墙后面的世界时，"我"所居住的大楼像一台机器那样瘫痪了，外面的空气已经污浊得令人无法呼吸，到了一切该结束的时候了，墙面上隐藏的图案苏醒了，显现出来……这时艾米莉已大大超越了她本人，彻底变换了容颜，她带着她的忠实的狗"离开了这个崩溃的小世界，进入完全不同的另一种世界"。②

较之以前的作品，"我"的结局不是《野草在歌唱》中玛丽的被情夫的杀害，不是《暴力的孩子》中玛莎在《四门城》里最后发生的异化及孤死在荒野小岛上，也不是《金色笔记》中安娜经历了精神错乱后最终选择的与现实的妥协，莱辛甚至没有给艾米莉一个清晰的结局。她在《幸存者》里及其之后的创作中对人在世间求索似乎给予了全新的理解与诠释，那就是精神上的"天路历程"。因此，人在世间的怎样的生存状态都变得不再重要，赋予主人公或生或死、或妥协圆融或错乱异化也都变得不再重要。

一方墙后面的空间，它为"我"引发了一场精神的放逐之旅，也为读者提供了一个新颖独特的解读角度，它不是作者的突发奇想、哗众取宠，它所成就的也不是真正意义上的科幻小说，作者只是借助了幻想的元素，她刻画与反馈的依然是一个让她又爱又恨的充满绝望和希冀的现实的世界。

三、从容入世，清淡出尘

莱辛在文本中技艺高超地建构了一个虚幻的"墙后面的世界"，主人公在此进行着恣意的精神放逐与思想遨游。小说里，在"我"的一次穿墙经历中"我"参与了一场众多人齐心协力的拼图案游戏，那是从现有的碎布料中找到一块花案镶嵌在生气全无的灰暗的地毯上，让它恢复活力，变得完美无瑕。完成这样的工作使"我觉得我在黑漆漆的顶上看到了一颗星星在闪亮"。③ 美国美利坚

①　[英]多丽丝·莱辛.幸存者回忆录[M].朱子仪，译.海口：南海出版公司，2009：12.

②　[英]多丽丝·莱辛.幸存者回忆录[M].朱子仪，译.海口：南海出版公司，2009：13.

③　[英]多丽丝·莱辛.幸存者回忆录[M].朱子仪，译.海口：南海出版公司，2009：15.

大学莱辛研究专家鲁本斯坦教授在她的著作中分析道："拼接地毯图案这一段反映出作家这样的人生认知：人类生存的目的就是应该成为整个宇宙和谐的一部分并且努力进一步完善这一和谐。"莱辛在其后期幻想类作品中鲜明地强调人类在宇宙中的渺小和整个宇宙和谐共生的重要性。她所笃信的就是"在这个世界中，而不属于它（In the World, Not of it.）。"莱辛相信人和世界都有改良的可能性。她的愿景不仅包括地球，也包括整个宇宙。可见，她非但没有变得消极，反而是眼光更加长远，见识更加宏大。

小说中"我"所生活的物理空间与墙后面的意识里的空间并不是由一墙之隔而绝然割裂的。"我"始终在两个空间、两种世界穿插，扮演着两种角色。"现在回想起来仿佛有两种生活方式，两种生命，两个世界，它们并排共存，彼此紧密相连。"①当身处通常意义上的、符合逻辑的、时间主导的日常世界里，"我"观察着、记录着、检视着这个世界正发生的一切：往昔繁盛的文明废墟上今日败落的情景；政府机构的无为与虚伪在摇摇欲坠的现实面前的滑稽演绎；人与人、人与动物之间野蛮血腥的盘剥与杀戮……"我"无能为力也无法悲天悯人，大厦就是"我"的牢笼。当"我"处于客厅那面花卉图案墙后面的地带时，这个"日常世界"就不存在了。"那里温柔甜美、汩汩不息的水源滋养着我"。"从进入那个地方的旅程回归之后，我可能对我经历的事情和去过的地方并没有真切的记忆……但充满这个房间的亮光里面含有来自那里的另一种亮光，我已将它随身带来了，并保留片刻，引起我对它所代表的东西的向往。"②

在"这个"空间里，"我"是在世的，"我"照顾并保护艾米莉，尽心承担着"我的责任"。在末世的混乱中"我"依然辨别着政府的"脆弱"与"伪善"和人性的种种丑与美：艾米莉、杰拉尔德的"善"与"积极"；黄狗雨果的"忠诚"与"坚守"；琼的"迟疑"与"不坚定"；地下孩子帮的"恶毒"与"凶残"。在墙后的"那个"空间中，"我"又是出世的，"我"在那儿规整着混乱的秩序、

---

① [英]多丽丝·莱辛.幸存者回忆录[M].朱子仪，译.海口：南海出版公司，2009: 20.

② [英]多丽丝·莱辛.幸存者回忆录[M].朱子仪，译.海口：南海出版公司，2009: 21.

清理着肮脏的污垢，在清冽的空气与碧绿的园地里徜徉……"我心里明白这是另一个世界的天空，不是我们的天空。""我"的"出世"又时时检视着我"入世"的存在。"每当我逃避到墙背后空间的情况结束之后，会出现片刻的疑惑，我的心灵动摇起来，必须使它稳定下来。不要这样！我跑到窗前，让自己相信我所看到的才是现实，才是真实的生活。我牢牢地站在了每个人都会认可的正常状态。"①墙后面的漫游只不过是"我"挣脱现实世界的困囿而进行的精神修习，而小说最后"我们"的幸存与跨越现世的壁垒正是"我"将外部世界与内心意识相结合而达到整一的结果，"我"也在跨越的瞬间实现了一生追求的自我拯救。

可见，墙两边空间的交互呈现，"我"在两种生活场景的迥异而互补的体验绝妙而生动地演绎了作者的"从容入世"之心，"清淡出尘"之意。莱辛以近乎魔幻的想象将传统的空间进行再造与分割，并以此绘制出着眼于现实又超越现实的西方现代生活图景。福柯独具匠心的异质空间概念为作家进入表征着现实生活的文本空间之外的"异域"提供了一个独特的途径。它像一面镜子，悬置在真实与虚幻之间，扩大了原有的文本空间也延异着读者的视觉和理解空间。在她缔造的一个断裂、混乱的"异域"中，作家使人们对生存问题做出更深刻的反思，也使"我"在反思中逐渐摆脱了在现实中摆脱不了的精神困境。

《幸存者》确是一部浸染着作者人生信仰的"内空间"小说，也是一部大胆利用现代语境中的"空间"概念的实验性小说。其"内空间"的表现附着于并体现在外部空间中——一方墙后面的世界。莱辛在这个充斥着回忆与幻想的异质化的空间里赋予了主人公一场别样的天路历程。这种虚拟空间的构造体现了作家进行"空间生产"的主动性，体现了"空间"作为一种叙事手段的流动性、多变性，也更体现了"空间"在文学作品中可以被赋予的多样形式与丰富寓指。当代语境下的空间不再是一个静止不变的"容器"，而是一个无限开放的，充满矛盾的过程，是各种力量构成对抗的场所。这是一个一切地方都在其中的空间，

① ［英］多丽丝·莱辛. 幸存者回忆录 [M]. 朱子仪，译. 海口：南海出版公司，2009: 22–23.

可以从任何一个角度去看待它，每一个事物都清清楚楚；但它又是一个秘密的，猜想的事物，充满了幻象与暗示。①

莱辛以不同的人物形象（公寓的主人"我"、公寓的来客艾米莉、墙后面的小女孩）将同一个人物在不同时空中（中年、青少年、幼年）发生的或真实（其实，这里的"真实"也是她想象的世界末日）或臆想的事件"并置"为墙这边的公寓生活和墙后面的意识漫游，运用时空交叉和时空并置的叙述手法打破了传统的单一的时间顺序叙事，将时间空间化，给予了传统文学空间大胆的变革与创新。法国著名的文学批评家布朗肖在其《文学空间》中，将文学空间理解为一种生存体验的深度空间。在他看来，文学空间并不是一种外在的景观或场景，也不是见证时间在场的固化场所，它的生成源自作家对于生存的内在体验。② 莱辛后期作品中的异质空间正是源于她对生存的深刻体验，她借空间缔造之手法，让思想意识披上空间的外衣，在巧妙的再造、分割与借用中极大程度地利用了"空间"，于无声处传递出她对现实的真切关注和对人类生存的拳拳忧患之心。

第四节　太空乌托邦——《南船星座的老人星》

与《四门城》一样具有幻想特征的《南船星座的老人星》系列是莱辛 80 年代创作的科幻五部曲③，它所包含的五部小说虽然在作为故事发生背景的空间

---

① ［英］多丽丝·莱辛．幸存者回忆录 [M]．朱子仪，译．海口：南海出版公司，2009: 24.

② ［英］多丽丝·莱辛．幸存者回忆录 [M]．朱子仪，译．海口：南海出版公司，2009: 25.

③ 这五部曲是：《关于：沦为殖民地的五号行星——什卡斯塔》(Re: Colonized Planet 5, Shikasta, 1979)、《三四五区间的联姻》(The Marriages between Zones Three, Four and Five, 1980)、《天狼星实验——五人团成员艾姆比恩第二的报告》(The Sirian Experiments, the Report by Ambient II, of the Five, 1981)、《八号行星代表履职记》(The Making of the Representative for Planet 8, 1982)、《多愁善感的使者们出使伏令帝国的档案》(Documents Relating to the Sentimental Agents in the Volyen Empire, 1983.

场所的选择、主要人物设计、故事情节展开等元素上各有不同，但彼此的整体框架依然具有高度同一性，都基本是从"恶"世界的建构到"新"世界的来临；都面临毁灭到步入新生。"恶"的方面涵盖了殖民剥削、族群争斗、恶劣气候与环境污染等。正是在这种种"恶"的驱纵下"什卡斯塔"——这个外星人眼中的"破碎的星球"才遭受核灾难横扫地球文明，世界灭亡的灾难境地。莱辛在系列中所描摹的人类未来生存困境极其堪忧：能源耗尽、生态恶化、掠夺肆虐、人们道德沦丧人际关系剑拔弩张，现代文明失去了一切生存根基。透过这一切作家似乎在浩叹：在一片生存荒原与精神贫瘠中人类未来之路将何去何从？

一、步入科幻

在 20 世纪，科幻小说已经迈进了人类学和宇宙哲学思想领域，成为一种诊断、一种警告、一种对理解和行动的召唤，最重要的是——一种对可能出现的替换事物的描绘。[①]

如果说《四门城》开启了莱辛"熔想象、预测与现实于一炉的所谓'预言式小说'的创作领域"，[②]《简述坠入地狱之行》（1971）和《幸存者回忆录》（1974）是莱辛转入科幻题材的前奏曲，那么《南船星座的老人星》系列则是她正式步入科幻领域的象征。

将莱辛后期的小说纳入"科幻"创作的范畴，虽然在严格意义上来说它们并不具备拥有科技时代明显科学元素的特征，但是就它的幻想性、超现实的叙事以及生发的触因和创作目的来讲却是一切"科幻"文本所涵盖的。

科幻小说是科技时代特殊的文学形式，是"科学和未来双重入侵现实的叙事性文学作品"。[③]

---

① [加]达科·苏恩文.科幻小说变形记：科幻小说的诗学和文学类型史[M].合肥：安徽文艺出版社，2011: 13.

② 朱振武，张秀丽.多丽丝·莱辛：否定中前行[J].当代外国文学，2008(2): 100.

③ [英]布赖恩·奥尔迪斯，戴维·温格罗夫.亿万年大狂欢：西方科幻小说史[M].舒伟 等，译.合肥：安徽文艺出版社，2011: 1.

莱辛一直比较关注科技发展及其带来的负面作用，这些在她的自传《影中漫步》有所体现。二十世纪六七十年代的世界文坛，特别是英国文坛，科幻小说风靡，莱辛不可避免地受到感染。当被人问及："你读过科幻小说吗？"莱辛写道："我提到了奥拉夫史德普顿·威尔斯、儒勒·凡尔纳。他说我已经入门了。后来，他给了我一堆科幻小说。我当时的感受和我后来的感受一样。我对他们的视野感到兴奋，他们的阅历，他们的视角，他们的想法，以及进行社会批判的可能性——尤其是在那个麦卡锡主义的时代，美国的文化气氛史如此令人压抑，对一切新的思想充满敌意——然而我也对人物塑造以及细节的缺乏感到失望。""在科幻小说里，有我们这个时代最棒的故事。如果你刚从传统文学的世界走出来，那么翻开一本科幻小说，或是和科幻小说家在一起，就像是打开了一扇古老风格的闭塞小屋的窗户。"①

她认为科幻小说家们往往进行着这个国家最先进的思考，而传统文学开始变得越来越具有局限性。

莱辛后期的恶托邦小说开创了她科幻小说的新道路，具有强烈的批判意识。恶托邦或反乌托邦，是"乌托邦的对立面"，②被用于科幻小说等作品中，意为"糟糕地方"，描绘的是"社会、政治、科技秩序"等不良发展下的"令人极其不舒适的想象世界，那些令人担忧的发展趋势被投射到未来的灾难性终结里"。③ 20世纪的西方世界科技突飞猛进，一面是科技发展下伴随而生的各种社会问题以及人类精神的异化，一面是战后人极权政治支配下的各种民族冲突与对峙。恶托邦的文学形式描绘出当下并预测未来可能出现的恐怖前景。著名的恶托邦三部曲有：英国左翼作家乔治·奥威尔的《一九八四》（1949）、英国作家阿道司·赫胥黎的长篇小说《美丽新世界》（1931）、俄国作家尤金·扎米亚京创作的长

---

① [英]多丽丝·莱辛.影中漫步[M].朱凤余等，译.西安：陕西师范大学出版社，2008：23-24.

② Margaret Drabble. The Oxford Companion to English Literature[M]. 6th ed. Oxford: Oxford University Press, 2000: 312.

③ Abrams, M.H. A Glossary of Literary Terms[M].7th ed. Boston: Heinle & Heinle, 1999: 328.

篇小说《我们》（1921）。

20世纪70年代后期到80年代前期，莱辛创作了系列科幻小说《南船星座的老人星》(Canopus in Argos: Arehives)。这些作品承袭了她在《四门城》及《幸存者回忆录》里缔造恶托邦的创作热情，同时也更凸显了幻想与批判的态势。这五部"太空小说"的相继问世标志着其科幻小说创作的成熟期到来，也是其科幻小说创作的最高峰。莫娜·纳普 (Mona Knapp) 认为"外部太空小说《老人星》系列描绘了一个灾难性的宇宙。"[1]沙尔德·伊耶认为莱辛的"太空小说是探索主体性的系列，这些小说把读者引入新的空间、新的想象世界，并提供一个审视当代社会的不同视域。"[2]王佐良和周珏良等指出"以星际空间为背景的太空小说焦点仍是地球上的现实……采取了旁观者的超然态度"，以科幻小说的形式"象征和讽喻地球上也以存在的帝国主义列强同殖民地国家之间的扭曲关系，是地球上的真实社会现实的夸张和形变"，表达了对人类命运的思考与忧虑。"[3]

《老人星》系列故事所描述的中心事件是银河系中的三大帝国——老人星、天狼星、杀马特星对什卡斯塔的争夺和奴役，最终什卡斯塔沦为三个巨大的银河系帝国的殖民地。莱辛并没有详细交代故事发生的时间，在幻想的外星球的异域空间内，时间流被她有意无意地终止，叙事的社会背景与时代背景都被模糊化。作家以这种反传统的方式抵达对人类整体生存困境的隐喻。

《什卡斯塔》是太空系列小说的第一部，主要讲述老人星在殖民争斗中拯救行星什卡斯塔(最初名为罗汉达 Rohanda)的故事。第二部《三四五区间的联姻》以三区编年史的形式呈现在读者面前，讲述了殖民星球上以三区、四区、五区命名的几个互相隔绝的国家，他们都受到殖民宗主国的统治与管理。第三部《天狼星实验》呈现的是科技高度发达的天狼星的代表"艾姆比恩第二"被派遣到

---

①　Mona Knapp. Doris Lessing[M]. New York: Ungar, 1984: 130-165.

②　Sharada N Iyer. Doris Lessing: A Writer with a Difference[M]. New Delhi: Adhyayan Publishers & Distributors, 2008: 129.

③　王佐良，周珏良 . 英国二十世纪文学史 [M]. 北京：外语教学与研究出版社，1994: 766–767.

各殖民行星上了解实验后写下的报告。第四部《八号行星代表履职记》是第八号行星主管编年史记录的代表朵伊格记录下来的历史故事。《多愁善感的使者们出使伏令帝国的档案》是系列小说的最后一部，主要讲述了殖民教育。

《什卡斯塔》中的地球被外星人 kan 称为"破碎的星球"，老人星的使者约霍亲临星球，目睹了它的混乱与崩溃。在他的记录与描述中什卡斯塔星球濒临毁灭的主要原因之一是在欲望的膨胀的争斗中，人们上演了一出出不道德的思想和行径，人性的"善"早已被忘却、丢弃，取而代之的是各种"恶"的蔓延，昔日的文明被破坏；环境被破坏；人与人之间的信任和友善被破坏，整个星球死气沉沉，一片潦倒。银河系中高度文明发达、聪慧睿智理性的老人星以自己的力量与善行给予什卡斯塔以精神给养，全力帮助什卡斯塔恢复与发展。它通过移植优良人种和各种教育工程将自己及另外星球上的更高级的文明介绍并传授给罗汉达（Rohanda, 什卡斯塔星球受破坏之前的名字）当地的居民，而什卡斯塔的居民们则通过老人星提供的"感应物质流"不断完善自身的精神修养。在这种理性与知识渗透的影响下，什卡斯塔的居民从愚昧与落后中开始重建家园，星球也变得安定和谐，兴旺发达。小说中的"罗汉达"或是"什卡斯塔"都喻指地球，莱辛以寓言的形式再现了地球上出现的种种社会问题，并反思人类社会的欲望与疯狂行为。

《什卡斯塔》之后，莱辛漫步太空的脚步没有停留，正如她在《什卡斯塔》的序言中写道："初写此书时，我以为写一本就可以达意了，这本书写完，这个题材就差不多了。但在创作过程中，产生了关于其他作品、其他故事的各种构思，以及由于解脱出来进入一个较为宽阔的天地，由于有更为广阔的可能性而产生的狂喜。"①

在看到系列作品的社会批判功能之外，作为被殖民帝国传统文化熏陶的结果，我们依然也可以清晰地在《老人星》中看到太空帝国殖民者对被殖民星球的控制与奴役，无论是打着什么样的旗号。老人星的代表们在对殖民星球的管

---

① Doris Lessing. Canopus in Argos: Archives[M]. New York: Vintage, 1992: 9.

理统治的同时，也是以观察者的角度对殖民地进行观察与审视，改造与重构，这与 18、19 世纪的欧洲人到世界各地去探险、旅行、开拓的殖民行为如出一辙。

《老人星》系列以广袤的外太空空间为背景，作者构想了科技发达的未来世界的种种生存境遇，以宇宙档案学家的身份观察、记录、分析、整理各类文件、报告、日记、史料，在幻想中以这种无比真实可信的"客观"方式再现当代社会，揭露各种矛盾与问题。

著名小说家和学者布莱恩·奥尔蒂斯在《亿万年大狂欢：西方科幻小说史》（ *Trillion Year Space: The History of Science Fiction* ）中将现代幻想文学分为"分析性"幻想文学和"梦幻性"幻想文学这两大类——偏重分析性的幻想文本更多的是批判与思考；而"梦幻性"的写作则追求奇幻唯美的效果。他指出，多丽丝·莱辛的太空系列小说是属于分析性的，带有明显的批判针对性，是对 20 世纪西方世界生存状态的生动隐喻；是对现代文明发展带来的种种危机的深思，同时也是对面临灾难境地的人性的观察与拷问。

二、建构乌托邦

"乌托邦"，这个托马斯·莫尔在 18 世纪提出的新词始终是它后面的所有年代难以超越的具有丰富而深邃语义的概念。它指明了既是美好的，又是不存在的一种空间和一种状态。加拿大学者达科·苏恩文指出乌托邦"是一种截然不同的、历史性的他择性社会政治状态；一个供替换的他乡；一个幻想的社会，那里的各种关系比作者社会中的各种关系组织得更加完美；它具有对任何这样的状况、地方或社会进行虚构的，或者更明确地说，'语言文字的建构'的特征；与一般的和抽象意义的乌托邦项目和计划相反，它的任何这种结构具有特定的或个性化的特征。"他在此理解的基础上提出了自己关于乌托邦的定义：

乌托邦是对一种特定的近似人类社会的状况的语言文字建构，在那里，社会政治机制、规范和个人关系是按照一种比作者的社会中更加完美的法则来组织的。这种建构是以一种从拟换性的历史假设中产生的陌生化为基础的。[①]

达科还总结列举了任何乌托邦建构必须满足的四个特征：（1）必须是一个完整的和隔绝孤立的地点（山谷、岛屿、星球）；（2）必须以全景式的扫描表达出来，这个扫描的关键是这个隔绝孤立地点的内在组织；（3）一个形式的等级系统成为乌托邦的最高秩序，因而也是最高的价值，不存在什么无组织的乌托邦；（4）必须具有一种隐含的或明显的戏剧性策略——这一策略的全景式概观与读者的"正常"期待发生冲突。[②]

作为当代科幻小说的一个亚类，莱辛即是在她的科幻世界中以文字的形式建构了她的乌托邦——一个完整的孤立于地球的外太空星系。

在太空系列中，莱辛也是以一个全景式扫描记录了以老人星为核心的众星球的政治局面与生活环境。整个星系中的帝国之间呈现出明晰的等级：老人星处于这个体系的顶端，它的文明程度最高，处于下级的是天狼星帝国和普提欧拉帝国，最底层的就是什卡斯塔了。终极力量老人星始终是整个宇宙空间的控制力量与精神导向，同时它也是一切生命力与友爱善意的源泉。它不仅以自己的博爱与智慧统治、掌握着整个宇宙的发展，还派出使者化身为不同形象去传达天启、教化人类。当什卡斯塔上的文明崩塌、居民退化、生态恶化、濒临灭绝的时候，老人星派出使者乔赫提供感应物质流，变成恶托邦的什卡斯塔才又在不断完善自己的精神修养后绝处逢生，又一次繁荣与兴旺起来；由于战事不断而发展停滞、民不聊生的三区、四区和五区最终也在老人星的精神感召下打破隔阂，和谐共生，恢复了勃勃生机；老人星最终也完成了对残暴嗜战的天狼星人的改造，纠正了他们的种族优越感；八号行星的居民在遭受极寒天气的考

---

① [加]达科·苏恩文.科幻小说变形记：科幻小说的诗学和文学类型史[M].丁素萍，李靖民，李静滢，译.合肥：安徽文艺出版社，2011：55.

② [加]达科·苏恩文.科幻小说变形记：科幻小说的诗学和文学类型史[M].丁素萍，李靖民，李静滢，译.合肥：安徽文艺出版社，2011：55–57.

验时终于认识到人类的渺小无知而在最后得以拯救；伏令国同样是在老人星的无私帮助下克服人性弱点从而平复了政治动乱和经济危机。

显然，整个系列小说完成了对"征服、奴役与掠夺"到"教化、感知与进化"这一过程的描写，且其无论开始建构的是怎样一个个充满"恶"的世界，最后都旨在宣扬一种平等、和谐而统一的意象。作为统辖一切的具有神谕一般的老人星的目的以及作家设计这样一个人物的目的都是在表明："作为存在于星球上的一个物种我们人类对自身的认识是错误的"。要彻底改变这一状况，实现从"恶"世界到"新"世界的转化则需要净化人类的灵魂，改变思维模式。而人类灵魂的升华，不仅需要人意识到其与生活环境和谐的重要性，还要依赖于包括生活于其中所有物种的整个万物宇宙的统一和谐。[1] 中国学者王逢振曾在莱辛小说学术研讨会上的发言中说到："《什卡斯塔》还有一个非常重要的主题就是人类的发展，从某种意义上它是一种警示。……导致灾祸的罪魁祸首就是人类思想上的堕落、欲望的横流，因此精神上的救赎才是最直接、最有效的方法"[2]

莱辛在文明的废墟上构建了文字的乌托邦，幻想着人类在恶托邦的境遇中通过自我反省与人性改良得以涅槃重生，也幻想着在这里，20 世纪西方世界里的种族对峙与战争，科技发展带来的一系列人性问题、环境问题都将不再存在。此外，人类生存关注之中对女性群体及其生存问题的关注更是莱辛乌托邦建构中不可或缺的一块。

在西方科幻文坛上，女权主义乌托邦文学萌发于二十世纪五六十年代，此后在七八十年代得到了持续的发展与成熟，直至 90 年代依然在主流文学中占有一席之地。这种文学地带的次生实际上是西方第二次女权主义运动的伴生现象，

---

① 　Jean Pickering. Understanding Doris Lessing[M]. Columbia, s.c.: University of South Carolina Press, 1990: 158-162.

② 　王逢振. 多丽丝·莱辛作品的科幻意义 [EB/OL]，(2008-03-16)[2020-07-18].
http://news.xinhuanet.com/newscenter/2008-03/16/content_7801779.htm.

在科幻文学兴起与女权思想的双重影响下，越来越多的女性作家、女权主义作家涉足科幻领域，其中声名显赫的主流作家有加拿大作家玛格丽特·阿特伍德以及英国的多丽丝·莱辛。《老人星》系列中的《三四五区间的联姻》可以讲是她建构女性乌托邦的典型体现。在"生活祥和富足"没有战争的三区，女王爱丽·伊斯是位美丽、坚毅、自信、充满责任感的女性。她被管理太空的终极力量派到四区与那里的首领本恩·艾塔成婚，从而帮助混乱的四区重建文明繁荣。三区就是一个由女性建构的乌托邦，在那里"所有的劳动由所有的人共同承担，不分男女，分工合作。统治者没有特殊地位与特权，她们与普通居民一样在领地完全平等，既不是命令与被命令的关系，也丝毫没有对立。在爱丽·伊斯的意识里，"如果我是这儿的女王，那是因为你们推选了我，而你们之所以选择我做女王那是因为我如你们一样，你们认可这一点——我恰恰代表了你们，我的子民们身上最精华的部分，我把你们看做是我的，就好像你们把我看做是我们大家的，我们的爱丽·伊斯。"① 而她被被派去救助的四区是个因常年战事连绵而农田荒芜、道路破烂、房舍不整、设施落后的地方，那里的人们也是营养不良、面黄肌瘦、无精打采，连"空气中都弥漫着枯燥无味、令人沮丧的气息。"四区的首领本恩酷爱征战、崇尚武力，他狂妄自大，缺少温情，是父权制的典型代表。莱辛以科幻的形式向我们展示了女性在社会中的力量，她们以女王、姐妹、母亲的身份彰显出智慧、忍耐、善良、勇敢与担当，从而在一个充满争斗与不平的父权制社会颠覆了被歧视被制约的地位，建构了自己的乌托邦，完成了女性的成长历程。

　　通过乌托邦式的想象性建构，莱辛希望给支离破碎的现代文明找到一个出路，给人类世界中一切压迫与被压迫、征服与被征服、殖民与被殖民的对峙力量寻求一种和谐共生的可能。充满智慧的老人星、繁荣民主的三区、理性而果毅的行星代表们都是她在建构乌托邦中的理想形象。但我们也看到在根深蒂固

---

　　① ［英］多丽丝·莱辛.三四五区间的联姻[M].俞婷,译.南京：南京大学出版社,2008:82.

的父权制及其滋生的殖民思想影响下，莱辛的企盼也依然和伍尔夫一样只是一场"帝国女儿梦"，她在救世的渴望与努力中借用与透露的也依然是殖民者的父权意识形态。因而，她的乌托邦也终究会成为真正的"乌有之乡"。

三、流散的身份、交错的地图

如前文所述，正因为莱辛自己前三十年生涯中的殖民地生活经历，南非的一草一木还是深深扎根于她的生命与头脑。她之后的文学创作也总是闪烁着非洲草原与帝都伦敦的影像交织，这无疑都注定了她文学地图的独有特性——交错的边缘，共存的地域。

莱辛边缘交错的地图反映出其身份的混杂性与流散文化特征。有别于伍尔夫文学地图明显的正与反、主与次的双重性，可以说在莱辛文学地图上，殖民帝国与殖民地版图是边缘交错地呈现的，这种边缘交错的特性既与她本人生活经历相关，也与作家复杂的意识形态息息相关。

在波斯（今伊朗）、南罗德西亚（今津巴布韦）和英国等地漂泊的经历，再加上其在两种文化边缘徘徊的生存体验深刻注定了莱辛本人的身份流散性及其作品的流散意向。因为空间地域上的流散往往会造成主体文化身份定位的困惑以及生存意义上的流放感与不稳定感。主体流散的经历不仅是跨越国家与民族的疆域，更是伴随着跨越具有冲突性甚至对峙性的不同文化的界限，这些给流散主体带来的是双重或是多重的体验、困惑、错位、迷失，从而陷入身份认同的困境。

正如萨义德所说，流散主体"存在于若即若离的困境，一方面怀乡而感伤，一方面又是巧妙的模仿者或秘密的流浪人。"① 可见，流散者既具有自己民族本土文化的根基，又受到移居地文化的浸染、同化，自己原来的身份意识在两种文化中不断地分裂、重构。多重复杂的身份使他们的身份认同充满了矛盾，

---

① [美]爱德华·萨义德.知识分子论[M].单德兴，译.北京：生活·读书·新知三联书店，2002：45.

倍感困惑与困扰。

一般来说，流散者的身份隐含着"通过表现的文化、政治、思想与传统而历史构建的一种族群意识""通过对过去的生活领域与现在新的生存地的想象而建构起来"。[①] 来到伦敦后的莱辛作为流散者身处新的移居地，却总是会回忆甚至怀想曾经在南非生活的种种。她悬浮在两种文化之间，具有多重身份，但同时也是这双重甚至多重的流放者与他者。她自己对帝国也是若即若离，既熟悉又陌生，处于帝国中心之外的、非主流的文化边界，成了实实在在的帝国边缘他者。而在殖民地，那里的政府人民排斥她，甚至一度禁止她入境，她本人也拒绝认同殖民地文化，不可能安于殖民地的生活，她又是殖民地的他者。她的身份在异质文化的碰撞与融合中变得混杂起来，这种杂糅的文化身份使莱辛这样的帝国流散者无法分出"此"与"彼"，也常常纠结于"既此也彼""既非此也非彼"的困惑，夹在帝国文化于殖民地文化之中，"难以将自己整合为一个单纯而统一的个体、而时时处于自我身份的怀疑之中。"[②] 欧洲文化的潜移默化与非洲文化的耳濡目染使莱辛既不能完全认同自己的欧洲文化，也不能接纳生存地的非洲文化。她带着破碎的民族记忆，徘徊在多重文化的边缘，在新的文化境遇中身份不断分裂，始终处于身份悬置状态，为此感到深深的焦虑和惶惑。也正是由于这种流散的身份，她的作品中充满对殖民主义、种族主义及战争的批判、对邪恶的抨击、对弱者的同情、对强权的愤怒以及对于人类的终极关怀。从处女座《野草在歌唱》开始，莱辛的作品就呈现出明显的批判色彩及对人类命运的关注，特别是早期以非洲生活为背景和题材的现实主义作品及中期以异域星空为背景的科幻小说作品。

此外，这种地域上的流散特性除了注定了莱辛文学绘图中边缘交错的特性，也体现在她的现代化叙事技巧上，如拼贴、意识流、蒙太奇等这些 20 世纪再现

---

① Tiyambe P Zeleza. Rewriting the African Diaspora: Beyond the Place Atlantic[J].African Affairs 2005(104/414): 35-68(41).

② 王岳川 . 后殖民主义与新历史主义文论 [M]. 济南：山东教育出版社，1999: 63.

现实世界的一些列文本书写特征。

太空系列小说《老人星》采用科幻叙事模式，应用了"拼贴"与"蒙太奇"等后现代叙事技巧。文本打破时间的连续性、逻辑性与空间的严整性、合理性，构筑了多角度、多层次的叠加式叙事结构，在凸显文本的幻想性同时大大加强了读者的陌生化感受。

拼贴是后现代小说中常用到的一种叙事技巧，即把报刊文摘、书信日记、小说片段、历史资料、广告图片等看似互不关联的"各种差异性因素组织在一个文本的平面上"，这些材料碎片被重新组合成一个完全不同的整体，这种由多种碎片拼贴而成的统一体给读者的审美造成强烈震撼。[①] 拼贴重视对片段的截取与整合，蒙太奇也强调画面的剪辑与组合，表达了后现代的一种非连续的时间观与变换的空间感。蒙太奇原为建筑学用语，现在是电影叙事的重要手段，通过对时空画面的剪辑，实现对时空的再造，各个镜头单独存在，组合后又产生新的意义。蒙太奇的使用使得叙述在时空上拥有很大自由。蒙太奇也是后现代文学作品"把不同时空中互不关联的碎片"进行"有意识的组合"的叙述方式。[②]

在《四门城》及莱辛的代表作《金色笔记》中我们就可以感受到作家巧妙的使用了拼贴与蒙太奇创作手法。在更具有科幻特性的《老人星》中，她把太空中不同时空发生的多条线索的"事实"碎片等材料进行剪接、拼贴，组合成的画面或并列或叠加，构成了一个统一的太空帝国景象。在《什卡斯塔》中，叙事更是跨越了印度、什卡斯塔、沙马特、欧洲、天狼星、老人星等不同空间，在时间上也是现在、过去、将来相互交织。

《老人星》系列以虚构的太空世界作为作品的空间结构，以恶托邦图景展现和乌托邦愿景建构为中心内容，借用一些列后现代叙事手法，从而折射出人类客观世界的复杂镜像，表明了作家对现实的批评与忧患、对人类生存与世界发展的关怀及建构人与人、人与自然、人与世界和谐发展的愿望。作品表面形

---

① 王先霈，王又平. 文学理论批评术语汇编 [C]. 北京：高等教育出版社，2006: 802.

② 陈世丹. 美国后现代主义小说详解（英文版）[M]. 天津：南开大学出版社，2010: 31.

式的"虚""乱""杂"映射的正是 20 世纪西方世界纷繁复杂的社会格局与生态文明崩溃的分裂状态。

相较于伍尔夫充满悖论的双重地图，莱辛的文学绘图更多的是交错的、摇摆的、充满幻想性的。从《野草在歌唱》的"越界性"探求、《四门城》与《幸存者回忆录》充满异质性的恶托邦呈现，到《老人星》的科幻性乌托邦建构，莱辛一直致力的是对现实世界的关注与再现，对西方文明的怀疑与拷问，以及寻找救世及自我的精神出路的种种尝试。同时我们也看到同属帝国女儿身份的她们的共性：无论对殖民政策下的政治局势多么不满，对父权制价值体系下的女性地位多么抗拒，她们都具有根深蒂固的殖民者姿态，崇尚的依旧是带给她们安逸与憧憬的帝国文化，最终陷入的也必然是一样的悖论重重的现实困境。

第四章　琼·里斯：逆绘的地图

　　20世纪中期惨绝人寰的第二次世界大战给社会以及人的精神思想带来巨大震撼。战后的人们对曾经的文明和文化产生了深刻的怀疑，各个领域的先锋理论家纷纷将对文化的追求与寄托放在那些对过去的思想系统记录、并反馈它们的经典话语的文本的重读、拆解和重构上。在这股彻底拆除传统的旧文化思想系统、全面重建反传统的新文化的后现代主义思想大潮中，英国小说家里斯站在前列，创造了逆写经典文本的新的小说书写方式，引领了文学新风潮。

　　琼·里斯生于多米尼加，父亲是来自威尔士的医生，母亲是生于西印度群岛克里奥尔，她16岁才回到英国。作为殖民地或前殖民地的居民，里斯总认为自己在欧洲是外来者，始终融入不了欧洲的文明。由于其出身及后来特殊的经历，她一直处于社会边缘：既不真正属于"母国"英国，也漂离了"家乡"多米尼加。因此，在英国，作为"他者"她常被视为西印度群岛的作家而与当地主流文化圈格格不入。同时，作为女性作家，她又与伍尔夫、莱辛一样深刻感受到文化殖民主义和父权制的排挤与压迫。这些"边缘化"的"双重身份"造就了里斯对事物的理解的独特性和她作品的颠覆性。

第一节　文学地图上的叛逆

　　19世纪英国的小说家在他们的文本中总是会流露出一种优越感，英帝国持续几个世纪的殖民事业带来的不仅是国家领域的扩张、巨额财富的积聚、民族自信心的膨胀，作为文化象征与输出成果的文学艺术作品同样被殖民意识形态深深影响而参与共谋。夏绿蒂·勃朗特的《简·爱》就是其中一部。小说中，女主角简·爱被塑造成一个自律、诚实、纯洁的英国女性，而处于对立面的伯莎·梅森则被描写为来自克里奥尔的疯女人，她疯狂、不受管束，有着野兽般的行径。

当里斯第一次读到《简·爱》后，夏绿蒂所塑造的阁楼上的疯女人就深入她心底而难以忘怀："当我小时候读《简·爱》时，我就在想，为什么她（夏绿蒂·勃朗特）把克里奥尔妇女视为精神病人以及给出那些评价？把罗切斯特的第一个妻子伯莎描写成可怕的疯女人多可耻啊！当时我就想要写一本书，真正照实描述。伯莎看来是多么可怜的幽灵啊！我想我会努力为她写一个传记的。"①

正是对伯莎的"错位"的不平与愤怒，里斯经过多年的构思及反复修改最终于1966年发表了她最重要的作品《藻海无边》。

一、逆写之作——《藻海无边》

如豪威尔斯指出的，里斯在《藻海无边》里逆写了勃朗特的小说，挑战了夏绿蒂在《简·爱》中无论主题、意识形态，还是故事情节及人物设定上的错误表述。里斯将勃朗特的文本反过来写，从疯女人的角度讲述了这个故事，完全转移了叙事的中心。在里斯的小说中，原先的主角简·爱缺席了，克里奥尔女人和罗切斯特的关系凸现出来。边缘变成了中心，疯女人获得了话语权，从被表述的他者成为一个说话的主体。

《藻海无边》由三部分构成。第一部分占全书的三分之一，主要是由女主人公安托瓦内特·科斯维（即《简·爱》中的疯女人伯莎）自述她的童年和少

---

① Teresa F O'Connor. Jean Rhys: The West Indian Novels[M]. New York: New York University Press, 1986: 15.

女时代的经历及心理创伤，反映了 19 世纪西印度群岛奴隶制解体后，英国殖民者的混血种后裔既受当地人仇视，又受贵族鄙视的夹缝生存状态，刻画了女主人公处于那种境遇下的孤独、寂寞、屈辱的心理状态。第二部分用了交叉叙事手法，大半篇幅以罗切斯特的角度，穿插了一节以安托瓦内特的口吻，分别从两个视角记叙了他们的新婚、感情趋向破裂，以及安托瓦内特被逼酗酒，精神失常的过程。第三部分仅有十余页，与《简·爱》中疯女人伯莎的命运相映照，从伯莎的角度叙述她在阁楼上的囚禁生活以及预示她与罗切斯特的彻底决裂和最终放火烧毁了桑菲尔德庄园。

对照《简·爱》与《藻海无边》两个文本，我们可以看到如下的"逆写"：

第一，就情节来说，《简·爱》主要写的是简·爱的个人成长史，其中描述简的文字占整部作品篇幅的 90% 以上。作品虽提到克里奥尔女人伯莎和她的母亲，但未做具体描述，她们完全处"在背景中"，[①] 是不在场的、边缘化的。作品对伯莎的母亲仅简单地提了几句，对伯莎也写得很简略，陈述她的文字只有四五处，而且都很短，是印象式的。"在《简·爱》中她差不多是一个鬼影子。"[②] 而里斯在改编后的叙事中对《简·爱》的结构进行了颠覆性的处理。克里奥尔女人伯莎和她母亲的整个人生经历成为小说的主体结构，占整部作品篇幅的 90% 以上，而原来的核心人物简·爱在整个文本中几乎消失，仅在第三章中被简单提了一句。很明显，《藻海无边》非常成功地"戏拟"了《简·爱》。

第二，就对主人公的刻画来说，《简·爱》中伯莎母女被丑化成不可理喻的野蛮人，是天生的疯女人，这种描述完全是植根于西方种族主义的偏见。琼·里斯本人是加勒比地区的克里奥尔人，她在改编过程中全面重构了两个克里奥尔妇女的形象，将她们塑造成两位善良、美丽、率真、深情、饱受他人伤害、令

---

① Jean Rhys. The Letters of Jean Rhys[M]. Edit. By Francis Wyndham and Diana Melly, New York: Viking 1984: 156.

② Diana Vreeland. Jean Rhys in an interview[J]. Paris Review(1979): 235.

人深切同情和爱怜的女性形象。

首先，她对于伯莎母亲的"天生疯狂"加以正名。《藻海无边》第一部分中，通过小安托瓦内特的讲述，母亲安妮特的发疯明显不是由先天性的生理因素引起的，而是由周围黑人的攻击和陷害、欧洲白人妇女的歧视和污蔑、英国丈夫梅森的自私和冷酷无情造成的，是由各种各样的种族偏见和种族歧视压迫行为引起的。

其次，里斯也纠偏的伯莎的"疯子"名声。对于伯莎，罗切斯特曾经振振有词地说道："伯莎·梅森是个疯子。她出生于一个疯子的家庭；三代都是疯子！她的母亲、那个白克里奥尔人，既是一个疯子又是一个酒鬼！我娶了她的女儿以后才发现，因为在这以前，他们对这个家庭秘密是闭口不谈的。⋯⋯我邀请你们都到宅子里，取访问一下普尔太太的病人、我的妻子！—你们就可以看到，我受了骗，娶的是怎样的一个女人，就可以判断我是不是有权撕毁婚约，寻找一个至少有些人性的同情！"① 夏绿蒂·勃朗特是这样描写伯莎的："屋子的那一头，有一个身影在昏暗中来回跑着，那是什么呢？是野兽还是人？乍一看，看不清楚。它似乎用四肢匍匐着；它像个什么奇怪的野兽似的爬着，嚎叫着；可是它又穿着衣服，密密层层的黑发夹着白发，蓬乱得象马鬃似地遮住了它的头和脸。"②《藻海无边》中，里斯将伯莎的疯狂解释为是一种由失望而变为绝望的疯狂，一种被种族隔阂所造成的仇恨逼出来的疯狂。从她的生活历程我们可以清楚看到，她的疯狂根本不是先天的，而是和她母亲一样由周围的社会环境造成的：早年黑人们的敌意，特别是小伙伴提亚对她的欺负和伤害使她的精神严重受挫；目睹母亲饱受欺凌、迫害和侮辱的悲惨境况后她脆弱的神经日趋崩溃；唯利是图、冷酷无情的英国人罗切斯特对她的轻蔑、无视、乃至恶意伤害和残酷压迫毁灭了她的自由和幸福，并进一步摧残了她的人格和尊严，最终将她逼上了疯狂的境地。里斯通过详细追踪安托瓦内特的个人成长史赋予她

---

① [英]夏·勃朗特. 简·爱 [M]. 黄源深,译. 南京：译林出版社，1994：338.

② [英]夏·勃朗特. 简·爱 [M]. 黄源深,译. 南京：译林出版社，1994：243.

以饱满的生命，驳斥了《简·爱》中关于她是一个天生的疯女人的说法。

另外，罗切斯特的形象也被重建。在《简·爱》中，罗切斯特是一位彬彬有礼的绅士，对家庭女教师简·爱有着纯真的爱情，矢志不渝，而对自己患有疯病的妻子也"仁至义尽"，最后能不顾自己安危冲进火海去救她。《藻海无边》中，自私、贪婪的罗切斯特接受了父亲的建议，为了谋取财产而娶了他根本不了解的克里奥尔女孩安托瓦内特。新婚的新鲜劲儿过了之后，他即对妻子及和她有关的一切表现出明显的厌恶与排斥，甚至连加勒比的景色也看不惯："一切都太多了，我没精打采地骑马跟在她身后时，心里这样想着。"他也看不惯加勒比的社会环境："这是个野地方——还没有开化"。他更看不惯安托瓦内特本人："她那副央求人的模样叫人看了心烦。"① 从后来克里斯托芬痛斥罗切斯特以及他的回应中我们可以看清这位自诩为文雅高贵的英国绅士的真面目：他唯利是图，自私、贪婪、冷酷、阴险、狠毒、卑劣。而单纯善良的安托瓦内特面对伪善的丈夫与饱受欺凌和折磨的家庭环境只有逆来顺受，以至于痛苦不已，最后精神趋于狂乱。罗切斯特将精神失常后的安托瓦内特悄悄将她带离牙买加，带到英国，关押到乡下一个偏僻的庄园里，使之在暗无天日的黑屋子里足足呆了十几年，彻底发了疯。因此，道貌岸然的罗切斯特和他背后的英帝国文化实则是谋杀了安托瓦内特（伯莎）的真正的刽子手。

二、逆绘地图

在里斯逆写的蓝本《简·爱》中，叙事地图的正面核心是位于英格兰的桑菲尔德庄园，"这是幢三层楼屋宇，虽然有相当规模，但按比例并不觉得宏大，是一座绅士的住宅，而不是贵族的府第。围绕着顶端的城垛，使整座建筑显得很别致。灰色的正面正好被后面的一个白嘴鸦的巢穴映衬着，显得很凸出，它的居住者正在边房呱呱叫个不停，飞越草坪和庭院，落到一块大草地上。一道矮篱把草地和庭院分开。草地上长着一排排巨大的老荆棘树丛，强劲多节，大

---

① ［英］简·里斯.藻海无边 [M].陈良廷，刘文澜，译.上海：上海译文出版社，1996: 36.

如橡树，一下子说明屋宇名称字源意义的由来。（桑菲尔德的英文 Thornfield，即荆棘地的意思）"面临眼前这与她之前居住的罗沃德完全不同的景观，简·爱心生欢愉，"欣赏着这番宁静的景象和诱人的新鲜空气，愉快地倾听着白嘴鸦的呱呱叫声，细细打量着这所庄园宽阔灰白的正面。"①

在夏绿蒂笔下，作为一个鲁滨逊式的极具扩张性和侵略性的帝国男子，青年罗切斯特远征西印度群岛，到了牙买加。牙买加位于加勒比海北部，1509 年沦为西班牙的殖民地，1655 年被英国占领，1670 年成为英国殖民地，其居民主要是克里奥尔人。克里奥尔人通常指在拉美出生的西班牙人，也称土生白人，或指白人与当地土人结合而生的混血儿，说西班牙语，保持欧洲人的生活习惯。娶了克里奥尔人的伯莎·梅森，拿到了她丰厚的嫁妆后，原本就不爱，现在更加厌弃妻子的罗切斯特准备返回英格兰，他心中的声音对他说："去吧，再住到欧洲去；那里不知道你有怎样一个被玷污的名字。你可以把那个疯女人带到英国去；把她关在桑菲尔德府，好好地照料和防范她，然后去旅行，愿意去哪里就去哪里。"② 很显然，罗切斯特乃至夏绿蒂自己是将西印度群岛，这片英属殖民第看成是地狱。

正是作为夏绿蒂文学地图的逆绘，里斯将绘图的正面核心放到了牙买加。《藻海无边》背景即为 19 世纪 30 年代的牙买加和多米尼加。女主人公安托瓦内特出生于西印度群岛，住在美丽如伊甸园般的库利伯里庄园。在少女安托瓦内特的记忆中，家乡的"池塘很深，在树下呈现出深绿色，如果下雨就变成了棕绿色，但是在阳光下却是亮闪闪的绿色，水清澈得可以看见较浅处池底的鹅卵石，蓝色的、白色的、还有带红色条纹的，非常美。"③ 小说中多有对周围环境的细致描写。"我们家的花园又大又美，跟《圣经》里那个长着生命树的花园一个样。可是花园荒芜了。小径上杂草丛生，一股败花的味儿和鲜花的味儿混在一块儿。

---

① [英]夏·勃朗特.简·爱[M].黄源深,译.南京：译林出版社，1994：109.

② [英]夏·勃朗特.简·爱[M].黄源深,译.南京：译林出版社，1994：405.

③ [英]简·里斯.藻海无边[M].陈良廷,刘文澜,译.上海：上海译文出版社，1996：13.

桫椤长得同森林里的野生桫椤一样高，桫椤下面，光线绿油油的。兰花长势旺盛，够也够不着，不知为什么，碰也碰不得。有一种长得像条蛇，还有一种像章鱼，长着细长的棕色触须，片叶不生，从盘绕的根部往下披垂。章鱼形兰花一年开两次花——开花时连一丝触须都看不出来。只见一大片铃形的花朵儿，有白的，有淡紫的，有深紫的，好看极了。香味芬芳浓郁。我从来不走近它。"① 很显然，在里斯逆绘的地图上，她有意把小说的地理中心放在了西印度群岛和生活在那里的人，将英格兰放在了地图的背面，使之模糊。

然而，就在这样的清晰—模糊、亲切—陌生、中心—边缘的对比中，小说颠覆的也只是脚下的土地。背景化的英格兰，即使在远方，即使朦胧不清，它对安托瓦内特与里斯来说，依然充满了作为母国的吸引力。

三、颠覆与解构

从 20 世纪 40 年代中期到 60 年代，英帝国的殖民地纷纷宣告独立，殖民地人民的民族意识空前觉醒，大英帝国土崩瓦解。这使那些敏感的、尤其是那些像里斯一样的知识分子开始意识到，英帝国主义时期的文本，甚至一些被当作经典而在殖民地广泛阅读和讲授的作品带有明显的种族偏见。因此，他们决定重读和重写欧洲的文学经典，颠覆那些文本中的殖民主义话语，重塑殖民地人民的形象。这种"映射和颠覆某些被奉为圣典的帝国文本的做法构成了后殖民写作的一个重要部分，如澳大利亚，尤其是加拿大、西印度群岛和非洲的作家对《暴风雨》的重写，J.M.寇特兹和塞缪尔·文对于《罗宾逊漂流记》的重写，许多作家对《黑暗的心》的重写，以及也许是最著名的琼·里斯对夏洛蒂·勃朗特的《简·爱》的重写。"②

在《藻海无边》这部逆写之作中里斯最主要的创作目的就是对伯莎及其母亲是否是疯子这一问题提出了质疑并进行纠偏。小说以第一人称手法叙述了"我"

---

① [英]简·里斯.藻海无边[M].陈良廷,刘文澜,译.上海：上海译文出版社，1996: 2-3.
② 罗钢,刘象愚.后殖民主义文化理论[M].北京：中国社会科学出版社，1999: 38.

如何从库里伯里到修道院，又从格兰波到桑菲尔德。文本以流畅而清晰的叙述从正面动摇了有关"疯子"的命题，阐述了她们是如何被逼疯的一步步过程。作者借黑佣克里斯托芬之口充分表达了这一观点："这是他们把她（伯莎的母亲）逼的。她失去了儿子以后有一阵子失去了理智，他们把她关了起来，对她说她疯了，把她当疯子对待，老是问她、问她。没有一句亲切的话，没有一个朋友，而她的丈夫又走开了，离开了她。"① 在克里斯托芬看来伯莎母女根本不是疯子，更没有神经质的遗传基因，她们有的只是激情和憎恨。

对"疯子"这个身份的廓清是里斯颠覆与解构殖民者眼中"他者"负面形象的有力的一击。里斯宣称她写《藻海无边》的目的就是为了解释安托瓦内特（伯莎）疯狂的原因和理由，② 从而彻底还原她的本来面貌。

作为一部将叙事建立在对 19 世纪英国帝国主义经典文本重写上的小说，《藻海无边》是对存在于现实中和文本中的殖民话语和父权话语的双重颠覆与反抗。通过这种后殖民的反话语叙事，里斯试图重构她本人（以及与她有着同样命运的克里奥尔人）在殖民时代迷失的个人尊严和文化身份。正是通过这一独特的艺术策略，她既让伯莎这个边缘人发出声音，也让自己作为一个流散在帝国中心的克里奥尔作家所切身体验到的歧视与疏离感得以释放。"里斯的双重反抗标志着她对边界性的认识的维度，因此这是一个恰当的反讽，里斯的文学复活通过这部小说得以实现，她在英国和加勒比文学传统中的地位也因此得以建立。"③ 我们从里斯及她的创作看到帝国的民族主义作家是被边缘化的文化流亡者，他们试图在自己建构的文学世界中虚构一个伊甸园式的家园，找回业已失去了的民族精神传统，重申做人的尊严和存在的权力。他们虽然使用从欧洲借来的文学形式进行自我表达，但他们成功地超越了殖民文本中无言的客

---

① [英]简·里斯.藻海无边[M].陈良廷,刘文澜,译.上海：上海译文出版社，1996: 22.

② Jean Rhys, Letters 1931-1966[M]. Edit by Francis Wyandham and Diana Melly, Harmondsworth: Penguin 1985: 164.

③ Coral Ann Howells. Jean Rhys[M]. New York & London: Harvester Wheatheaf, 1991: 24.

体这一人设。

　　然而，如斯皮瓦克所说："文学的霸权主义产生于帝国主义的历史。一次充分的文学重写并不能够轻易地在帝国主义的折射和断裂中获得繁荣，因为它被一种外来的假装成'法则'的法律体系、被一种外来的所谓唯一'真理'、被一系列忙于把'土著'构建为自我巩固的他者的人文科学所覆盖。"①

　　因此，里斯所作的颠覆与解构正如安托瓦内特母女的发声一样，在殖民主义与父权制的社会环境中微不足道，更不能拯救她们于被践踏的逆境之中。

第二节　地图之外

　　克里奥尔人作为西印度群岛早期欧洲移民的后裔，相较于英国在西印度群岛的殖民统治者来说，他们和土著人一样是被殖民对象；而对于土著人来说，他们又代表着早期的殖民者。这种殖民者和被殖民者的矛盾身份使他们既得不到英帝国主义者的认同，又遭到土著人的仇视。尽管白人殖民社会将当地人推向边缘，然而它自身却也被边缘化了。因此移民作家和克里奥尔作家便一心想从自己特定的地域和文化视角出发，对自己的主体性加以合法化。这种主体尽管是对欧洲的改头换面，但毕竟是不同于欧洲的。和后来的黑人民族主义者很相似的是他们也感到应该有一部鉴定性的历史。②在欧洲受到教育的克里奥尔精英分子磨练出一套自我再现的手法技巧，琼·里斯便是其中一位。

　　受困于双重身份的里斯便在《藻海无边》中为伯莎·梅森打抱不平、控诉英国殖民主义种族与阶级的压迫。她对帝国文本的逆写纠偏了以夏绿蒂为代表的帝国作家的一系列殖民偏见，在她的文学地图上赋予了在殖民意识形态下失

---

　　①　罗钢，刘象愚.后殖民主义文化理论[M].北京：中国社会科学出版社，1999：172.

　　②　[英]艾勒克·博埃默.殖民与后殖民文学[M].盛宁，韩敏中，译.沈阳：辽宁教育出版社，1998：128.

语的群体及他们的生存空间以一席之地，甚至从边缘走向中心，占据文本的突出位置。然而，在她所绘制的地图之外，我们却看到了另一种偏见与忽视，以及隐藏在字里行间的对大英帝国潜在的趋同与热望，这些都无疑削弱了逆写的批判力度，也更加彰显了作家漂泊无依的无家感与身份错乱感。

一、逆写中的缺失

在殖民文本中，作为殖民者对立面的"他者"往往都被刻画成弱小的形象，而且和殖民者那刚健的男子气概相比，普遍都显得阴柔化十足。此外，除了将一个民族写成具有女性的特征外，殖民文本还常用女性形象形容拓居地的地貌，西方的探险者就是这样描绘非洲的。我们看到在《简·爱》中正是这样一种模式，殖民地与从属地的对比正是体现在"帝国之鹰"罗切斯特这样一位雄心勃勃阳刚气十足的男性与克里奥尔的"肥鹅"或"绵羊"伯莎·梅森这样一位懦弱而神经质的女性的对峙中。男——女、强——弱、坚毅——软弱、文明——疯癫等一系列对比彰显的正是作家笔下殖民地与被殖民地在他（她）心目中的写照。

而在里斯《藻海无边》的逆写中，她将夏绿蒂文学地图上作为中心的英国和地图背面的西印度群岛进行了置换，实现了一种逆转，并将伯莎·梅森从他人叙述中的一个隐性角色逆写为主人公，以第一人称叙事。更为重要的是，在这样的逆写过程中，她解释了伯莎的"疯病"，竭力为其正名，并揭露了罗切斯特道貌岸然之下的卑劣与残忍。这样的逆写在一定程度上确实洗冤了被殖民者的无辜与被践踏的凄惨，也在对殖民者的声声讨伐中显示了殖民者的丑陋与殖民地人的反抗情绪。然而，伯莎还是被殖民地的代表人物，她的丈夫罗切斯特也还是殖民者代言人，尽管伯莎走上了前台，尽管她可以为自己发声了，尽管她站在了自己的领地之上，但是英国社会由来已久的男强女弱，男外女内的形象设定终究无法在这样的逆写中还殖民地人一个真正的公道，里斯的颠覆与解构也在这样的不彻底性中更多的流于形式和泄私愤的嫌疑。

因此，里斯采取逆写与地图的逆绘置换了中心与边缘的布局，以及凝视与被凝视的定位。然而，僭取的行为又意味着缺乏足够的创造力，就是说，置换取代毕竟仍是重复的行为。民族主义者尽管创造了对立的意义范畴，却仍在采用殖民者的权力话语与思维定势。所以说，他们在努力接近真实自我的时候，却反倒有可能摆出一副殖民者的权威架势，这显然是充满悖论的：他们被迫参与主宰文化以期证明自己有理，可这样一来，他们反而有可能发现自己是在支持原本压制他们抵抗的那个象征体系。这个被称为"近似"的问题，在大多数反面或对立的话语中是反复出现的一个特征，这也包括反殖民和后殖民的书写文字。① 作为克里奥尔作家的里斯在创作时首先面临的就是自我形塑的问题，即要找到一种文化本土性作为发言的出发点。但是当她致力于建构一个"真正的"或有根基的自我属性时，便发现自己身处与欧洲文化形式既冲突又联手的局面之中。"穿着借来的袍子而要成为真正的自我，这就是殖民地民族主义者两难处境的核心；对于殖民地的当地人来说就格外如此。"②

此外，在琼·里斯赋予伯莎话语权力的同时，却又剥夺了土著人的话语权力，她于无意识中借用了殖民主义的话语体系将土著人边缘化，变成了"他者"。在《藻海无边》中，土著人大部分时间都只是在用他们的眼神、动作等身体语言在表达着他们的情绪，而很少有用语言表达自己的思想和意愿的机会。相比较而言，安托万内特的黑人奶妈克里斯托芬在第二部分曾有一些的话语权。但是，琼·里斯在她的信件中却曾后悔地说："在《藻海无边》的第二部分我犯的最严重的错误是，我让那个会巫术的女人，那个奶妈说得太多了。"③ 因此，克里斯托芬在冒犯了罗切斯特之后就被他驱逐出了她和安托万内特居住的小岛。就这样，"她头也不回地走了"，走出了那个小岛，也永远在琼·里斯的文本

---

① ［英］艾勒克·博埃默.殖民与后殖民文学[M].盛宁，韩敏中，译.沈阳：辽宁教育出版社，1998：118–119.

② ［英］艾勒克·博埃默.殖民与后殖民文学[M].盛宁，韩敏中，译.沈阳：辽宁教育出版社，1998：131.

③ Thoman F Staley. Jean Rhys: A Critical Study[M]. Austin: University of Texas Press, 1979: 28.

中消失。如斯皮瓦克所说的，"克里斯托芬与故事的叙述是离题的。她不可能被一部在欧洲小说传统中重写的英国经典文本、有利于白种克里奥尔人而不是土著人的小说所容纳。"①

通过对安托瓦内特与泰伊的一次打赌的描写，琼·里斯进一步把安托瓦内特的幼时黑人玩伴泰伊描写成了一个狡诈的人。另一个土著人阿米丽则被描写成了一个甘愿被罗切斯特欺骗的女人；安托万内特同父异母的弟弟丹尼尔被描写成了一个报复心极强的可恶的混混儿；安托万内特家的奴仆戈弗雷被描写成了一个懒惰的恶人。此外，里斯还表达了安托万内特和以罗切斯特为代表的殖民者对于殖民地以及英国身份看法的认同。

原本逆写帝国文本的初衷是在反抗殖民压迫，纠正殖民主义作家的民族偏见的同时还原文本中被丑化歪曲的对象以公道，重塑小说人物以及作家自身的民族尊严、情感与自信；在讨回社会公道的同时发出民族平等的诉求。可结果是，里斯的创作在解救克里奥尔人的同时，却又在歧视、压迫着西印度群岛的土著居民；在使克里奥尔人发声的同时，又把土著居民变成了沉默的他者；在抗议殖民压迫的同时，又成了殖民者的同谋与帮手。

二、对"英国性"的隐秘追寻

"英国性"一词的起源和定义在学界尚存争论，但有两点已达成共识：首先，它是一个建构的概念，没有任何一种对它的描述能够摆脱意识形态的影响；其次，它同英国民族和帝国身份的认同有着紧密的关联。②20世纪的英国是殖民地最多的国家。彼时英国性作为帝国时期重要的文化产物具有最大化的意义，它饱含着极大的民族优越感和自豪感，也意味着对一切外来和边缘群体的排斥与同化改造的欲望。在后殖民语境下，"英国性"作为民族认同话语有两点特

---

① 姜薇薇，陈兰．二十世纪对十九世纪的反思——如何看待琼·里斯的《藻海茫茫》[J]．外国文学研究，1989(4): 130–133.

② 罗成，王丽丽．帝国的重建——从曼布克奖看当代"英国性"问题 [J]．外国文学，2013(4): 59.

别值得关注。一是殖民主义特征，即英帝国的民族叙事话语与其殖民扩张时相伴而生的。正如巴巴所言，所谓的"英国性"本身是一种迟到的"效应"，是与异域文化接触产生的结果，是殖民者身份核心处的不确定使然。换言之，帝国在殖民的过程中，为了使大不列颠具有某种同质性，必须人为建构一个"他者"的力量，以达到界定"不列颠人"的效果。① 当我们再进一步细读《藻海无边》，深入下去，可以探知里斯关乎"英国性"的意识形态，甚至可以明鉴她对于英国性的接受与追寻正是通过饱受殖民欺凌与压迫的女主角安托瓦内特来表达的。

里斯的创作目的原本是去反抗英国人的优越性和他们对殖民地人民的践踏，但是她文本中却又时时透漏出对英国性的认同与追求，她甚至在塑造安托瓦内特这一形象时，尽管想着为她"正名"，除去她疯子的标记，她也在塑造过程中有意无意套用了简·爱的人设：一样的宗教信仰、一样的孤苦童年、一样的具有反抗精神。因此，《藻海无边》实际上也充满了悖论，反英国性的同时又成为它的拥趸者。也或许可以说，琼·里斯反抗的，意欲颠覆的只是《简·爱》中的英国人罗切斯特和丑化"阁楼上的疯女人"的情敌简·爱，以及创作了他们的夏绿蒂·勃朗特。

根据霍米·巴巴的"殖民模仿"的后殖民理论，"模仿"指的是当一个人尽力以某种方式去模仿另一个人时，而结果往往是可笑滑稽的，因为'殖民模仿是一种乞求一个被改造的、可辨认的他者的欲望，这个他者是一种"几乎一样但又不完全一样"的差异的主体'。② 从后殖民的角度看，模拟自身在不断调整自我，一方面挪用有益部分来完善、改造自身；另一方面拒绝、摒弃被模拟者，于内部对其进行改造，从而在相似中产生颠覆的力量。据此可以显见，

① 林萍. "英国性"拷问：后殖民视域下的《长日留痕》[J]. 当代外国文学, 2018（1）：127.

② Homi Bhabha. "Of Mimicry and Man: The Ambivalence of Colonial Discourse". October.28(Spring 1984): 125-133.

在《藻海无边》中，里斯就尽力通过她的女主人公安托瓦内特去复制模仿英国人，通过模拟获得身份认可，变成真正的英国姑娘。并且，正如夏绿蒂用克里奥尔人作为"他者"来突出他们具有"英国性"的身份一样，里斯也借用土著黑人作为克里奥尔人的"他者"。

第五章　扎迪·史密斯：拼图式地图

青年女作家扎迪·史密斯是近年来英国文坛升起的一颗耀眼的新星。史密斯出生于英国伦敦郊区的汉普斯特德，是犹太人与黑人的混血后裔，父亲哈维·史密斯是地道的英国犹太人，母亲是 1969 年移民到英国的牙买加黑人，在伦敦郊区多元文化的大熔炉威尔斯顿长大。

2000 年，她的第一部长篇小说《白牙》(*White Teeth*) 出版即一鸣惊人，相继获得英国卫报处女作奖、惠特布莱德最佳小说新人奖、时代杂志 2000 年年度十大好书、2001 年英联邦作家处女作奖等荣誉。小说随即被翻译成二十多种文字，在 2002 年被搬上电视屏幕。2002 年她的第二部小说《真迹品商人／收集签名的人》(*The Autograph Man*) 出版，获 2003 年《犹太人季刊》小说类文学奖。同年被《葛兰太》文学杂志提名为最佳英国年轻小说家之一。

第一节　《白牙》：一幅多民族的拼图

《白牙》以其诙谐幽默的文风，错综复杂的故事情节，漫长的历史跨度和对移民生活多角度多方位的描述，被多米尼克·海德誉为"当代英国多元文化的代言书。"[①] 史密斯自己则是这样描述她的创作，是要"试图写一部爆发了

---

①　Dominic Head. Zadie Smith's White Teeth: Multiculturalism for the Millennium[A]. Contemporary British Fiction[C]. Richard J. Lane, Rod Mengham & Philip Tew. Cambridge: Polity Press, 2003: 107.

种族问题的小小的英国喜剧性家庭史诗。"的确，小说在跨越二十余年的时间中，通过三个不同的家庭，特别是萨马德和亚奇的家庭，以喜剧的笔调为我们展现了一个多彩多姿、情趣盎然的生活图画，其间涉及移民、种族、阶级、历史、性别、宗教等严肃的政治、社会和家庭问题。

一、多元文化冲突

文化冲突指的是处于不同文化之间的人们由于观念习俗、生活习惯等存在差异性从而发生的碰撞、对抗和交锋。它往往是由人们对文化认同的差异而引起，表现为人们对自我身份、角色的不同认知。《白牙》的背景是伦敦北区一个多民族混居的社区，故事描写了几个普通家庭在同化与冲突的矛盾中所发生的种种可笑而又令人深思的事情。他们是英国白人阿吉·琼斯和牙买加黑人妻子克拉拉·鲍登组成的混血家庭、孟加拉移民萨马德（伊斯兰文化传统）和阿尔萨娜的移民家庭、还有一个姓查而芬的犹太人血统家庭，史密斯从不同角度全方位绘图，呈现了英国多元文化社会中冲突与同化的问题。在这部英国新生代的小说中，殖民帝国的辉煌与错综复杂已经成为过去，而作为后殖民时代，社会日益呈现出多民族文化特征。小说以写实的手法反映了近几十年来的英国社会问题，着力表现的主题之一便是流散族群内部的文化冲突，以及他们根本上与英国主流文化的冲突。

小说的主人公萨马德一直觉得自己是个印度人，可在印度，别人又认为他是英国人。萨马德珍惜自己的血统，为自己有个曾经反抗英国人的曾祖父感到骄傲。在英国他不停地寻找自己的身份，因为他的原国籍不停地变化，从印度人，到巴基斯坦人，又到孟加拉人，后来只能用伊斯兰作为自己的身份。而且他一直为来到英国悔恨不已，说"我被英国给毁了，我现在明白这一点了。我的孩子，我的妻子，他们也给毁了。"[①] "我已经腐朽了，我的两个儿子正在腐朽，

---

① [英]查蒂·史密斯. 白牙 [M]. 周丹，译. 海口：南海出版公司，2008: 126.

我们很快都要在地域的烈焰里烧掉了。这些问题很紧迫。"[①]"萨马德认为，传统是文化，文化通向一个人的根，这些都是好的，都是未受玷污的原则。这并不意味着他可以靠原则为生，遵照原则或按照原则要求的方式成长；但根就是根，根就是好的。……根是救命的东西，是那根向落水者抛出去的救命稻草，是挽救灵魂的。萨马德在海上漂流得越远，被一个名叫波碧·伯特——琼斯的海妖往深渊拽得越深，他要为孩子们在海岸上扎根的念头就越坚决，他要扎下狂风大浪无法撼动的深根。"所以他决定将自己的一个儿子送到孟加拉接受教育。讽刺的是，去往孟加拉的大儿子马吉德变得比英国人还像英国人，成为英国文化的崇拜者，而留在英国的小儿子米列特却加入了激进组织。萨马德的梦想和希望彻底破灭了。萨马德和和双胞胎儿子的矛盾主要就是由文化冲突引起的，尤其是体现在对待族群历史文化的分歧上。

小说中文化冲突除了体现在对待族群历史的不同态度上还主要落脚于宗教信仰的差异。鲍登一家就因此而陷入僵局，与伊克巴尔家的民族主义立场不同，鲍登家族的第一代移民在宗教信仰方面就意见相左。对克拉拉的母亲和外祖母来说，宗教信仰不仅是维系族群内部成员关系的纽带，也是族群鲜明的特征之一，是它的文化标志。但是，克拉拉却把宗教教义当作愚弄人的一派胡言，并下定决心让自己远离父辈所谓的根文化。为此，母女二人常常发生冲突、对峙，关系也日渐疏远。对族群历史一无所知从而盲目对抗族群文化的艾丽最终在文化上处于一种无依无靠的漂流状态，成为被白人文化和族群文化同时隔绝在外的弃儿。伴随着身份认同危机，母女间的隔阂与矛盾也愈来愈深。

《白牙》的文化冲突主要就是集中在人物对待历史记忆和宗教信仰的不同态度上，而这些文化冲突从表面看是由战后移民潮引起的，实则是英国文化霸权及其殖民主义后遗症的深层体现。移民群体面对主流文化的强势入侵很难坚守自己的民族文化，但同时又不可能舍弃文化之根而融入主流社会，或被主流社会所接纳。英帝国的文化霸权永远是横亘在期间的一个强大力量。

①　[英]查蒂·史密斯.白牙[M].周丹，译.海口：南海出版公司，2008:141.

相较于对待文化冲突的单一态度，比萨马德后到英国的阿尔萨娜却能与时俱进，表现出其柔韧性与兼容性。初到英国的她，对陌生的西方文化心生恐惧，看到电影中的裸体镜头会大声尖叫并蒙住眼睛。随着时间的推移，她能在主流文化氛围内渐渐地释放自己，而且变得越来越自信。阿尔萨娜能够理性地思考本民族传统文化，她既热爱印度，又能很好地融入英国的生活。她比丈夫更脚踏实地、更辩证地看问题。阿尔萨拉对自己的处境有比较清醒的认识，对英国的态度显得实际。身为有色人种，她不感到自卑，对什么是英国特点有自己独到的看法。她采取一种积极融入的态度，直言不讳地说："你是不是认为有谁是英国人：真正的英国人？这是童话。"① 换言之，今天的英国，所谓纯粹的英国人只是神话，并不存在。阿尔萨娜并没有抛弃本民族的传统文化，而是在英国主流文化和传统民族文化之间找到一个很好的平衡点。她对现实和处境有清醒的认识，因而从她身上能看到一位紧跟时代变化的现实的民族文化思考着的形象。

二、拼合的伦敦地图

史密斯笔下的伦敦城市空间无疑是现代空间的典型，它由多个混杂在一起的异质空间并置而成，它们拼贴在一起，相互杂乱交错，似迷宫般再现了现代社会的异质性与不稳定性。经历了 20 世纪多次移民浪潮之后，各种肤色的族群杂居在当代伦敦的社会画卷中。史密斯在作品中就清晰地描述了这种多元文化并置的拼合图景：

从万花筒般的威利斯登上车，往南走，像孩子们那样，经过肯瑟尔·赖斯，到波特贝娄，再到骑士桥，一路可以看到各种有色人种融入雪白的城市；也可以入萨马德那样 …… 观看白人渐渐淹没再黄皮肤、褐皮肤的人群中，然后哈里斯登钟映入眼帘，它宛如矗立再牙买加金斯顿的维多利亚女王塑像——（被）

---

① [英] 查蒂·史密斯.白牙 [M].周丹，译.海口：南海出版公司，2008:120.

包围在黑人中的白色巨石头。①

　　当谈及伦敦，扎迪·史密斯曾在关于她的《白牙》的电视改编的采访时说到：我只是在尽力走近伦敦。我并不认为它是我小说的主题，或者是什么重要的东西。

　　这只不过是现代生活的样子。如果我要去写一本关于伦敦的书，里面只有白人，我想那一定是匪夷所思的，因为它就不是伦敦现在的样子，也不是它五十年来的样子。②至于"匪夷所思"这个词的所指，史密斯相信伦敦就是一个多文化的城市，各种不同国家的人生活在其中。

　　地理学家克朗说："城市不是人脑中有边有连接点的两维地图……它是一个包含生活、爱和历史的复杂的立体'地图'。"③在《白牙》中，史密斯对伦敦城市的外表的客观描写并不多，她更多的是将伦敦的地域与空间作为文化与社会关系的载体与场域，并据此揭示了其多文化并存，多种族杂居的格局。史密斯笔下所重点着墨的维勒斯登区位于伦敦北部，它就是整个城市的缩影，。这些不同的民族群体更强调了伦敦的多文化混杂的特性。但是，史密斯并不是仅仅将维勒斯登当作一个多民族的聚居地来描写与呈现，而是聚焦于这种多民族的聚居特性怎样融入了各色人物的身份中：所有人物的身份都是不稳定的，不断变化的，混入了其他民族的身份。这种拼图的特性带来的结果就是：在维勒斯登没有所谓纯粹的、官方的身份，维勒斯登就是一个各民族聚集场所形成的交错的迷宫，人们游走在相互交错的身份中，在迷失中为身份的混杂而错乱、痛苦，也在不断的游走和寻根中体验快乐。

　　城市空间往往因其不同的居住者而被划分成不同的区域，形成不同的环境氛围，每一个区域都带有鲜明的个性特征，人们居住的空间、形式、位置都具

① [英]查蒂·史密斯.白牙[M].周丹,译.海口：南海出版公司，2008: 20.

② See Zadie Smith, "Interview with Zadie Smith." <http://www.pbs.org/wgbh/masterpiece/teeth/ei_smith_int.html>Accessed 22 Nov.2015.

③ 迈克·克朗.文化地理学[M].杨淑华,译.南京：南京大学出版社，2005: 47–48

有重要的社会与文化意义。在伦敦，政治权力层与富裕群体居住于城市的中心区，而移民则处于城市的边缘。这种分区与一定的社会关系和社会结构相对应。①萨马德通过朋友阿吉来到伦敦，起初他们一家住在怀特查普尔，这里"满地都是'床垫和无家可归的人'。"②萨马德通过个人努力改善了生活条件，"他与妻子阿萨娜用一年时间拼死拼活地干，终于从白教堂路落后那一边搬到威勒斯登大街落后那一边。"③他们的新家坐落在一处公园的附近，对于阿萨娜来说，"这是一个好地方，毕竟附近有绿地对孩子的成长有好处。"④但居住区位、居住条件和居住特征的改变，没有真正改变萨马德一家的社会地位，移民的历史烙印既刻印在他的心里，也成为阻碍他融入殖民帝国的屏障。艾丽的外祖母霍腾丝1972年从牙买加来到英国，一直住在伦敦的朗伯斯一处低于地面的一块狭长的空间，20多年来"她的房子依旧阴暗，依旧潮湿，依旧在地下，依旧装饰着数百个世俗小雕像。"⑤在此，地下室作为一种隐喻，暗示着霍腾丝同样无法融入英国主流社会，承受着被异化、疏离的悲凉与孤寂。在多文化共存的维勒斯登，因为相互间交叉的各种情境，居住者的身份总是会不断地纠结、作用在一起。无论怎么努力他们总是不能在维勒斯登绘制出属于自己的清晰的定位以帮助他们找到自己真正的身份，因为在殖民过程中形成的混杂身份是如此复杂而无法被简化统一到一个所谓"和谐一致"的自我。

史密斯通过小说揭示所有的人物身份都是不稳定的，因为他们之间不停地相互发生关联与影响。而这种身份的混杂性与复杂性就通过他们在维勒斯登的居住和在居住地的活动被体现出来。维勒斯登，于是就变为一座伦敦城中的迷宫，各种文化元素的拼贴与交织，各种种族的人们的对峙与共存使得这座迷宫中的

① 赵晶辉. 论《白牙》的伦敦城市空间 [J]. 湖南科技大学学报（社会科学版），2016(1): 45.

② [英] 查蒂·史密斯. 白牙 [M]. 周丹，译. 海口：南海出版公司，2008: 45.

③ [英] 查蒂·史密斯. 白牙 [M]. 周丹，译. 海口：南海出版公司，2008: 39.

④ [英] 查蒂·史密斯. 白牙 [M]. 周丹，译. 海口：南海出版公司，2008: 45.

⑤ [英] 查蒂·史密斯. 白牙 [M]. 周丹，译. 海口：南海出版公司，2008: 28.

每一个人物都无法固定到一个单一的、和谐一致的民族身份中。维勒斯登的这种迷宫特性让其间的人物一直不停奔走，这对于一些人物来说可能是一种自由，但对另外一些人群来说则意味着迷失方向。"地域"，这一空间元素在人物民族身份的构成中成为一个突出要素，而这其实也是 20 世纪的一个突出标志。

伦敦并不只是作为一个大英帝国的首府而存在，而是"英国性"体现的所在。在 20 世纪的后几十年，不断的世界格局变化影响到城市布局以及其构成的变化，因此它也需要新的再现方式。这一再现方式的变更也成为众多后殖民作家的创作目标。

第二节　文化杂糅

史密斯在《白牙》中描绘了一幅多元文化背景下英国伦敦的全景图。在那里，有不同民族之间的冲突，不同种族之间的争斗，不同文化之间的纷争，不同宗教信仰之间的隔阂。正如罗拉·摩西所说，《白牙》中的故事"恰恰证明了现代多元伦敦的殖民历史。"[①]

《白牙》以生动而丰富的细节再现了当代英国新移民所受的种族歧视和压迫，在与主流文化碰撞的过程中，他们对渐趋模糊的自我意识和民族身份感到困惑和失落，期望通过寻根溯源来摆脱危机，获得救赎。在经历了迷惘和探索之后，新一代的新移民终于走向了文化杂糅的认同，正如他们的居所在伦敦地图上呈现出拼图的样貌。

一、白牙的含义

"牙"作为意象，代表了根和过去。小说中克拉拉是在乘坐前男友的摩托

---

① Laura Moss. The Politics of Everyday Hybridity: Zadie Smith's White Teeth[J].Wasafiri, Summer, 2003, 18(39): 11-17.

车时撞在树上碰掉自己的龅牙的。牙的丢失，暗含了过去一部分历史的丢失和必须要重新建立根基的需求。克拉拉从没有告诉女儿，自己一口整齐完美的白净牙齿是假的。从丢失了自己的牙齿后，克拉拉不仅戴上了这一口假牙，从那以后，她也改变了过去的信仰，"抛弃了教会和《圣经》上的一切教条""带着一副完美无缺的假牙"①与白人阿吉结识六个星期后就闪电般结婚了。摔掉龅牙象征着克拉拉与过去的生活一刀两断，与母亲霍藤丝的信仰分道扬镳，在陌生的土地上失去了自己原有的身份。小说在此暗示了克拉拉放弃了自己的传统文化，在英国这块宗主国土地上选择逃离了自己的家庭与根基，从而处于无根状态。

于是"白牙"作为一个象征，代表了一种假象，一种无根的物体，凸显了上一辈的移民那种身份错乱、变化，永不稳定的虚浮感。

退伍军人汉密尔顿在收获节给艾丽、马吉德、迈勒特三个孩子将刷牙的重要性时，提到了智齿，暗示了牙齿也象征着个人身份："智齿是爸爸遗传下来的，这一点我肯定。所以你必须长得够大，才能容得下智齿 …… 让智齿长出来，每天刷三次牙，听我的没错。"②彼得查尔斯指出"从某种程度上来讲，牙齿意味着一个人的身份：它们有根，它们生长，它们腐烂，它们一方面有共性，另一方面又有个性。"③此外，作品还借用了关于牙齿的多种术语作为小说中的小标题——"出牙期""牙根管""白齿""犬齿"，它们既突出了"牙齿"作为故事中一个重要象征物的核心地位，同时也让小说各部分的内容与题目交相呼应、相得益彰。比如，小说中有三个章节都以"牙根管"为题。牙根管是牙齿内部牙根中间的中空结构，有根基的象征意义。这边部分最容易感染发炎，针对它的治疗在牙医学中称为"根管治疗"。根管治疗对于牙病是很痛苦的阶段，但同时也是根治牙病的重要步骤，决定了后期牙齿的寿命。而小说中的移民们

---

① [英]查蒂·史密斯.白牙[M].周丹，译.海口：南海出版公司，2008: 33-35.

② [英]查蒂·史密斯.白牙[M].周丹，译.海口：南海出版公司，2008: 127-128.

③ [英]查蒂·史密斯.白牙[M].周丹，译.海口：南海出版公司，2008: 213.

在宗主国所遭受的一切，尤其是要区追溯民族历史，找到自己的根源，从而得以继续生存的过程就类似于接受文化的"根管治疗"。小说第十二章的题目是"犬齿：松土齿"，它则暗示着白人意识形态对少数族裔群体的影响。犬齿的主要功能是"撕扯""切割"，而阿萨娜曾两次使用"长牙齿的鸟"[①] 于"长牙夏尔芬"[②] 这样的词汇指涉白人殖民主义者。

既是紧扣小说的题目《白牙》，同时也是巧妙地运用牙齿的种种象征和寓意，小说呈现了多种牙齿问题和相关治疗方案。在史密斯看来，牙齿与人的成长、生活、身份、过去，以及未来都息息相关。牙齿的象征意义体现了史密斯在小说中所关注的移民群体的族裔历史和身份认同问题，同时也暗示了人类在共有的"白牙"背后多元文化身份的历史必然性和今后的走向。

身受西方主流文化和前本土文化的双重影响，从原英属殖民地移居英国的有色人种移民既无法真正融入西方主流文化，又被从本土文化中割裂开来。他们既不属于"这里"，也不属于"那里"，既不属于"现在"，也不属于"过去"。他们没有什么值得骄傲的，也没有根的感觉。他们成了"无根"的族群。作者也正是借多种牙齿问题的隐喻透露出离散人群在无根状态下要寻根并扎根只有去经历治疗的阵痛，学会宽容、忍耐与接受。

二、趋向杂糅

史密斯在作品中虽然提及种族歧视，但并没有加以渲染。她在接受现实的基础上以一种乐观的态度看待未来，"这个国家目前对种族关系有很浓的悲观主义。我认为书中描写的关系是理想化的，可我认为这些关系现在可以存在，随着种族混合的继续，将来肯定会存在。我这一代，还有我弟弟的一代，不会背着这相同的包袱。"[③]

---

① [英] 查蒂·史密斯. 白牙 [M]. 周丹，译. 海口：南海出版公司，2008：255.

② [英] 查蒂·史密斯. 白牙 [M]. 周丹，译. 海口：南海出版公司，2008：260.

③ Stephanie Merritt. Interview: Zadie Smith[J]. The Observer, January 16, 2000.

小说反映了三代英国移民对民族文化和身份问题的不同认识，指出在文化多元主义时代，英国移民族群身份认同的发展从单向同化、全盘英化或追求民族本真，逐步走向杂糅复合的身份概念。

（一）第一代移民：内部文化殖民下的单向同化

1948年颁布的英国国籍法确认原英国殖民地属民有权移居英国，并承认他们的英国国民身份，但随着加勒比海、东欧、爱尔兰、南亚和西非等英国前殖民地的难民纷纷移居英国，英国白人开始对国民身份的模糊化感到焦虑。1954年英国内阁作出控制有色人种移民的决定。1962年，英国联邦移民法案规定对有色移民实行受配额限制的雇佣担保制度。1971年的移民法限制出生在英国的移民后代定居英国。到了1981年，英国白人进一步立法限制移民后代加入英国国籍。

从20世纪四五十年代开始，大量西印度群岛以及加勒比海地区的移民陆续涌入英国。到六七十年代，继续有来自英联邦成员国的大量移民包括印度人、孟加拉人、巴基斯坦人以及来自肯尼亚、马拉维和乌干达的南亚裔难民涌入。但是，在以白人为主体、白人文化占据主流文化意识形态的英国社会，"非白人族裔"的大量增加进一步深化了英国本土白人与有色人种的种族矛盾，大规模的种族骚乱此起彼伏。1968年以后，英国政府迫于压力相继颁发并修订了主要针对限制"非白人族裔"移民的《英联邦移民法》，移民的数量因此急剧萎缩。尽管如此，非白人族裔移民的数量仍持续在每年大约5万左右。到目前为止，英国的非白人族裔人口大约占英国总人口的6%，其中大多是来自加勒比海国家、非洲以及印度次大陆的亚洲国家。非白人族裔移民的大规模涌入改变了英国社会的族裔结构，也引起占英国大多数白人的极大恐慌，他们害怕自己的种族和文化会被大量涌入的移民所淹没，文化差异所导致的隔膜使得本土白人与移民无法融洽相处。为了改变种族冲突和文化对立的现状，英国政府开始实行"差异政治"，正式承认非白人族裔移民文化的多样性，在政策上推行多元文化模式，希望借此实现多民族文化的和平共处与相互融合。至此，英国逐渐形成一个多民族、多文化的多元文化主义社会。

尽管多元文化多少改善了非白人族裔移民的生活处境，但是多元文化政策同时也是一把双刃剑，它一方面有利于生活在英国境内的殖民地移民处境的改善，另一方面，文化一元化的倾向依然是英国社会的主流意识形态，种族矛盾与文化冲突直到今天依然严重影响着非白人族裔移民的正常生活。处于边缘地位的少数族裔文化缺乏竞争力，远不足以与处于中心的主流文化相抗衡，所以在文化融合过程中他们或被动或主动放弃了自己的文化，呈现出一种撕裂的民族性和游离的文化状态。这种游走于本民族文化与白人主流文化之间的矛盾状态就是后殖民多元杂合文化现状下欧美发达国家少数族裔面临的主要困境。

在政治、经济和文化全球化的当代世界，无论是历史还是现实，东方还是西方，男性还是女性，消除二元对立、实现和谐共存，重塑文化与身份已经成为首要的任务。史密斯的小说可以说为我们提供了一个在后殖民的大背景中对移民群体的现状进行解读的范例。她对英国多元文化社会的刻画以一种宏观的、折射式的观察为在西方发达国家建立一个真正和谐的多种族、多文化社会提供了思考的新视界与探索之路。

孟加拉移民萨马德是小说中第一代移民的代表。他们原以为移民到英国就能改善自己的境遇，并为后代提供一个远大的前程。可是，他们看到的只是冷漠和歧视，一种无归属感和错位感在心里油然而生。在英国生活一段时间后，他们变成分裂的人群，既无法回到过去，也无法面对现在。

《白牙》中的萨马德渐渐地体会到，所谓的文化整合仅仅意味着英国白人文化对阿拉伯民族文化的单向同化。这种内部的文化殖民，使得包括萨马德在内的第一代移民无法融入当地的生活，强烈地感到失落和错位。他们饱受歧视和打击：阿拉伯商人成为种族主义者频繁打劫的目标；巴基斯坦移民希瓦想开个安全公司，却因没有人雇佣"黑人"当保镖而被迫关门；甚至连萨马德参加反法西斯战争的事实，也被顽固不化的种族分子斥为"谎言"。萨马德对自己的生活产生了一种失败感。于是，他将希望寄托在两个孩子身上。

　　萨马德的故事表现了第一代移民中一个重复出现的主题：无名无姓、无依无靠，没有归属。这一代移民无法忘记英国白人对他们国家和民族曾进行的血腥的殖民统治。他们对白人文化有一种本能的排斥感。而对故乡的思念，又使得他们将民族文化神圣化，忽视了文化的历史性和演变性。他们在心里固执地守护着虚化了的故乡文化，使自己更加难以融入英国社会。他们中有许多人只能在英国打些小工，赚的一点钱使他们根本无法返回故乡。最终，他们只能当分裂的人，逆来顺受，被动同化，过没有身份、没有尊严的生活。萨马德对这种生活有一段精彩的披露："这些天来，我觉得来到这个国家，就像是和魔鬼签了协议。你想赚点钱，有点立业的资本……但是你是想回去的……谁想留在这儿？这地方你不受欢迎，只能忍气吞声。只能忍气吞声。就像是终于被驯化的动物一样……但是你已经和魔鬼签了协约……它把你扯进来，突然你就不适合回去了，也认不出你的孩子，那儿你都去不了。"①

　　（二）第二代移民：全盘英化和追求民族本真

　　小说中的马吉德和米列特是战后第一代移民的后代。他们出生在英国，但也强烈地感受到肤色给他们带来的歧视和不平等。在英国白人霸权话语的控制下，他们和自己的父辈一样被视作永远的外国人，在文化上、甚至基因上都不可能变成"真正"的英国人。以马吉德和米列特为代表的第二代移民的文化身份依旧是模糊的、分裂的，身份认同危机也就不可避免纠缠他们一生。史密斯对这对双胞胎采取了截然不同的描写路径，从而揭示了第二代移民应对文化身份危机的不同态度。

　　身份认同是个人或群体在发展过程中必然要遇到的一个重要问题，其基本含义是指个体或集体与对特定社会文化的认同从而衍生出的一种自我定位，也就是"我是谁？"或"我们是谁？"。身份认同在现代主义时期的西方文化研究中占有重要的比例与地位，尤其受到女性主义和后殖民理论与文本的青睐。

---

　　①　Zedie Smith. White Teeth[M]. London: Penguin Group, 2001: 407.

从广义上来讲，身份认同主要是指某一文化主体在强势与弱势文化之间进行的集体身份选择，并由此产生了强大的思想震荡与精神磨难，其显著特征可以概括为一种焦虑与希冀、痛苦与欣悦并存的主体体验，我们称此独特的身份认同状态为"混合身份认同"。这种身份认同也是后殖民、后现代文化批评的焦点。①而在后殖民语境中，主体自我身份的认同往往是建立在参照物上的，在一种二元对立的关系中确定自我身份建构。萨义德在《东方学》中指出："每一种文化的发展和维护都需要一种与其相异质并且与其相竞争的另一个自我的存在。自我身份的建构牵涉到与自己相反的'他者'身份的建构，而且总是牵涉到与'我们'不同的特质的不断阐释和再阐释。自我身份或'他者'身份绝非静止的东西，而在很大程度上都是一种人为建构的历史、社会、学术和政治过程，就像是一场牵涉到各个社会的不同的个体和机构的竞赛。"②对于移民到英国的非白人族裔来说，他们离开故土，原有的文化身份变得越来越模糊，但同时又长期游离在英国白人的主流文化之外，身份的寻求与定位就成了他们生活中的最大困境和最执着的追求。

在白人主流文化霸权下，拥有非白人少数民族身份的个人生来就不得不放弃本民族的语言或文化而学习并适应英国主流文化意识形态。但是，他们既无法脱胎换骨完全融入主流文化，又无法摆脱深深植根于他们血液中的母国文化，这种对峙而共存的矛盾体使得非白人少数民族个体在自我身份认同上产生偏差，也产生裂痕。他们有的人自觉地参与到主流文化中，接纳和认同被殖民文化同化或异化的过程，而另外一些人则坚守着自己的本民族文化甚至走向极端的民族主义。

萨马德双胞胎儿子之一的马吉德主动地渴望全盘英化，是一个被"成功"

①　陶家俊.身份认同 [C]. 赵一凡 . 西方文论关键词 . 北京：外语教学与研究出版社，2006：465.

②　[美]爱德华·W.萨义德 . 东方学 [M]. 王宇根，译 . 北京：生活·读书·新知三联书店，2007：426–427.

改造的殖民属民。他根本不喜欢自己的穆斯林身份，也讨厌自己生来就拥有的民族文化。他整日幻想着自己是一个英国白人，学习英国的服饰、饮食和生活习惯，他甚至让自己的同学称呼自己的英文名字"马克"而不是马吉德，当着同学的面他不是用自己的民族语言而是用英文称呼自己的母亲"妈"(Mom)。[①]尽管被父亲送回孟加拉接受教育，但马吉德的所作所为完全背离的父亲像让他继承民族传统文化的初衷，甚至粉碎了父亲萨马德那种对民族文化、宗教信仰和家族历史的恋旧情结。然而，无论如何膜拜与模仿殖民文化，马吉德终究不可能变成真正的英国人。史密斯对他的描写与刻画也是充满了辛辣的讽刺，并揭示出这种现象后面的本质——在英国白人的眼里，他只是"一个有瑕疵的仿制品，虽然英国化了，却不是英国人。"[②]马吉德的被殖民化的言行从表面看好像是出于他自愿，但其背后实则隐藏着西方殖民主义势力对弱势民族群体的权力渗透，是伴随着他们土地殖民的同时的一种文化殖民，同样具有强烈的殖民色彩。

马吉德的双胞胎弟弟米列特则是完全另一番样子，他虽然生长在英国，但却十分反感英国文化。他长大后成了一个愤怒的混混，代表着第二代移民对文化霸权的另一种反应：极端地追求民族文化的本真，甚至不惜诉诸暴力。他想成为像潘德（萨马德的曾祖父，他的枪声曾在 1857 年挑起印度士兵的叛乱）一样的民族英雄，以此来维护自己民族的身份，抵抗帝国主义的文化压迫。于是，他参加了一个激进组织，既为自己寻找一种归属感，也为自己的愤怒找一个发泄的方式。

史密斯将马吉德与米列特设计为一对双胞胎，却赋予了他们截然不同的秉性与追求：回归母国文化的马吉德变成了西方殖民文化的拥趸者与代表，而留在英国的米列特却变成了激进组织的成员。这何尝不是作家用心良苦的暗示：

---

① [英] 查蒂·史密斯. 白牙 [M]. 周丹，译. 海口：南海出版公司，2008: 109.

② Homi Bhabha. "Of Mimicry and Man: The Ambivalence of Colonial Discourse." The Location of Culture[M]. London: Routledge, 1994: 85.

在英帝国的非白人种族的生存中，帝国文化和民族文化就像一对共生的双胞胎，血肉相连却又各自独立。

（三）第三代移民：流动复合的身份概念

英国白人阿奇和牙买加裔移民克拉拉的女儿艾丽在小说中是一个过渡性的人物，是第二代和第三代移民之间的联系纽带，她腹中不知父亲是马吉德还是米列特的孩子属第三代移民。艾丽对自己身份的认识经历一个从厌恶"差异"到认同"差异"的过程。她的混血身份，她身处其中的伦敦现状，以及崇尚和平主义的父亲阿奇对她潜移默化的影响，都使得她最终能以平和的心态面对身份差异。

在幻想中，她"仿佛看见了一个时代，一个离现状不远的时代，人们不在乎根的问题，因为他们无法在乎，他们不能在乎因为这些根延伸得太远太交错盘杂也埋得太深了。她期待着这样的时代。"[①]这样的时代，将是她孩子的生存时代，是英国第三代移民的生存时代。他们的身份将更加复合、模糊，因此也更加具有流动性。他们将因远离殖民的时代而脱去历史的沉重，他们又将因民族之间的大融合而学会宽容，以公平的态度对待自己和他人。

艾丽在外祖母家寻根的过程中，逐渐了解到，外祖母的父亲是派驻牙买加的英国白人查理德·拉姆上尉，外祖母的母亲是查理德·拉姆上尉房东的女儿安布罗西娅。艾丽意识到白人与黑人之间的生活早就有了"瓜葛"，外祖母已经是黑白人种的结晶，而自己又是英国白人阿吉·琼斯和早已"稀释了黑人基因的"克拉拉的后代，种族身份的界限早已变得模糊不清，她的民族身份也无法进行清楚的定义。艾丽因此深信，当代英国的有色人和白人不管是老英国人还是背井离乡来到英国的新英国人，早已都在英国这片土地上相互包容渗透融合了。

园艺师乔伊斯·夏尔芬用高智商的儿子们证明了自己和犹太知识分子异花

---

① Zedie Smith. white Teeth[M]. London: Penguin Group, 2001: 527.

授粉结果的正确性："异花授粉能产生多样的子代，它们应对环境变化的能力也得到了提高。异花传粉的植物所产生的种子也往往量多质高。"①

二代移民艾丽之后的三代移民不再去想归属问题，不再对自我的文化身份追根问底。史密斯试图重新建构一种跨越种族冲突的新的"英国身份"。这种新的"身份"代表的将会是一个具有杂糅特征的多元文化共存的社会。

《白牙》以基因科学家马克斯的新闻发布会作为小说的大结局。发布会的关注焦点是利用转基因生物技术制造出来的"未来鼠"。史密斯没有对这个新型的转基因问题做出道德上的回应，而是借这只"未来鼠"演绎一个多元共生时代中的新主体，喻指一个"多元、没有清楚的边界、冲突、非本质"的新千年主体概念。她让我们在千禧之交重新认识世界的模糊性，包括一个人自己的身份和位置的模糊性。

在大结局中，史密斯安排阿奇作为自己的代言人，为英国多元文化语境中各民族和文化之间的冲突和对抗提出可能的解决办法，希望以人文主义的精神和道德的力量来和平地对话，以宽容之心来共同建造一个各民族和谐相处的生存环境。阿奇就是这个希望中人性和道德的化身。

史密斯通过描写马吉德、米列特和艾丽三个年轻人如何面对身份认同的困境，给出了英国社会文化杂糅问题的三个不同的解决模式。小说接近尾声时，艾丽怀孕了，可是她不知道孩子的父亲是米列特还是马吉德，这一隐喻实际上也折射出艾丽对两种处理方式的中立态度。"在幻想中，艾丽看见了一个时代，一个离现在并不遥远的时代，到那时，根源将显得无关紧要，因为你无法在乎它，不必在乎它，因为根延伸得太远，太交错盘杂，也埋得太深了。她期待这样的时代。"②扎迪·史密斯巧妙地安排了这样的情节，使艾丽成了"英国黑人移

① [英]查蒂·史密斯. 白牙[M]. 周丹，译. 海口：南海出版公司，2008: 228.
② Zadie Smith. White Teeth[M]. London: Penguin Group, 2000: 527.

民第三代的代言人，[①] 她孕育着新的希望，让人们对未来充满憧憬。作者似乎在暗示：马吉德甘愿同化和米拉特抵制同化的模式都是行不通的，也许艾丽在基于维护本民族文化传统的前提下"对多样性的善意接受。"[②]

史密斯对多元文化时代族群认同的观念乃至生存理念的追寻，昭示人们随着全球化进程的加速，应该提出一种"流动主体性、多重自我和复合身份的概念，来阐释文化身份（认同）与语境之间的关联性，化解而不是加深文化认同危机。这种流动性的文化身份概念将使得人们在全球化和文化多元主义的时代，"在本土与西方、现代与传统、民族性与世界性、自由主义与民族主义等之间进行灵活的选择与穿越。"[③]

---

①　Dominic Head. Zadie Smith's White Teeth: Multiculturalism for the Millennium [A]. Contemporary British Fiction[C]. Richard J. Lane, Rod Mengham & Philip Tew. Cambridge: Polity Press, 2003: 107.

②　[英]C.W. 沃特森. 多元文化主义 [M]. 叶兴艺，译. 长春：吉林人民出版社，2005: 5.

③　陶东风. 文化本真性的幻觉与迷误——中国后殖民批评之我见 [N]. 文艺报，1999–03–11.

第六章　互文性与承继性

伍尔夫、莱辛、里斯，和史密斯这四位生活于英国不同时期，有着不同文化背景的女作家以她们各自不同的创作内容及风格在英国文坛乃至世界文坛上占据一席之地。英帝国的殖民文化对她们产生了不同程度与不同方面的影响，而女性的生存境遇以及 20 世纪共生的文化土壤又使她们的创作存在着丝丝缕缕的趋同，呈现出绝妙的互文性与历史承继性。

第一节　建构乌托邦

20 世纪西方世界的混乱与动荡的历史局势无论在客观现实上还是在其深层次的寓意上都严重动摇了欧洲人的家园根基与归属感。首先，两次世界大战摧毁了无数的家园，帝国的崛起、发展，到衰微的过程既重塑了全球的地域分配，同时也打乱了原有的平衡和秩序。此外，战后的移民大潮也改变了欧洲许多城市的人口结构。人们对"地方"以及"家园"的定义与认知也随之日渐变得模糊而不确定，同时滋生的还有不安全感和无方向的漂泊感。在这种情境下，对家园以及由此带来的安全感和稳定感的渴望与现实中不可能找到这一切的焦虑与挫败感就形成了 20 世纪西方世界独有的生存悖论。伍尔夫等现代英国女性小说家创作的文学地图实际上就是她们各自建构的乌托邦，或者说用乌托邦（文学地图）的批判方式来批判破碎而虚妄的现实世界，并寄托自己的一切家园梦想。

一、乌托邦及其批判功能

作为一种文类的乌托邦，是英国人文主义者托马斯·莫尔创造的一个术语，它源自两个希腊词，Eutopia，意指"好的地方"，另一个词是 Outopia，意指"没有的地方""乌有之乡"。历代学界对它的双重含义都衍生出无数的解释，它的解释也随着时代变迁不断派生出新意。

在借用"乌托邦"这一术语时，美国学者泰利首先追溯了它的历史含义及发展、演变。他认为乌托邦话语从初始就是属于现代世界的，它一直以来都被理解为一个想象的、理想化的社会的再现，这注定是和现代性以及国家这一存在形式紧密相连。在这一点上他十分认同他的老师詹姆逊的观点——"乌托邦看起来就是西方现代性的副产品。"[①] 追溯到莫尔的《乌托邦》（Utopia），其"乌托邦"指的就是新世界的发现，就是跟西方现代"民族—国家"的发展相联系，它是现代世界组成的一部分，是西方现代化进程中的一个关键元素。[②]

在早期的乌托邦阐释中，它是被定位在空间上的，是可以在进行地理探索的航程中被发现的，而且也常常在各种旅行叙事中被大肆描写。地域上的乌托邦是在遥远的某个地方，是隐藏在人们日常生活背后的。工业革命后，随着帝国主义这一垄断资本主义时代的到来，乌托邦渐渐褪去了其空间属性而变成了一种时间上的存在，即人们祈盼的乌托邦是可以在未来实现的。对于 19 世纪后期的理论家们来说，是时间的鸿沟阻隔了我们与乌托邦梦想，而不再是海洋，如贝拉米在《回溯过去：2000–1887》（Looking Backward, 2000-1887）中的未来乌托邦言辞就曾受到空前的追捧。然而进入 20 世纪后，尤其是在第一次世界大战后，世界的灾难与纷乱使乌托邦思想看起来幼稚而又不现实，"恶托邦变

---

① Fredric Jameson. Archaeologies of the Future: The Desire Called Utopia and Other Science Fictions[M]. London: Verso, 2005: 12.

② Robert Tally Jr. Utopia in the Age of Globalization: Space, Representation, and the World System[M]. "Introduction", New York: Palgrave Macmillan, 2013: 3.

成了主流的文学形式"，① 而"乌托邦"看起来就真的成了这个世界上的"乌有之乡"。 到 20 世纪 60 年代，乌托邦主义才又重新兴起，并在随后的几十年呈现出明显的批判性和更多思想差异。21 世纪，乌托邦更是以多形式出现在文学及政治话语中。这样一个在科技、经济、思想上都充满了变动与变革的全球化新时期呼唤着乌托邦思想的新形式及其在后民族时期的重新阐释，以取代曾经将乌托邦视为"民族—国家"的民族主义的模式。戴维·哈维的《希望的空间》（*Spaces of Hope*），弗雷德里克·詹姆逊的《未来考古学》（*Archaeologies of the Future*），菲利普·韦格纳的《想象的共同体：乌托邦，民族与现代性的空间历史》(*Imaginary Communities: Utopia, the Nation, and the Spatial Histories of Modernity*) 等都试图重建新时期的乌托邦。

因此，泰利认为当下很有必要对这个"并不适时的，然而又很应景的"的乌托邦话题进行再探讨。在泰利看来，在全球化的后现代时期，乌托邦根本就不存在于这个世界，无论在空间地域范畴还是在时间维度：它既不是一种试图在空间上的定位，一个不同于我们居住的地方的"另一个地方"；它也不是一种在想象的时间长河中的"另一个时间"。在当今世界结构中，乌托邦只能是一种方法，通过它我们可以去试图理解我们所身处的这个世界系统。换句话说，乌托邦就是去给这个世界绘图的一种方式。它旨在建构或者规划一个整体，竭力在空间上、文化上、政治上以及社会意义上去再现这个全球化时代难以被再现的世界系统，同时致力于在空间与历史中给人以定位。在这个层面，乌托邦与詹姆逊的"认知测绘"概念紧密相连。而这种努力再现世界系统的方法落实到文学文本中就是以文学地图的形式出现的。② 建构在文学地图之上的乌托邦理论也就成了去理解这个全球化时代的世界体系的批评实践的一个不可或缺的

---

① Lyman Tower Sargent. Utopianism: A Very Brief Introduction[M]. Oxford: Oxford University Press, 2010: 29.

② Robert Tally Jr. Utopia in the Age of Globalization: Space, Representation, and the World System[M]. "Introduction", New York: Palgrave Macmillan, 2013: ix.

部分。在对当今世界体系的文学绘图中，"乌托邦"体现了它最初关于美好愿景的性质以及作为一种批判力量的功能。

将乌托邦视为一种批评方法，并将之与文学地图相关联，泰利的"全球化时代的乌托邦"洞见并非空穴来风。如他坦言，他的乌托邦理论深受马尔库塞与詹姆逊两位文化哲人观点的影响。马尔库塞无疑是20世纪60年代最有影响的乌托邦学者，他代表了乌托邦批评理论的转折点。从某种程度上来说，马尔库塞是全球化时代初始时期新型乌托邦思想的一个标杆式的人物。而詹姆逊可以说是继承并拓展了马尔库塞的理论。詹姆逊的认知测绘概念涉及一种叙事策略，一种具有隐喻性的策略，人们通过在头脑中形成的认知测绘可以在复杂而看起来不可再现的社会整体中来给自己定位。詹姆逊提出认知测绘之时是将它视作关系现实主义与现代主义的一个叙事技巧，泰利则进一步将它扩展运用到对后现代情境的理解中。正是借助詹姆逊"认知测绘"概念，泰利说，"当下时期的乌托邦计划不是去在世界地图上找到一个乌托邦，而是去绘制一个这个世界体系的地图。"①

因此，要批评这个全球化时代的作为整体的世界系统就需要乌托邦想象，因为用旧有的再现方式已不能够使我们理解这个作为整体的世界体系。不过，它不再是对一个社会的想象的重建,而是对世界体系本身进行批评的一种实践。在第四章中泰利呼吁："当今是真正需要一种'批判乌托邦主义'的时候了。并且试图理解这个不可再现的世界系统的想法本身就是乌托邦的，它完美地将对'无处'的幻想与'此在'的现实结合在一起。"②

《全球化时代的乌托邦》一书分为6个部分。在介绍部分，泰利即开宗明义地指出：在全球化时代，"乌托邦"既不指一个在某处存在的理想国度也不

---

① Robert Tally Jr. Utopia in the Age of Globalization: Space, Representation, and the World System[M]. "Introduction", New York: Palgrave Macmillan, 2013: 6.

② Robert Tally Jr. Utopia in the Age of Globalization: Space, Representation, and the World System[M]. "Introduction", New York: Palgrave Macmillan, 2013: 76.

指一个理想的未来。反之，今天的乌托邦必须被当作一个去绘制世界系统的一个充满想象的行径。作为文学绘图的一个形式，乌托邦理论是为了理解这个世界而进行的批评实践的一个必要成分。[1]他接着指出，"乌托邦"从根本上说就是一种绘图行为，它力图绘制出文化的、政治的、社会的领域，以及空间地域。后现代的再现危机呼吁一种新的、有力量的，灵活的乌托邦观，来替代曾经的将乌托邦看作一个"民族—国家"的民族主义的模式。这种新的乌托邦理论是后民族的，它更适合这个全球化时代。[2]

第一章中泰利探讨了关于"乌托邦的结束"的话题。由马尔库塞的论证知，乌托邦的计划不可能是对一个理想社会形态的无尽的追求，因为一旦实现了那个理想社会，那就是乌托邦的终结。所以，乌托邦的使命应该是对现存的社会状态的一种历史性的否定。同样，詹姆逊也坚称，乌托邦的主要任务是针对性地批评目前世界存在的问题。基于马尔库塞、詹姆逊和列斐伏尔的理论，泰利提出乌托邦将始终是 21 世纪批评理论与实践的一支重要力量，并给出乌托邦在当下的双重功能：一、对现有社会中的弊端进行批判；二、以想象力去绘制世界，理解我们在当今世界整体中的位置，并展望另一种社会的可能性。

在第二章泰利主要分析了詹姆逊《未来考古学》和《辩证法的效价》（*Valences of the Dialectic*）中的乌托邦思想，同时阐明"对不可能进行思考"的重要性。詹姆逊不是将乌托邦看成是一个可能的社会形态的图画，而是认为它是一种对不可能的状况的一种思考。因此，乌托邦话语也就成了社会批判理论自身的一个重要特征。这种将乌托邦话语视作对不可能进行的思考的观点揭示了想象这个世界系统的新的方式。借助詹姆逊的"认知测绘"，泰利提出"文学绘图法"就是当今全球化时代通过想象对不可能进行思考，并再现这个世界系统的一种

---

[1] Robert Tally Jr. Utopia in the Age of Globalization: Space, Representation, and the World System[M]. "Introduction", New York: Palgrave Macmillan, 2013: 1.

[2] Robert Tally Jr. Utopia in the Age of Globalization: Space, Representation, and the World System[M]. "Introduction", New York: Palgrave Macmillan, 2013: 5.

有效方式。他认为，文学绘图与绘制地理地图不论从绘制者角度，还是从绘制过程和结果都极具相似性（这一点他在专著《空间性》和《文学制图学》中都有过论证），而地图从来不是绘制出一个真实的地形表面的图形，它会有变形，甚至扭曲，因为其明确的功能是给迷途的人指引方向。乌托邦的功能就如同地图，虽然不是真实的，但却通过测绘帮助现代人认识世界，找到方向，以克服那种"形而上的无家感"，在这个意义上，文学绘图就成了一种带有认知、再现与批评功能的乌托邦实践。

无论是对于乌托邦还是文学绘图，"想象"都是其最重要的元素。在第三章"想象的力量"中，泰利利用萨特和马尔库塞的理论探讨了在全球化背景下出现的生存焦虑，以及可以用来对抗这种普遍存在的焦虑的乌托邦欲望。他认为，在萨特存在主义背后的乌托邦冲动和马尔库塞的单向度社会批评理论都可以在詹姆逊的认知绘图美学中找到对应，而后者，作为一种乌托邦实践形式，就能为当今时代的空间焦虑提供解决之道。在这一章的最后，泰利专门探讨了认知绘图美学。他认为，詹姆逊的认知测绘概念融合了凯文·林奇在《城市意象》（*The Image of the City*）中对城市空间的分析和阿尔都塞的作为"对主体与他（她）存在的真实状况的想象的关系的再现"的意识形态理论。林奇强调用"想象"与"找到路径"来克服人们在城市中的迷失与焦虑感，詹姆逊则通过结合阿尔都塞的意识形态理论拓宽了林奇的想象范围，他的认知测绘不仅是局限在一个具体的城市中了，而是针对更广泛的全球整体范围。

第四章中，泰利专门研究了在后民族世界系统中的再现危机。如前所论，乌托邦从诞生的最初就指的是一个理想的可以替代现行世界的国度，它是国家层面的，也是民族层面的。詹姆逊认为全球化时代世界系统的基本特征就是后民族的，一个整合的世界市场消弭了国家与民族的界限。那么，象征着理想国度的乌托邦在后民族的世界体系中该扮演什么样的角色呢？针对于此，泰利阐明在这样一个时期的乌托邦计划就必须是通过绘制一种新的、后民族的文学地图去理解后民族力量的变迁。这样，乌托邦就从曾经是一个祈盼理想民族状况的虚幻模型演变成了全球化时代理解后民族境况的一种方式，用来将一个复杂的、困难的，甚至是难以辨识的世界投射为一个有意义的系统。① 如此，乌托邦实践就很像叙事，因为叙事就是将互不相干的各种经历组织成为一个可以理解的故事；它也很像一幅地图，因为它们承担着同样的再现功能。在此，泰利将对叙事、绘图，与乌托邦的理解结合在了一起。

在著作结论部分，泰利表明：在绘制我们这个真实的世界，尤其是这个后现代世界系统的想象性实践中，乌托邦计划的价值能得以最恰当的确认，因为在这个体系中，传统的可以帮助我们明辨方向的空间标识已不值得信任或不再被渴望。文学，它允许我们以虚构的眼光与态度来看待我们所认识的世界，而又可将我们所未知的世界想象成真实的，因此它是实行乌托邦计划的一种有效的方式。

二、寻找失去的家园

泰利的乌托邦批评理论源泉是来自他的老师詹姆逊的乌托邦思想。在詹姆逊的批评理论中，乌托邦始终都是一个在场的主题，是他批评理论的核心，詹姆逊也赋予了这个经久的术语以本体论和方法论的双重含义。詹姆逊认为，文学文本的表面下都深藏着被压抑的政治无意识，也就是一种乌托邦欲望。批评行为的任务和目的就是要在文本中找到政治无意识，披露乌托邦欲望。并且，詹姆逊将文化和文学文本看作是乌托邦的空间，这是一个与现实既互动又对抗的场所。文学批评的阐释行为就是要挖掘这个空间，还原文学地图与投射其上的乌托邦欲望，这是一个给作家的意识形态（或者以作家为代表的不同种族、阶级、性别的社会的意识形态）祛魅的过程，是一个帮助人们做出对现实正确的认知测绘的过程，也是一个寻求真理的过程。

---

① Robert Tally Jr. Utopia in the Age of Globalization: Space, Representation, and the World System[M]. "Introduction", New York: Palgrave Macmillan, 2013: 74-75.

（一）女性的家园政治

由詹姆逊和泰利的乌托邦批判思想，我们再来看伍尔夫等英国女性作家的文学地图，挖掘其中的乌托邦欲望，或者说乌托邦建构。很显然，她们地图上的乌托邦并不是对未来另一种社会形式的想象的描绘，而是一种想象这样的社会的迫切需要。也就是说，她们文学地图上建构的乌托邦的意义不在于她们想象的是什么，而是想象本身，表达了一种潜在的希望和激励，而这也正是她们在所处的西方现代社会里所缺失的东西。作为女性，作为少数族裔，她们都是受父权思维压迫的群体，借助文本空间她们可以宣泄在现实中的失落情绪，同时补偿心理缺失。而其中作为女性群体对身份与定位缺失的迷惘和对家园感缺失的焦虑尤为突出，这些在文学绘图中则表现为对地方、空间等地理元素的敏感与执著。

对于作家的迷失的身份，越裔美国导演郑明河 (TrihnMinh-Ha) 说到："真正的家园只有在写作中被找到,而不是在房子里。"① 1993年,英国学者吉利安·萝丝在《女性主义与地理学：地理学知识的局限》(*Feminism and Geography: The Limits of Geographical Knowledge, London: Blackwell Polity*, 1993) 一书中，从女性主义角度讨论家园 / 日常空间的政治化含义。她指出："对于女性主义者而言，女性所追寻的日常小事从来都不是无足轻重的，因为日常的这些表面平庸、琐碎的事件被捆绑至羁押女性的权力结构之中。对女性日常活动的诸多限制，由社会期盼女性所成为的一切和因此去实践的一切所建构着。某个平常的日子遂成为一个父权制得以重建于遭遇抗争的竞技场。用特丽莎·德·洛瑞蒂斯的话来说，就是，女性主义 '仍然更多的是一种日常生活政治。尖锐点就在那里；斗争的意识、压制于反驳的负荷'。"②

---

① Trinh H Minh-ha. Wanderers Across Language[C]. Elsewhere, Within Here: Immigration, refugees and the Boundary Event ed. Trinh Minh-ha, 1June 2016: 34.

② Gillian Rose. Feminism and Geography: The Limits of Geographical Knowledge[M]. London: Blackwell, 1993: 17.

　　"创造家或故乡的感觉是写作文本中的一个纯地理的构建，这样一个'基地'对于认识帝国时代和当代世界的地理是很重要的。一篇文章中标准的地理，就像游记一样，是家的构建，不论是失去的家还是回归的家。"① 特定家园是女性应该栖居之处，因为只有男性才是实干家、创造者和发现者；相比较而言，女性是消极被动的、自我谦卑的、美丽优雅的。正是这种自然的完美驱使女性被描写为花瓶。而她们的"花园"，被诸多墙体所圈围着，就是家园，一个被家事缠绕的、阴柔娇美的空间，这一空间与男性的薪水工作——政治工作领地完全分离。在文化地理学领域，家园就属于"地形"的重要构成元素之一。换言之，"家园"不是一个简单的自然客体，而是一个通过"权力"，以一系列"表征"性符号为媒介通道所建构的"主体想象物"。正是在这个意义上，所有的家园建构都是"政治性的"。②

　　西方 20 世纪以来诸多文化文学领域的学者均对"家园政治"提出了自己的观点。霍米·巴巴在"撒播：时间、民族、叙事与现代民族的诸多边缘"（"Dissemination: Time, Nation, Narration and the Margins of the Modern Nation"）一文中指出，今天的现代民族被那些位居边缘化的空间的人们在诸多边缘上书写着，他们是"被殖民者""妇女""迁徙者""外来移民"，等等；加之，来自主流市民中的边缘人士的差异，拒绝读者强加的和谐——这些读者认为众多民族诞生于来自不同国度的共享一个"想象的共同体"的民族之中。③康奈尔大学女性文学研究者彼蒂·马丁和江德拉·莫哈蒂 在"女性主义政治：家园与之何缘？"中提出，女性对于"家园"充满了冲突、缺失、记忆与欲望，它们作为种种隐喻出现在女性主义书写中，透露出欲望的"家园"的权力与感

---

① 迈克·克朗. 文化地理学 [M]. 杨淑华, 宋慧敏, 译. 南京：南京大学出版社, 2005: 43.

② 费小平. 家园政治：后殖民小说与文化研究 [M]. 北京：北京大学出版社, 2010: 1.

③ Rosemary Marangoly George. The Politics of home: Postcolonial relocations and twentieth-century fiction[M]. New York and Melbourn: Cambridge University Press, 1996: 186.

染力。① 美国圣地亚哥加州大学教授罗丝玛丽·乔治于 1996 年首次从解构主义何后殖民批评立场正式提出了"家园政治"命题。她在专著《家园的政治：后殖民迁徙与 20 世纪小说》(*The politics of home: postcolonial relocations and twentieth-century fiction*) 的开篇就推出卢卡奇的著名论断："所有的小说都是患'恋家症'的"。② 她认为，在上一个 100 年左右的历史进程中，家园 / 家国的概念已经在殖民者、被殖民者、新近独立的民族、移民用英文撰写的小说中再一次扎下根来并且有了新的发展方向与路径。并且，她对于"家园"的概念作出了自己的界定："家园"意味着挑战传统英文现实主义小说中的那种充塞着"父权等级制""性别化自我认同意义""居所意义""慰藉意义""养育意义""保护意义"的私人化领域。③ 很显然，家园并非中立之所，更并非无意义空间，想象家园同想象国家一样，均属政治化行为。20 世纪的殖民小说更是负载着民族、事件、帝国等方面的深刻内涵。

（二）帝国女儿伍尔夫

伍尔夫曾在她的《三个基尼》中写道："作为女性我没有国家。作为一个女性我也不想要一个国家。作为一个女性我的国家就是全世界。"伍尔夫出生于维多利亚晚期，并亲身经历了第一次世界大战，"新帝国主义"时期恰好对应维多利亚中后期及后维多利亚时期这个特殊历史阶段，成为理解其文学创作不可忽视的背景要素。

伍尔夫的创作大约从 20 世纪初一直延续到二战前，而这段时期恰恰经历了英国社会的重大变革。劳工阶级的兴起、女权运动的风起云涌、政党的频繁更迭、

---

① Tkheresa de Lauretis. Feminist Studies / Critical Studies[M]. Bloomington: Indiana University Press, 1986: 192.

② Rosemary Marangoly George. The Politics of home: Postcolonial relocations and twentieth-century fiction[M]. New York and Melbourn: Cambridge University Press, 1996: 1.

③ Rosemary Marangoly George. The Politics of home: Postcolonial relocations and twentieth-century fiction[M]. New York and Melbourn: Cambridge University Press, 1996: 1.

大众文化的发展、国家政治经济理念的变化都对英国的帝国身份形成了强烈冲击。作为当时的帝国中心，伦敦成为一个帝国主义和反帝国主义话语并存的权力场，整个英国社会为伍尔夫的民族书写提供了创作环境。

特殊的家庭背景和生活经历使伍尔夫对大英帝国的首都伦敦怀有异常强烈的情感。即使在由于战争被迫离开伦敦期间她也依然心系伦敦，将伦敦的地标建筑与个人的日常生活建立紧密联系，在大英帝国遭受重创的背景下，伍尔夫以优越的阶级出身和文化修养投身于改造有形帝国，重拾帝国时代的贵族生活，为女性建构应有社会活动空间的热切愿望成为其创作的内驱动力。

英国维多利亚时代衍生出一套严格的伦理与道德规范，其中包括公共 / 私人领域的严格分开，男性的活动在公共领域，女性的活动范围在私人空间。父权制下的公共领域自然成为中心，私人空间则变成边缘。赫敏恩·李说："私人和公共之间的矛盾，亦即女儿的写作与父亲遗产之间的矛盾，是伍尔夫文学生涯的主要主题之一。"[①]

伍尔夫在创作中频繁使用"公共"和"私人"这两个术语。

作为帝国女儿，伍尔夫意在超越有形帝国父权统治下公私领域的二元对立，使二者界限趋于模糊从而赋予女性公共话语权。她借助写作进行了积极的尝试："文学不是谁的私有领地；文学是公共领域。它并没有给划分成不同的国度；那儿也没有战争。让我们自由自在、勇敢无畏地进入这块领地，从中找出自己的道路来。"[②] 在此，伍尔夫以文学为切入点巧妙地对公私领域进行了重新定义，去除了导致战争的有形帝国统治形式，一方面突出了改造有形帝国文化的必要性和有效方式，另一方面将性别、民族身份残缺的女性置于帝国文化中，使她们有勇气发出自己的声音。

"家，对于伍尔夫的重要性大概鲜有人能与之相比。在伍尔夫的一生中，

---

① Hermione Lee. Virginia Woolf[M]. New York: Random House US, 1999: 19.

② [英]弗吉尼亚·伍尔夫. 伍尔芙随笔全集 II[M]. 王义国, 译. 北京: 中国社会科学出版社, 2001: 732–733.

家既有一般家庭的功能，同时又有学校的功能。家是伍尔夫的精神家园，也是伍尔夫整个的人生舞台。"①她一生经历了从海德公园门、布鲁姆斯伯里、到霍加斯出版社这三次重要搬迁。重建失落的家园，找回精神家园就成了伍尔夫一生的创作主旨。

在《达洛卫夫人》中，伍尔夫用了以塞普蒂默斯为核心的"双生体"对位视角展现了战争创伤残留于都市所形成的精神荒原。在由塞普蒂默斯、布雷德肖和蕾西娅组成的人物视角下，布雷德肖爵士所代表的"有形帝国"对遭受战争创伤的塞普蒂默斯进行精神压迫，并波及蕾西娅，布雷德肖本身也沦为"有形帝国"统治下的精神牺牲品。而在由克拉丽莎、彼得、达洛卫组成的人物视角下，我们看到的则是"有形帝国"统治下没有硝烟的战争和人物心灵的空虚无助。寻求"家园"是这些人物的共同心声，为伍尔夫开辟帝国的另类空间做好了铺垫。

伍尔夫认为，既然女性及其历史被男性挤压，被"遗漏"，那么女作家就有必要"重写历史"或者"为历史加上一个补遗"。②作为爱德华时代的一名女性作家，伍尔夫希望被男权社会所建构的女性能重新发出自己的声音，在人类历史的进程中留下自己的印迹。在对文学史中的女性文学进行了一番考察之后，伍尔夫说，"这几百万年以来妇女一直是坐在屋子里，因而到此刻连墙壁都渗透着她们的创造力，而这种创造力又使得砖瓦砂浆大为负载过重，因而它必须用写作、绘画、商业、政治把自己约束起来。"③

伍尔夫希望妇女能够通过某种途径发出自己的声音，把握和建构自己在社会存在中的主体地位，否则她仍像一捧流沙一般随风飘散，失去存在的价值和意义。伍尔夫所采取的途径便是阅读、评论和创作，并且，她也认识到，要想

---

① 易晓明.优美与疯癫——弗吉尼亚·伍尔夫传[M].北京：中国文艺出版社，2002: 3.

② [英]弗吉尼亚·伍尔夫.伍尔芙随笔全集II[M].王义国，译.北京：中国社会科学出版社，2001: 529.

③ [英]弗吉尼亚·伍尔夫.伍尔芙随笔全集II[M].王义国，译.北京：中国社会科学出版社，2001: 569.

成功地写作，必须要突破经验的局限，"杀死房中的天使"。杀死房中的天使意味着女性开始超越那个被家庭空间所规定的内在的、沉默的自我，意味着她们开始对自己的处境提出质疑和挑战。在伍尔夫看来，"中产阶级女性开始写作这一变化，比起十字军东征或玫瑰战争来说更具有重要的意义，因为它是女性走出私人空间进入公共领域的良好渠道。"[①]

伍尔夫的性别空间政治并不止于揭露男权社会对私人家庭空间和公共社会空间的二元划分，以及由此而产生的女性遭公共空间排斥的不公平现象，她试图发现的是女性对空间规约的逾越及其边缘者身份所具有的颠覆潜能，即如何打破"房中天使"的神话，在对家庭空间的重构中找到完整的自我，同时在有机会步入男性公共空间时保持自身的异质性，因而免于成为男性暴力和霸权的同谋。

（三）流散中成长的莱辛

作为在波斯出生，在罗德西亚长大，战后回伦敦居住的小说家，莱辛属于全球化时代的流散作家。她具有多重流散经历，是名副其实的流散者。而流散群体的家在哪里，是一个复杂的问题，也是流散文学的永久主题，因为它直接关联到流散族裔的身份认同这个重要问题。流散作家笔下的故国家园，永远不能摆脱虚构的成分。他们对故国家园的描述，建立在记忆和想象的基础之上。他们作品中的家园，甚至只是一种文学创作。因此，流散文学中的"家"，便成为一个想象的地方，是一个精神家园，一个真正的乌托邦。

作为全球化时代的流散作家，莱辛为了写作而自我放逐；反过来，"写作也成为其真正的家。"[②]她一生历经"逃离英格兰""暂住波斯""梦断非洲"I"失去英格兰"等流散经历，始终走在追寻理想家园的路上。最初，非洲是莱辛的家。同时，她在非洲又是一个白人殖民者，一个外国人。在南非殖民社会，莱辛一

---

① Anna Snaith, Virginia Woolf: Public and Private Negotiations[M]. London: Palgrave Macmillan, 2003: 2.

② Carole Klein. Doris Lessing: A Biography[M].London: Duckworth, 2000: 2.

方面从老一代南非白人那里继承了对英格兰所怀有的根的情结，另一方面又不时跳出白人圈外，对"故国英格兰"这一"根的神话"进行质疑和消解。

二战后，莱辛离开了土生土长的非洲来到英国，同时又被南非政府禁止入境，成为名副其实的流散者。来到英国后，莱辛之所以成为"在家却不感觉在家"的游子，主要原因在于对英格兰感到失望。青少年莱辛痛恨南非殖民社会，向往没有种族歧视、没有阶级分化的理想家园。然而当她历尽等待、费尽周折来到英国，却发现英国的种族歧视、阶级分化比南非有过之而无不及。莱辛多次在创作中提及自己在伦敦的无家感。在《追寻英国特性》书中，莱辛从各个角度探索了"什么是英国人"这一问题。她煞费苦心探讨什么是英国人的特性，千方百计证明自己属于"英国人"，正是因为遭到英国社会的排斥，在那里没有归属感。也正因为这一点，莱辛才将记忆中的非洲丛林美化、神化，将其建构成自己的精神家园，从而打造一份家的幻象。

之所以称非洲是战后回到英国的莱辛"想象的家园"，因为这是莱辛根据线上需要所建构的非洲，而不再是现实的非洲。对于莱辛来说，这一非洲并不是自己实际想要居住的地方，而是与英国相对的、用于寄托心灵的精神家园。莱辛之所以要建构这样一个神话国度，是因为她在战后英国遭到排斥。建构非洲这一精神家园可以缓解莱辛作为移民在战后英国的无家感。

面对南非社会的种族歧视，青少年莱辛梦想着没有种族歧视的"金色之城"(the golden city)。在这座有四座城门的城市，"白人、黑人和棕色皮肤的人都能够平等地生活，没有仇恨和暴力。"[1]在莱辛心中，伦敦就是这样一座"四门城"。

后期的创作中，莱辛表现出对外太空和宇宙广袤空间的着迷。莱辛将自己的空间五部曲命名为《南船星座的老人星》。她经常仰望星空，想象自己超越了重重界限，离开了这个世界，进入了另一个星球。"我全身心进入那辉煌的、燃烧的天空。我知道，那是我所属的地方。我根本不在这，或者或不会在这很

---

① Doris Lessing. Martha Quest[M]. London: New York: New American Library, 1970: 155.

长时间。我很快就会离开。"①正因为莱辛具有这种宇宙视野，所以在创作中能够不断拓展人类家园的边界，为自己、为人类创造出新的宇宙。

与在伦敦土生土长的伍尔夫相比，流散是莱辛生平和创作中最重要的影响因素。莱辛一生跨越三个大洲，穿越数十个国度，是地理空间意义上的流散者，同时，莱辛又是一位文学流散者。

在莱辛的一生中，其关照历史的视角不断扩大，关注的焦点从"个人的命运""星球的命运"转向"宇宙的命运"。与之相伴，其历史观也从着眼当下的"个人神话"、宏大抽象的"人类神话"，转向更空渺虚无的"宇宙神话"。通过将人类历史置于宇宙历史中来关照，莱辛得出的结论是：人类历史只是宇宙历史的副产品，人类只能在循环往复的冰川纪间歇期内进化，所以人类不可能抵达进化史观所许诺的"理想家园"，流散是人类的宿命。

（四）边缘化的里斯

殖民地作家身处迥异的文化世界的夹缝之中，他们能借鉴多种传统，却又不属于任何一个传统。面对令他们不舒服的边缘地位或附属身份，他们终归会诉诸或许能称为自己的经验的那些东西（依具体情况可指自己对环境的切身体验、迁移、入侵等等），找到自己的地位，进行自我再造。②

无论克里奥尔作家还是本土作家，他们在寻找自我属性时，所使用的一种重要手段就是将那些貌似缺陷的品质化作对于自我的定义。他们学会了利用自己一半对一半的地位作为资源。这种无根基状况——尼赫鲁所谓的被殖民地人的"混杂教育"——促发了重构归属故事的冲动。作家们努力将他们所经历的文化分裂转化为抚平裂痕的家园梦想，治愈创伤的起源神话，或是综合了各种曲调的熨帖人心的抒情诗作。他们在文类、风格上对欧洲殖民传统的呼应，都

---

① Doris Lessing. Under My Skin: Volume One of My Autobiography, to 1949[M]. Harper Collins, 1994: 81.

② [英]艾勒克·博埃默.殖民与后殖民文学[M].盛宁，韩敏中，译.沈阳：辽宁教育出版社，1998：133.

可以看出他们的这种做法。①

　　克里奥尔作家里斯就是这样的创作典范，她的《藻海无边》也就是她进行自我再造的一个尝试。里斯曾说这部小说完成于一次她梦见孩子出生之后："最后，我梦见我正在注视摇篮中的一个婴儿——如此卑微的一个小生灵。所以这本书一定得完成，这肯定是我真正思考的东西。此后我再也没有梦见过它。"②

　　里斯也曾经对一位朋友说："我不以为这一切（创作《藻海无边》）都是偶然的。我越来越觉得彷佛我们是命中注定的。"③可以看出，里斯一次又一次暗示了命中注定的无意识在艺术家创作中的运作。也许她从来没有意识地理解，这种梦和无意识正是一种后殖民的创作冲动。当她选择了勃朗特创作的"可怕的疯子"作为她笔下主人公的时候，她实际上已经进入了"逆写帝国"的后殖民作家之列。她在给予勃朗特笔下那个影子般的人物以生动鲜明的性格的同时，也投射出了自己作为一个克里奥尔移民作家的身份困惑和身份危机，两者之间形成一种互相映射的关系，就像在镜子中一样。

　　在两种文化间徘徊的里斯却无论在哪一个文化里都找不到她具体的身份，这也许正是墨西哥裔美国作家葛洛莉亚·安札杜瓦所提出的"文化的边界地"④概念，也是阿依达·胡塔多（Aida Hurtado）和卡琳娜·塞万提斯所描绘的"两个国家，两个社会制度，两种语言"之间的"第三空间"。⑤

　　里斯将她的书写行为当作是一个想象的地方，她在其中可以寻找归宿和定

　　①　[英]艾勒克·博埃默.殖民与后殖民文学[M].盛宁，韩敏中，译.沈阳: 辽宁教育出版社，1998: 134.

　　②　Coral Ann. Howells. Jean Rhys[M]. New Your & London: Harvester Wheatheaf, 1991: 106.

　　③　Coral Ann. Howells. Jean Rhys[M]. New Your & London: Harvester Wheatheaf, 1991: 127.

　　④　Gloria Anzaldua, Borderlands/La Frontera: The New Mestiza[M]. San Francisco: Aunt Lute Books, 1987: 37.

　　⑤　Aida Hurtado and Karina Cervantez, 'A View From Within and From Without: The Development of Latina Feminist Psychology, ' Handbook of U. S. Latino Psychology: Development and Community-Based Perspectives ed. Francisco A Villarruel, Gustavo Carlo, Josefina M Grau, Margarita Azmitia, Natasha J. Cabrera and T. Jaime Chahin (Thousand Oaks: Sage Publications)171-190.

位。因为对于一位充满流放感的女性作家来说，"地方"的文本化，或是文本化的"地方"就是一个可以当作栖身之地的形式。而对于里斯来讲，她在现实中难以找到栖身之所的根本原因是她模糊的身份。她的身份既不属于名义上的母国英国，也不属于出生地多米尼加，就像小说中伯莎对罗切斯特所言："在你们中间，我常常弄不清自己是什么人，自己的国家在哪儿，归属在哪儿，我究竟为什么要生下来……"① 这种民族身份的缺失迫使里斯游走于多重文化空间内，同时也在她的文学绘图中缔造家园，寻求定位，尽情释放一切迷惑与不满。

如法国学者埃莱娜·西克苏说，作家可以在其语言中找到国家。② 这种观念允许我们推测，民族身份与家园归属感的缺失迫使琼·里斯在其文本中，而不是在地理环境中去找寻她的家园。通过写作行为（文学绘图，建构乌托邦）与文本化的"地方"，这位流放女性作家在同时寻找身份和心灵的栖居地。尽管里斯可以栖居在她的乌托邦中，但这也意味着她只能仅仅"栖居"在一个想象的空间。并且，当她离开了写作行为，步出自己建构的乌托邦，她将又次次地变为"无家可归"。里斯一生从未真正感觉到被一个民族或是一个地方接受，她也不能在个人生活中找到归属与安稳。她的写作实践，在某种程度上所充当的就是一个可贵的"空间"，使她可以在其中寻求一种现实中找寻不到的归属感。可以说，写作行为与作家的身份这两个因素提供给里斯一个既真实又虚拟的小世界，她在这里缔造着她自己的地方。

研究里斯的学者们认为，里斯自身的经历常常被她投射到她的主人翁身上。她的女主人公多是流放在外的西印度女性，她们同她一样为民族身份斗争，也一样遭受到被隔离的痛楚，如《黑暗中的航行》（*Voyage in the Dark*, 1934）里的安娜·摩根感觉："英格兰是真实的，遥远的西印度是个梦，但是我不属于

① 简·里斯. 藻海无边 [M]. 陈良廷，刘文澜，译. 上海：上海译文出版社，1996: 60.
② Ralph Cohen ed. trans. Deborah W. Carpenter. 'From the Scene of the Unconscious to the Scene of History, ' The Future of Literary Theory[M]. New York: Routledge, 1989: 5.

它们任何一个。"①《早安，午夜》(*Good Morning, Midnight*, 1939)中的萨沙·詹森，《藻海无边》中的安托瓦内特都缺乏一种地方的归属感。无论是在加勒比还是在大都市，里斯的主人公们都无法安居在一个地方，也不能拥有一个恒定的民族身份。对她的这些被流放的女主人公来说，居民身份是不可能等同于归属感的。

如约翰逊所说，通过写作里斯将"地方"概念化，并由此找到一个语言学范畴的"家园"。②因此可以说，琼·里斯建构的乌托邦既是一个批判渠道，通过它她控诉了殖民帝国带给她的漂泊感、疏离感、无家感和分裂感；同时也是一个兼具虚幻与现实双重特性的"场所"，她的一切缺失可以通过自由的书写与重构在这里找到宣泄与补偿。正如詹姆逊所言，她文学地图上建构的乌托邦的意义不在于她想象的是什么，而是想象本身，它表达了一种潜在的希望和激励，而这也正是她在所处的西方现代社会里所缺失的东西。

（五）融合背景下的扎迪

由于战后全球一体化进程的加快，全球经济的发展、通讯技术的进步以及交通工具的创新大大缩短了不同国家和地区之间的距离，形成全球性的移民浪潮，国际间的人口流动大量增加，为国际交流、文化沟通以及大规模的移民都造成了极大的便利，国际间移民已经成为一种必然趋势。到21世纪，移民人口及其后裔在欧美很多国家的总人口都占有很大一部分比例，形成了一种新的种族圈和亚文化群体。这些移民离开了自己原来的故土家园和原来所归属的文化语境，被流放到一个陌生的异域环境中，不得不面对新的文化环境。尽管他们移民的原因、原有的国家和家族背景、宗教信仰、受教育水平等都有着不同程度的差异，但是当他们都置身于一个崭新的家园和文化中时，他们无一例外地都面临着新的文化的隔膜与错位。另外，生存与发展的迫切也促使他们不得不尽可能地融入到所在国的主流文化中。所以，他们对原有民族文化的记忆与新

---

① Jean Rhys. Voyage in the Dark[M]. London: Penguin Books, 1969: 8.

② Erica Laura Johnson, "Home, Maison, Casa: The Politics of Location in Works by Jean Rhys, Marguerite Duras, and Erminia Dell'Oro, "diss., U of California, Davis, 2000: 14.

的异质文化都会产生不同程度的矛盾与冲突，他们对于自身文化的认同也就有了永远绕不过去的困境：他们既无法完全融入新的文化中，又无法彻底抛弃原有的民族文化；而他们的后裔，尤其是混血儿，多种族婚姻使得他们在永远都生活在跨文化、跨血缘的流放状态中，他们同属于两种或多种文化的同时也同样受到这些文化的排斥与歧视，从而产生身份认同的焦虑，成为漂泊无根的一群人。因此，归根结底，移民在文化身份认同上所产生的痛苦与困惑是由他们居于"他者"的弱势地位所决定的，贫穷和不稳定的生活、不属于自己的民族和家园、不习惯的主流文化意识，使得他们的身份不再具有安全、可靠的保障，所以游离于两种或多种文化、种族的移民群体会更加经常地怀疑和质问自己的文化身份。

文化全球化的到来更加速了西方社会身份认同危机的来临，在世界格局一体化的今天，多元文化共存乃是全球化发展的大趋向。少数族裔人群为了在英国主流社会不丧失本民族的文化身份，开始努力寻求身份认同，重建民族身份。

"多元文化论是一种社会信条，它本身被看作是对同化政策的一种积极的替代方案，意指那种承认少数族群的公民权和文化认同的政策，或更宽泛地说，是对文化多样性价值的肯定。"[①] 多元文化论提倡和捍卫文化多样性，同时关注少数族裔文化与主流文化之间的不平等关系。"多元文化杂糅主题在当代英国小说中特点鲜明，不仅仅是主题，而且是创造性写作的一部分。"[②] 可以说在全球化形势下，多元文化共存乃是大势所趋。

扎迪·史密斯的小说《白牙》就是多元文化的产物，它既反映了少数族裔文化群体在西方主流文化背景中的艰难困境，同时也表现了多种文化在相互冲突中的融合与发展。史密斯在这部小说中表达了她对多元文化和谐社会的提倡，强调了边缘文化与主流文化对话的重要性。并且还告诉我们，在多元文化语境中，

---

① 周宪.文化研究关键词 [M]. 北京：北京师范大学出版社，2007: 283.

② Richard Lane, Rod Mengham.et al. Contemporary British Fiction[M].Cambridge: Polity Press, 2003: 143.

少数族裔个人的人生观与价值观的形成固然受到白人中心文化的影响，但是个体文化身份是群体文化身份不可分割的组成部分，因而如何对待这种多元文化的影响也取决于个体的自我选择。她的这些观念通过小说中塑造的年轻一代少数族裔群体的生活方式与行为选择生动而自然地表达出来。

首先，史密斯笔下的黑人女性形象具有作为文化"他者"的共同点。她们的生活范围大多是禁锢在家里，即使在外面有一份工作，她们也被看作是花瓶或男人的附庸，无法体现自身的真正价值；其次，她们大多都是移民身份，不管是白皮肤还是黑皮肤，她们都受到西方白人主流意识形态的压迫；第三，她们是男性暴力的受害者，她们不仅要承受白人男性对她们的种族歧视和性别压迫，还要遭受种族内部男性的暴力欺凌和性别歧视。即使是在英国的多元文化政策下，女性，尤其是作为移民的少数族裔妇女，也是被作为"他者"禁锢起来的，种族歧视与性别歧视的双重压迫使她们始终处于社会的最边缘，不仅失去了对社会生活的发言权，也失去了参与权。在被"边缘化"的同时，她们彻底丧失了自己的主体性，而男性霸权意识和本民族传统文化的约束又决定了她们的反抗只能是静默而徒劳的。

《白牙》中的牙买加黑人女孩艾丽是第二代移民的典型代表。年轻一代移民不同于他们的父母，他们从小在英国主流社会长大，接受英式教育，受白人文化的影响较大，头脑中对自己的民族之根和传统文化只有模糊的印象。艾丽聪明伶俐，勤奋好学，但从小受到英国白人孩子的歧视和嘲笑，很想改变自己的民族身份，渴望融入主流社会。她减肥、拉直象征着遗传基因的卷发、接近白人夏尔芬一家。但是无论艾丽如何改变自己，她总是觉得不对劲，"英国像一面硕大的镜子，艾丽就站在这里，却看不到自己的身影。在陌生土地上的陌生人。"[①] 后来，和夏尔芬一家的频繁接触使艾丽发现了他们生活中的无聊和伪善，大大降低了她对这种"英国式风格"的兴趣，于是她开始重新思考自己的民族身份，追寻自己的文化之根。她后来回到外祖母那儿无意中发现了自己

---

① [英]查蒂·史密斯.白牙[M].周丹,译.海口：南海出版公司,2008：388.

的"牙买加"源头，才开始慢慢接受本民族的根文化和自己"一半牙买加、一半英国"的混合血统。艾丽终于意识到家乡是一个人的民族之根，自己的大骨架、满嘴龅牙和非洲式卷发是牙买加根文化的体现。一个人无论怎样改变却很难改变自己的文化和身份。小说的结尾，艾丽怀孕了。这个不知道父亲是谁的孩子让人们对未来充满憧憬，孕育着希望，似乎告诉人们在未来种族和身份都将变得不再重要。"幻想中，艾丽看到过这样一个时代，一个距今不太远的时代，到那时，根将变得无关紧要……艾丽期待着这个时代的到来。"① 艾丽最终接受了自己的文化身份，她对自己身份和根的认识经历了从厌恶"差异"到认同"差异"的过程，在传统文化和西方主流文化的碰撞中走了一条调和之路。艾丽在小说中是承上启下的人物，是联系第二代和第三代移民的桥梁和纽带。扎迪·史密斯借艾丽琼斯这一黑白混血儿形象刻画了一幅多元化英国社会的光明图景。她和她腹中的孩子是第三代少数族裔移民的代言人，孩子预示着多元文化的融合与和平共处，这种积极向上的多元文化新英国性的模式将以宽容和公正的态度对待不同民族和文化。②

史密斯在此强调的是，在全球化背景下，差异性随处可见，每个人都有各自的文化和价值观，因而不必苦苦地死守着自己的传统文化，要善于变通，对于文化身份的追问，对于文化之根的追寻，都应该让位于对多元文化现状的坦然接受。

史密斯的小说是多元文化的产物，表现了多种文化在冲突中的交融与变异，但史密斯本人对后殖民社会多元文化的情感是复杂的，一方面她强烈反对所谓的多元文化的"一刀切主义"，认为英国多元文化政策的实施过分的忽视了移民这种亚文化群体的特殊性和差异性。这一弊端导致处于弱势地位的文化群体被迫采取一种异化的形式，所谓的"多元文化主义"成为一种高度歧视性的、以一种无意识的微妙方式进行的殖民主义行径；而另一方面，她又赞成这种多

---

① [英]查蒂·史密斯.白牙[M].周丹，译.海口：南海出版公司，2008: 105.
② 王卉，姚振军.《白牙》中对"英国性"的重新定义[J].世界文学评论，2010(2): 78–83.

元文化现象，认为动态的、多元的文化环境赋予了个体社会成员流动的、多元复合的文化身份，这种身份在不断的变化中逐渐消解了狭隘的种族和文化界限，只有这样才能实现边缘文化和主流文化的对话，从而达到消解白人文化中心地位的目的。

随着全球移民浪潮的高涨，文化不再囿于地域，而是在发展中不断变化和融合。正如赛义德所言："文化不是密不透风的东西……一切文化都是你中有我，我中有你，没有任何一种文化是鼓励单纯的，所有的文化都是杂交性的，混成的，内部千差万别的。"①

（六）小结

尽管伍尔夫、莱辛、里斯与史密斯的文化背景和个人生活经历不尽相同，但她们却共有着对拥有民族身份的强烈意识，以及对归属故国家园的不灭的渴望。英帝国的殖民文化给予她们不同的打击与困扰，身为或民族、或阶级、或性别的弱势群体，同为作家的她们又不约而同地在各自的文学创作中缔造理想的家园，安放流放的身躯与灵魂。

1916 年，匈牙利思想家卢卡奇通过自己在马克斯·韦伯指导下完成的著作《小说理论》(*The Theory of the Novel*) 提出，"所有的小说都是患'恋家症'的"，家园是小说的永远主题。②小说建构了一个此岸世界，其中，在彼岸世界之外，每一个迷途的漫游者都已经找到期待已久的家园；每个渐行渐弱的孤独之声都被一个聆听它的歌队所期待，被引向和谐，并因此成为和谐本身。③

伍尔夫、莱辛、里斯与史密斯都是位居边缘化空间的女性作家，尤其是莱辛、里斯和史密斯一直随上一辈过着"候鸟般"的生活，她们的身体不断"移位"，穿越非洲、西印度、英国、巴基斯坦的国界，从东到西，处处有家，又处处无"家园"。

① 爱德华·萨义德. 东方学 [M]. 王宇根，译. 上海：三联书店，1999: 179.

② Rosemary Marangoly George. The Politics of home: Postcolonial relocations and twentieth-century fiction[M]. New York and Melbourn: Cambridge University Press, 1996: 1.

③ 费小平. 家园政治：后殖民小说与文化研究 [M]. 北京：北京大学出版社，2010: 3.

漂浮的、无根的、游移的生存状态意味着她们别无选择，只能走进含混破碎的记忆深处，走进语言的乌托邦，用文字言说想象的家园。跨国界、跨文化的生活经历加深了这些作家的身份错位意识和文化认同危机，让她们在东西方之间、不同宗教之间、历史与今天之间无所适从，不知所归。

同为流散作家的拉什迪在 1991 年的"想象的家园"（"Imaginary Homelands"）一文中说："像我这样的流散作家（exiles，或 emigrants，或 expatriates），心头可能总是萦绕着某种失落感，带着某种冲动去回顾过去，寻找失去的时光……但当我们回顾过去时，我们会处于深深的困惑之中：离开了印度便意味着我们不再能够找回业已失落的东西；我们创造的不是真实的城市或乡村，而是看不见的想象的家园，即我们脑海里的印度。"[①]

寻找家园，寻找身份是她们共同的创作激情。无论笔下主人公在她们的现实生活中是怎样的处处碰壁，屡屡战败，"无家园感"追随一生，而作家们要比她们创设的人物幸运得多，因为她们在自己虚构的乌托邦世界建构了现实中失去的精神家园，廓清了迷惘的身份。同时，我们也看到，大英帝国的殖民背景，根深蒂固的父权制思想也使得她们根本逃脱不了被控制的命运和注定的虚无，即使是自我身份的寻找与重建也是建立在帝国思维之上而充满了其悖论的矛盾性与无力感。

第二节　时代的美学回应

20 世纪的政治社会局势造就了人们内心世界的巨大变化，以英美国家为代表的西方社会的价值观念与意识形态都在战争的阴影和一系列重大政治风波中发生了巨变，而随之而来的除了文学创作内容的改变，还有文学再现形式的颠

---

① Salman Rushdie. Imaginary Homelands: Essays and Criticism 1981-1991[M]. Granta Books and Penguin Books Ltd., 1991: 10.

覆与变革。

一、文本空间的政治阐释

在文本表现形式的突破方面首先就是学界对空间的重新认识与利用。"20世纪末学界多多少少经历了引人注目的'空间转向'，而此一转向被认为是20世纪后半叶知识和政治发展最举足轻重的事件之一。学者们开始刮目相看人文生活中的'空间性'，把以前给予时间和历史，给予社会关系和社会的青睐，纷纷转移到空间上来。"①

"空间"曾被认为是固定的、静态的场所，而相对应的，"时间"则是流动的、不稳定的。在20世纪的后几十年中，人文地理的进步更新了这些曾经根深蒂固的假设，并且提出空间也是一个具有异质性的场所。此后空间问题的凸显既表现在理论层面，也表现在实践层面。一方面，福柯、列斐伏尔、巴什拉、苏贾等空间理论学家的各种阐释均宣布了"空间转向"时代的最终到来；另一方面，这个时代的小说家们的创作实践则昭示着这一"转向"的真正开始。因为文学不仅再现了人们不同的空间体验，同时也参与空间的生产。在某种意义上，从空间的角度对文学进行考察会对每一时期或某种特定的文学（如后殖民文本）有着更深入的理解。

在小说创作中，现代作家打破了空间原本静态的地理背景角色，不仅在空间呈现上做了诸多变革（如打破传统的全知全觉视角及第三人称叙事，取而代之使用意识流、蒙太奇等手法），甚至还将空间纳入到叙事中，使之成为叙事手法之一，参与故事的进展与人物塑造。这些具有实验性叙事风格的小说是对20世纪空间转向的回应，也是对现代人无方向感的文字化再现。对此，读者可以更好地去理解现代主义作家在处理空间上的那种方向不定的、难以捉摸的、重复性的、迂回间接的叙事风格，尤其是对"家"的再现方面。比如像伍尔夫

---

① 参见陆扬为美国学者爱德华·W·苏贾的《第三空间——去往洛杉矶和其他真实和想象地方的旅程》所撰写的"译序"，上海：上海教育出版社，2005.

这样的现代主义作家，在她的小说中"房间"也能使叙事模式发生变化，从循序展开的故事到将故事分叉进行的推进，使得我们在阅读中可以在一个单独的时刻看到不同人物的言行举止（类似一种蒙太奇），而不是一个人物在不同时刻的线性发展。乔恩·哈格隆德说，像伍尔夫所用的意识流等现代叙事技巧是与她所称的"制图现实主义"的出现相联系的，在制图现实主义的理解中世界是由"地理空间不断的形式抽象"来界定的。[①] 按照哈格隆德的论述，现代叙事技巧就是受到不断发展变化的地理学领域的影响， 因为地理学的发展对民族叙事的作用不亚于一个现代主义作家的文字创作。他还论述到不考虑历史范畴以及小说叙事的多样性，每个文本都借用了使人迷惑的叙事技巧去书写 20 世纪那种同样令现代人迷惑的无家的漂泊感。

因此，我们看到，小说叙事形式的改变，尤其是现代作家对空间与地方元素的布局与隐喻化再现绝不仅仅是作家叙事技巧的展现，而是与时代的政治意识形态、社会动态，以及人们的生活和心理状态紧密相连，可以说从地理学飞速发展的 20 世纪以来，空间的参与叙事更深入而广泛地体现了历史意义，实现了一个民族政治上的美学呼应。

说到空间与政治的联姻，詹姆逊在他的《晚期资本主义的文化逻辑》中论述到，文学就是社会的象征性行为。他历来主张从政治社会、历史的角度阅读艺术作品，认为人们应从审美开始，关注纯粹美学的、形式的问题，然后在这些分析的终点与政治相遇——穿越种种形式的、美学的问题而最后达致某种政治的判断。[②] 他说卢卡奇教给了我们很多东西，其中最有价值的观念之一就是艺术作品的形式本身是我们观察和思考社会条件和社会形势的一个场合。卢卡奇的观点是从形式入手探讨内容，这是理想的途径。

---

① Jon Hegglund. "Defending the Realm: Domestic Space and Mass Cultural Contamination in *Howards End and An Englishman's Home*", English Literature in Transition, 1880-1920, 40.4(1997): 398-423.

② [美] 詹明信 . 晚期资本主义的文化逻辑 [M]. 陈清侨 等 , 译 . 北京：生活·读书·新知三联书店，1997: 7.

詹姆逊认为，文化批评家的首要任务就是从各种叙事文本中辨认出意识形态，并从本质上说明这些叙事文本如何放射出自身天然具有的意识形态信息以及作者本人如何在无意识之中也成了阶级表达的工具。这也就是詹姆逊"政治无意识"概念的根本意义。所以，任何叙事文本都是历史和意识形态矛盾的记录，但是，叙事文本的意识形态意义并不是清晰可见的，它们常常被作家驱赶到文本的深处，变成了一种政治无意识。意识形态分析和批判就是要通过文本的种种再现表象去揭示叙事的真正意识形态意义，为叙事恢复其历史维度和政治阐释。由此，詹姆逊还提出了著名的"三层次文本分析"，即将文本分别置于政治、社会、历史三个层次进行分析。这三个层次依次推进，使我们意识到历史是文本解读和阐释的终极基础及不可逾越的视域。

二、文学地图上的意识形态

文学绘图学理论是文学批评基于空间理论和地图学理论的产物，它的形成与发展离不开地图学的支撑。美国地图学家丹尼斯·伍德（Denis Wood）说，地图的作用就在于替利益服务。

每幅地图都有作者和主体，它永远是关于某物的，永远有个主体，即使这个某物是虚构的，只存活在有关它的地图里，而别无其他地方。地图是关于某物（它的主体），也是透过某人（作者），它在世界上的出现，就是再现意境的作用，而这些再现，这些需要重复的一切，均为所有人类感知、认知与行为的债务（与资产）所致。这无异于指出地图是有关它所呈现的世界，而其揭示的不是世界的某物，或者不只是世界的某物，还有（有时尤其是）绘图者的作为。换言之，地图，所有的地图，势必如此地、不可避免地必然呈现了作者的成见、偏见与徇私。在描述世界的同时，描述者不可能不受到这些及其他特质的限制。即使是指出来，也总是指向作者所关注的某处；这不仅标示地点，同时也使其成为特定焦点之主体，指向此处，而非指向其他地方。①

与地图的政治功能相似的是文学地图上的意识形态体现，它是对社会政治的一种空间美学回应。而文学地图学的理论根基除了承袭了地图学的思路，还可以追溯到詹姆逊的"认知绘图"概念：

一种把空间问题作为核心问题的政治美学，一种能够沟通抽象认识与具体再现的认知美学，一个既适于后现代的真实状况，又能达到某种突破，从而再现目前仍然不可思议的新的世界空间的新模式。②

詹姆逊的这一概念按他自己的解释主要是源自林奇（Kevin Lynch）的城市理论和阿尔都塞的意识形态理论。在其经典著作《都市的形象》（The Image of the City）中，林奇阐述到，所谓疏离的都市，归根到底就是一个偌大的空间，人处在其中无法在脑海里把他们在都市整体中的位置绘制出来，无法为自己定位，从而界定自我、找到自我。詹姆逊认为林奇的城市研究的启示就在于促使人们在更高、更复杂的层次上对再现问题重新分析。尤其是在后现代的全球化背景下，在无法辨识的庞大的全球空间和跨国网络里，人们更是逐渐失去了给自己定位和认识世界的能力，需要发展出新的再现能力，否则就会迷失在后现代的超空间里，而无法改善人们的处境。

詹姆逊认为，在林奇从城市空间的角度研究的经验问题与阿尔都塞对意识形态的新定义之间，存在着一个极有意思的相同点："林奇给我印象最深的是他构想城市经验的方式——此时此地的直接感知与把城市作为一个缺场的总体性的想象感知的辩证法——提出了与阿尔都塞关于意识形态的著名表述相似的

---

① ［美］丹尼斯·伍德.地图的力量 [M].王志弘，等译，北京：中国社会科学出版社，2000: 34–35.

② 王逢振，谢少波.文化研究访谈录 [M].北京：中国社会科学出版社，2003: 112.

一种空间类比。"① 阿尔都塞关于意识形态的著名表述就是将意识形态重新定义为个体对自己与其真实存在境况的想象关系的再现。在阿尔都塞那里，意识形态国家机器或者说作为国家机器的意识形态包括宗教、教育、家庭、法律、政治、工会、文化，等等，在绝大多数情况下，它不通过暴力的方式而是通过意识形态的潜移默化的方式发挥作用。意识形态是社会生活的一种基本结构，人甚至还在出生之前就已经受到这种意识形态国家机器的影响，更别说出生之后在这个世界上的存在了。

詹姆逊早在 1983 年伊利诺大学的一次学术研讨会上就提出了"认知测绘"的概念，之后它便成为詹姆逊美学体系中的一个重要的理论以及他晚期马克思主义文化政治学的落脚点。在指出后现代主义社会存在的危机后，詹姆逊认为有必要通过新的认知测绘帮助人们在后现代社会中定位自己，重拾精神家园，摆脱后现代社会的生存危机。他认为，只有通过测绘，主体才能把握自己的位置，正确地评价世界，获得重新行动的能力。他明确指出，再现的问题构成了认知绘图的中心问题，因为"关于认知测绘，简单地说，就是再现的另一种说法"。②

在此，我们可以认识到詹姆逊想要强调的重点——资本的逻辑，以及与之息息相关的政治意识形态是文化研究和空间研究不能偏离的基础。詹姆逊认为，通过对主体与其真实生存关系的想象再现，亦即通过意识形态的积极作用的发挥，我们能够对晚期资本主义的超空间获得一种总体性的把握，从而使认知绘图成为社会政治的必要组成部分。

建立在詹姆逊"认知测绘"（或者说"认知绘图"）理论上的文学地图学也必然是将空间、地方、绘图这些现代文学文本分析元素与社会意识形态紧密结合。作为 20 世纪以来小说艺术创作形式的空间转向中的文学地图研究，地图再现形式背后的社会意识形态显然是我们进行地图研究的目的所在。根据詹姆

---

① ［美］詹姆逊 . 詹姆逊文集（第 1 卷）[M]. 北京：中国人民大学出版社，2004: 304.

② ［美］詹姆逊 . 全球化与赛博朋克 [EB/OL].(2004–2–15)[2021–10–06] 文化研究网 http://www.culstudies.com.

逊的学说,不仅艺术作品的内容是理解时代背景的重要一环,艺术作品的形式(再现美学)同样也是理解时代特征的重要一环,甚至有些艺术作品的形式在深层上比内容更能说明作品与时代背景之间的必然联系。因此,在马克思主义文学批评活动中,艺术形式具有不可忽视的重要作用,我们应该运用马克思主义辩证思维,将艺术形式与作品的政治历史背景结合起来,走向辩证批评。[①]

三、帝国女儿的诉求美学

由詹姆逊的政治无意识理论可知,任何文本的内容与形式都不是单向度的,它经常是各种欲望的综合记录与反映,记载着各种历史事件以及不同阶级之间的立场与矛盾。而在一切文本的形式当中,空间概念又被詹姆逊看成是晚期马克思主义文化政治学的核心观念,是后现代主义的典型特征。

对于从英帝国全盛期到末期的伍尔夫、莱辛、里斯和史密斯这4位现代英国女性小说家来说,她们在自己的文本中各具特色地融入了各自的种族、阶级、性别特征以及这些属性带给她们的生活经历与情感体验;她们以20世纪所赋予她们的敏锐的空间感知在文本的广阔地域中选取特定的空间与地方,连接起不同的路线与区域,从而绘制了一幅幅各具主题的文学地图;她们富有灵性的创作才情将潜在的乌托邦欲望唤醒,在建构乌托邦的同时批判了英帝国殖民政策给她们、给民族、给全世界带来的侵略与伤害、发出了弱势群体的不满的呐喊、也在既虚幻又具有真实性的文学地图上竭力寻找身份与定位,和可以安放漂泊的身体与游荡的灵魂的家园,弥补现实世界中的无方向感带给她们的惶恐与危机感。

可以说,她们带有强烈空间感并体现鲜明政治主题的一幅幅文学地图,以及地图上所显现出来的寄托着批判与希冀的乌托邦建构就是她们在现实生活中所隐藏的诸多诉求的美学彰显。

---

① 梁苗.文化批判与乌托邦重建——詹姆逊晚期马克思主义文化政治学研究[M].北京:人民出版社,2013:30.

作为英帝国上流社会的女性代表，伍尔夫在帝国的衰微中以及作为女性被排斥在帝国事业之外的性别歧视中感受到了双重的焦虑与迷惘，更有甚者，造成她迷惘的这两个要素又恰恰构成了她作品中重重生存悖论中的两极：身为女性所反对的"父权"与"霸权"恰恰是她要拯救帝国于衰微中所依赖的思想武器。因此，我们在伍尔夫的文学地图上所读出的最突显的信息就是"双重性"与"悖论"，而我们之所以能通过空间解读挖掘到伍尔夫的生存困境与思想诉求也正是源于她独特而高超的地图美学：次第出现的伦敦的大街小巷以及各种帝国地标；不同人物活动的或交叉或平行的大大小小的区域和长长短短的路线；交替着不同时空闪回的蒙太奇效应；凝结着时间点与特定空间方位的时空体；隐藏于偶然中却又体现了其必然性的一组组"不协调并置"等。因此，虽然伍尔夫重回帝国繁盛期，重温美好家园，重塑帝国女性形象等诸多女儿梦最终还是破碎在她的乌托邦建构中，但是她在文学王国里发出的美学诉求还是实现了它们自身的价值与魅力，实现了美学与政治的完美结合。

诺贝尔文学奖得主多丽丝·莱辛更是每每在她的诸多作品中发出呼应时代的最强音，恣意涂抹时代画卷，揭露20世纪西方世界崩溃的精神内核，拷问现代文明种种弊端。通览她的文学绘图，"流散""越界性""边缘交错"等应该是她文学人生的真实写照。身心均游走于非洲大草原和帝国大都市的莱辛的创作视域更加开阔，所选取与建构的地方与空间也更为多样化：殖民地南非草原上的一草一木、一屋一舍呼应着帝国伦敦的大街小巷、商街店铺；充斥着种族与阶级对峙力量的时空体承载了作家的哀怨与同情；充满神秘性、虚幻性与深刻隐喻的异质空间里安放了主人公疲惫而绝望的灵魂；生动折射出人类生存状态的外太空世界夸张而真实地演绎着地球上的一幕幕争斗与挣扎……莱辛在这些地图的绘制中既描摹出残损破败、民不聊生的恶托邦，放大了西方殖民政策下的屠戮与剥削给人类生存带来的恶果；同时，她也充满希冀与渴望地建构了像"四门城"那样的理想乌托邦，没有环境污染，没有种族歧视，没有阶级仇恨，闪烁着光芒，充盈着温暖与和谐。这也正证实了莱辛创作中鲜明的生存悖论以及她自身的终极迷惘。她最终也没有找到她思考并追求了一生的通往自由、和谐，及生存意义的生存之路。她出色的空间美学最终反馈出的也仍然是迷惑与虚妄，哪怕是她用心缔造了隐藏着苏菲主义的种种形式的内空间。

莱辛的人生是充满流散元素的，但当我们来描述虽为白人但却带有混血基因的克里奥尔女作家琼·里斯时，她在流散文化中成长与徘徊之外又多了一份颠沛流离与属于被殖民者的叛逆与反抗。可以说她生活在殖民者与被殖民者的夹缝中，她的《藻海无边》就是一部记录着她叛逆精神的控诉书写，以及在虚构中试图找回民族尊严、情感与自信的历史文本。她将《简·爱》中被只言片语带过的西印度地域放大并细化为小说的地理背景，安插了女主人公的生活轨迹和心路历程，并竭力记录它的美好与魅力。同时，《简·爱》中的英国庄园及其风情在作品中被作家弱化、边缘化，成为承载了女主角痛苦与屈辱的地狱之所。作家以这种地图中心的颠倒与置换传递出对殖民压迫与民族歧视的强烈控诉。里斯创作美学的最显著特点就是她在书写中成功地叠加了"模仿"与"逆写"。英国小说中的模仿与戏拟传统从其小说之父菲尔丁的《汤姆·琼斯》就已开始，而殖民文本的逆写也于 20 世纪后半叶在西方文学界掀起创作热潮。因此，里斯基于《简·爱》而逆绘的地图就是时代的一面鲜明的旗帜，以她的地图美学彰显了一个特殊作家群体意识形态中的矛盾与悖论。

完全没有英国血统的混血移民作家扎迪·史密斯是英国新生代作家的代表，她的文学绘图生动而逼真地再现了大英帝国的殖民史及其给本土留下的地理的、人文的、思想意识形态上的种种印记。史密斯在《白牙》中所绘伦敦地图虽然只是聚焦于伦敦北部的一个区域，但她却手法娴熟地运用地块的拼贴与交织、杂居人群的对峙与共存反映了伦敦作为一个多元化都市的本来面貌。我们可以在其上看到来自英属殖民地的各种移民聚居地之间既独立又边缘交错，并相互渗透、蔓延的变化，正因为他们缺乏固定而稳定的生活区域和栖身之地，他们的身份认同与寻根的欲求也充满了动荡、不安与迷惘。在《白牙》的地图上，我们看到在后殖民时期有色人种想成为自己的生活、自己的命运和自己的家园的主导者的诉求，史密斯"试图透过表面物质世界来揭示隐秘的内在心理世界，生成了一种复杂的心理地缘版图。"①女作家将对现实的反馈，以及自己的愿望也都融入到了对城市空间的绘制中，并重现了莱辛笔下理想的"四门城"：

> 草木茂盛，流水潺潺之岛。这里，万物从土壤里喷薄而出，根本无须照管；年轻的白人上尉可以轻易邂逅黑人姑娘，他们俩生气勃勃、纯洁无瑕，没有过去，未来也不受别人支配——这里一切都属于过去。没有虚构、没有讹传、没有谎言、没有乱成一团的网——这就是艾丽想象中的家乡。②

史密斯记录了以琼斯、伊克巴尔、夏尔芬三家人为代表的移民群体的身份认同从单向同化，到全盘英化或追求民族本真，再到走向多文化杂糅复合的过程，从而当之无愧地成为当代英国多元文化的代言人。

尽管四位英国女作家在家族背景、成长历程、生活年代与经历、创作内容与手法等方面均大相径庭，但我们却可以在她们各自的文学绘图中感受到很多相同的绘制符号，并体会到它们代表与传递的文化共鸣：侵略性的帝国殖民政策带给世界各民族的生存灾难；父权制思维体系强加给女性的种种桎梏与压迫；战后西方社会政治经济等多方倾轧带给现代人的生存恶托邦与精神家园的崩塌……这些都凸显了她们作品中的一种历时的承继性与共舞的互文特征，使我们既可以在她们不同的乌托邦形造中鉴赏到女性绘图师的空间运用之美，也可以从她们发出的美学诉求中挖掘出埋藏在故事中的帝国意识形态流变及其一系列负面影响。

① 杨金才.当代英国小说的核心主题与研究视角[J].外国文学,2009(6):55-61.
② [英]查蒂·史密斯.白牙[M].周丹,译.海口：南海出版公司,2008:296.

参考文献

[1] [美] 爱德华·W. 苏贾. 第三空间——去往洛杉矶和其他地方的旅程 [M]. 陆扬等, 译. 上海：上海教育出版社, 2005：87.

[2] [美] 爱德华·萨义德. 知识分子论 [M]. 单德兴, 译. 北京：生活·读书·新知三联书店, 2002: 45.

[3] [美] 爱德华·W. 萨义德. 东方学 [M]. 王宇根, 译. 北京：生活·读书·新知三联书店, 2007: 426–427.

[4] [英] 艾勒克·博埃默. 殖民与后殖民文学 [M]. 盛宁, 韩敏中, 译. 沈阳：辽宁教育出版社, 1998.

[5] [俄] 巴赫金. 巴赫金全集·小说理论 [M]. 白春仁, 晓河, 译. 石家庄：河北教育出版社, 1998: 274–275.

[6] [英] 布赖恩·奥尔迪斯, 戴维·温格罗夫. 亿万年大狂欢：西方科幻小说史 [M]. 舒伟 等, 译. 合肥：安徽文艺出版社, 2011: 1.

[7] 包亚明. 现代性与空间的生产 [M]. 上海：上海教育出版社, 2003: 50.

[8] [英] 查蒂·史密斯. 白牙 [M]. 周丹, 译. 海口：南海出版公司, 2008: 126.

[9] 陈世丹. 美国后现代主义小说详解（英文版）[M]. 天津：南开大学出版社, 2010: 31.

[10] [加] 达科·苏恩文. 科幻小说变形记：科幻小说的诗学和文学类型史 [M]. 合肥：安徽文艺出版社, 2011: 13.

[11] [英] 多丽丝·莱辛 . 野草在歌唱 [M]. 一蕾 , 译 . 南京：译林出版社，1999: 26.

[12] [英] 多丽丝·莱辛 . 玛莎·奎斯特 [M]. 郑冉然 , 译 . 南京：南京大学出版社，2008: 184.

[13] [英] 多丽丝·莱辛 . 影中漫步 [M]. 朱凤余 等 , 译 . 西安：陕西师范大学出版社，2008: 23-24.

[14] [英] 多丽丝·莱辛 . 三四五区间的联姻 [M]. 俞婷 , 译 . 南京：南京大学出版社，2008: 82.

[15] [英] 多丽丝·莱辛 . 幸存者回忆录 [M]. 朱子仪 , 译 . 海口：南海出版公司，2009: 2.

[16] [美] 大卫·哈维 . 后现代的状况——对文化变迁之缘起的探究 [M]. 北京：商务印书馆 , 2003: 300.

[17] [美] 丹尼斯·伍德 . 地图的力量 [M]. 王志弘 等 , 译 . 北京：中国社会科学出版社，2000: 35.

[18] [美] 菲利普·E. 魏格纳 . 空间批评：地理、空间、地点和文本性批评 [C]. 朱利安·沃尔弗雷斯 . 21 世纪批评评价 . 张琼，张冲 , 译 . 南京：南京大学出版社，2009: 244.

[19] [英] 弗吉尼亚·伍尔夫 . 岁月 [M]. 金光兰 , 译 . 兰州：敦煌文艺出版社，1997: 296.

[20] [英] 弗吉尼亚·伍尔夫 . 伍尔芙随笔全集 II[M]. 王义国 , 译 . 北京：中国社会科学出版社，2001: 732-733.

[21] [英] 弗吉尼亚·伍尔夫 . 达洛卫夫人 [M]. 孙梁，苏美 , 译 . 上海：上海译文出版社，2017: 2.

[22] [英] 弗吉尼亚·伍尔夫 . 伦敦风景 [M]. 宋德利 , 译 . 南京：译林出版社，2010: 4.

[23] 费小平 . 家园政治：后殖民小说与文化研究 [M]. 北京：北京大学出版社，

2010: 1.

[24] 郭方云. 文学地图 [J]. 外国文学，2015(1): 111–119.

[25] [英] 简·里斯. 藻海无边 [M]. 陈良廷，刘文澜，译. 上海: 上海译文出版社，1996: 36.

[26] 姜薇薇，陈兰. 二十世纪对十九世纪的反思——如何看待琼·里斯的《藻海茫茫》[J]. 外国文学研究，1989(4): 130–133.

[27] [英] 卡罗莱·克莱因. 多丽丝·莱辛传 [M]. 刘雪兰 等，译. 南京: 江苏人民出版社, 2017.

[28] 罗成，王丽丽. 帝国的重建——从曼布克奖看当代"英国性"问题 [J]. 外国文学，2013(4): 59.

[29] 梁苗. 文化批判与乌托邦重建——詹姆逊晚期马克思主义文化政治学研究 [M]. 北京: 人民出版社，2013: 30.

[30] 罗钢，刘象愚. 后殖民主义文化理论 [M]. 北京: 中国社会科学出版社，1999: 38.

[31] 吕梁. 试论现代主义小说的时空体问题 [J]. 文艺理论与批评，2005(5): 64.

[32] 刘进，李长生. 空间转向与当代西方马克思主义文学批评研究 [M]. 社会科学文献出版社，2015: 135.

[33] 林萍. "英国性"拷问: 后殖民视域下的《长日留痕》[J]. 当代外国文学，2018（1）: 127.

[34] 李维屏，张定铨等. 英国文学思想史 [M]. 上海: 上海外语教育出版社，2012: 558.

[35] 刘云. 论略萨小说中的"越界"现象 [J]. 外国文学研究，2014(4): 141.

[36] [英] 迈克·克朗. 文化地理学 [M]. 杨淑华，宋慧敏，译. 南京: 南京大学出版社，2005: 45.

[37] [法] 米歇尔·福柯. 权力的眼睛: 福柯访谈录 [M]. 严锋，译. 上海: 上

海人民出版社，1997.

[38] [法] 米歇尔·福柯 . 不同空间的正文与上下文 [C]. 包亚明 . 后现代性与地理学的政治 . 上海：上海教育出版社，2001：18.

[39] 南帆 . 全球化与想象的可能 [C]. 陈家定 . 全球化与身份危机 . 开封：河南大学出版社，2003: 183.

[40] 綦亮 . 都市背景下的他者想象—伍尔夫《岁月》中的"英格兰性"建构 [J]. 苏州科技大学学报（社会科学版），2019(5): 73.

[41] 綦亮 . 后殖民理论视角下的伍尔夫研究 [C]. 英美文学研究论丛，2013(1): 91.

[42] 钱中文 . 巴赫金文集 (第三卷)[C]. 石家庄：河北教育出版社 ,1998: 274.

[43] [美] 乔纳森·H. 特纳 . 社会学理论的结构（下）[M]. 北京：华夏出版社，2001: 297.

[44] [英] 斯图亚特·霍尔 . 文化身份与族裔散居 [C]. 文化研究读本 . 北京：中国社会科学出版社，2000: 211.

[45] 陶东风 . 文化本真性的幻觉与迷误——中国后殖民批评之我见 [N]. 文艺报，1999-03-11.

[46] 陶家俊 . 身份认同 [C]. 赵一凡 . 西方文论关键词 . 北京：外语教学与研究出版社，2006: 465.

[47] [英] 伍尔夫 . 一间自己的屋子 [M]. 王还，译 . 上海：上海三联书店，1989.

[48] 王佐良, 周珏良 . 英国二十世纪文学史 [M]. 北京: 外语教学与研究出版社，1994: 766-767.

[49] 王逢振 . 多丽丝·莱辛作品的科幻意义 [EB/OL], (2008-03-16)[2020-07-18].

[50] http://news.xinhuanet.com/newscenter/2008-03/16/content_7801779.htm.

[51] 王卉, 姚振军 . 《白牙》中对"英国性"的重新定义 [J]. 世界文学评论，

2010(2): 78–83.

[52] 王逢振，谢少波 . 文化研究访谈录 [C]. 北京：中国社会科学出版社，2003: 112.

[53] 王先霈，王又平 . 文学理论批评术语汇编 [C]. 北京：高等教育出版社，2006: 802.

[54] 王岳川 . 后殖民主义与新历史主义文论 [M]. 济南：山东教育出版社，1999: 63.

[55] [英]C.W. 沃特森 . 多元文化主义 [M]. 叶兴艺，译 . 长春：吉林人民出版社，2005: 5.

[56] [英] 夏·勃朗特 . 简·爱 [M]. 黄源深，译 . 南京：译林出版社，1994: 338.

[57] 杨金才 . 当代英国小说的核心主题与研究视角 [J]. 外国文学，2009(6): 55–61.

[58] 易晓明 . 优美与疯癫——弗吉尼亚·伍尔夫传 [M]. 北京: 中国文艺出版社，2002: 3.

[59] [美]詹明信 . 晚期资本主义的文化逻辑 [M]. 陈清侨 等，译 . 北京: 生活·读书·新知三联书店，1997: 7.

[60] [美] 詹姆逊 . 詹姆逊文集 (第 1 卷)[M]. 北京：中国人民大学出版社，2004: 304.

[61] [美] 詹姆逊 . 全球化与赛博朋克 [EB/OL].(2004–2–15)[2021–10–06]

[62] 文化研究网 http://www.culstudies.com.

[63] 张德明 . 从岛国到帝国：近现代英国旅行文学研究 [M]. 北京：北京大学出版社 2014: 22–23.

[64] 赵晶辉 . 文学中的城市空间寓意探析 [J]. 当代外国文学，2011(3): 10.

[65] 赵晶辉 . 论《白牙》的伦敦城市空间 [J]. 湖南科技大学学报(社会科学版)，2016(1): 45.

[66] 张锦 . 福柯的 "异托邦" 思想研究 [M]. 北京：北京大学出版社，2016: 13.

[67] 周宪 . 文化研究关键词 [M]. 北京：北京师范大学出版社，2007: 283.

[68] 朱振武，张秀丽 . 多丽丝·莱辛：否定中前行 [J]. 当代外国文学，2008(2): 100.

[69]A SNAITH & MICHAEL H W. Introduction: Approaches to Space and Place in Woolf [M]// Locating Woolf: The Politics of Space and Place. New York: Palgrave Macmillan, 2007.

[70]Aida Hurtado and Karina Cervantez, 'A View From Within and From Without: The Development of Latina Feminist Psychology,' Handbook of U. S. Latino Psychology: Development and Community-Based Perspectives ed. Francisco A Villarruel, Gustavo Carlo, Josefina M Grau, Margarita Azmitia, Natasha J. Cabrera and T. Jaime Chahin (Thousand Oaks: Sage Publications)171-190.

[71]Anna Snaith, Virginia Woolf: Public and Private Negotiations[M]. London: Palgrave Macmillan, 2003: 2.

[72]Andrea Blair, "Landscape in Drag" The Paradox of Feminine Space in Susan Warner's The Wide, Wide World[C]. The Greening of Literary Scholarship: Literature, Theory and the Environment, ed. Steven Rosedale (Iowa City: University of Iowa Press, 2001: 116.

[73]Bertrand Westphal. Geocriticism: Real and Fictional Spaces[M]. Trans. Robert T. Tally Jr. New York: Palgrave Macmillan, 2011: 5.

[74]Brenda R Silver ed. Virginia Woolf's Reading Notebooks[M]. Princeton: Princeton University Press, 1983: 240.

[75]Carole Klein. Doris Lessing: A Biography[M].London: Duckworth, 2000: 2.

[76]Charles Andrews. Modernism's National Scriptures: Nation,

[77]Religion, and Fantasy in the Novel, 1918-1932[D].Chicage: Loyola University

Chicago, 2007: 178.

[78]Christina Ljungberg. Reading as Mapping" [C]. The Routledge Handbook of Literature and Space. Edited by Robert T. Tally Jr. New York: Routledge: 2017: 95.

[79]Claudine Hermann. The Tongue Snatchers[M]. Trans. Nancy Kline. Lincoln: University of Nebraska Press, 1989: 114.

[80]Coral Ann Howells. Jean Rhys[M]. New York &London : Harvester Wheatheaf, 1991: 107.

[81]David Cooper, and Ian N Gregory. Mapping the English Lake District: A Literary GIS[J]. Transactions of the Institute of British Geographers, 2011: 91.

[82]Derek Gregory. Geographical Imaginations[M]. Cambridge: Blackwell, 1994.

[83]Diana Vreeland. Jean Rhys in an interview[J]. Paris Review(1979): 235.

[84]Dominic Head. Zadie Smith's White Teeth: Multiculturalism for the Millennium[A]. Contemporary British Fiction[C]. Richard J. Lane, Rod Mengham & Philip Tew. Cambridge: Polity Press, 2003: 107.

[85]Doreen Massey. Space, Place and Gender. Minneapolis [M]. MN: University of Minnesota Press, 1994: 179.

[86]Doris Lessing. Under My Skin: Volume One of My Autobiography, to 1949[M]. Harper Collins, 1994: 81.

[87]Doris Lessing. The Four-Gated City[M].London: Macgibbon&Kee Ltd., 1969: 35.

[88]Doris Lessing. Canopus in Argos: Archives[M]. New York: Vintage, 1992: 9.

[89]Edward W. Said, Culture and Imperialism [M]. New York: Knopf, 1993: xii-xiii.

[90]Eric Bulson. Novels, Maps, Modernity: The Spatial Imagination, 1850-2000[M]. New York: Routledge, 2007: 69.

[91]Erica Laura Johnson, "Home, Maison, Casa: The Politics of Location in Works

by Jean Rhys, Marguerite Duras, and Erminia Dell'Oro, " diss., U of California, Davis, 2000: 14.

[92]Francisco A. Villarruel, Gustavo Carlo, Josefina M.Grau, Margarita Azmitia, Natasha J. Cabrera and T. Jaime Chahin ed. Psychology: Development and Community-Based Perspectives[C] (Thousand Oaks: Sage Publications)171-190.

[93]Franco Moretti. Atlas of the European Novel, 1800—1900[M]. London: Verso, 1998: 3.

[94]Fredrick Jameson. Cognitive Mapping. Marxism and the Interpretation of Culture[M]. University of Illinois Press, 1987: 353.

[95]Fredric Jameson. Postmodernism, or, the Cultural Logic of Late Capitalism[M]. Durham, NY: Duke University Press, 1991: 411.

[96]Fredric Jameson. The Political Unconscious: Narrative as a Socially Symbolic Act[M]. London and New York: Routledge, 2002: 64.

[97]Fredric Jameson. Archaeologies of the Future: The Desire Called Utopia and Other Science Fictions[M]. London: Verso, 2005: 12.

[98]Georg Lukacs. The Theory of the Novel[M]. Trans. Anna Bostock. Cambridge: The MIT P, 1971: 88.

[99]Gillian Rose. Feminism and Geography[M]. Cambridge: Polity Press, 1933: 155.

[100]Gillian Rose. Feminism and Geography: The Limits of Geographical Knowledge[M]. London: Blackwell, 1993: 17.

[101]Gloria Anzaldua, Borderlands/La Frontera: The New Mestiza[M]. San Francisco: Aunt Lute Books, 1987.

[102]Graham Huggan. Territorial Disputes: Maps and Mapping Strategies in Contemporary Canadian and Australian Fiction[M]. Toronto: University of Toronto Press, 1994: 31.

[103]Helen Nebeker. Jean Rhys: Woman in Passage. A Critical Study of the Novels of Jean Rhys[M]. Montreal: Eden Press, 1981: 126.

[104]Henri Lefebvre. The Production of Space[M]. Translated by Donald Nicholson Smith. Oxford UK: Blackwell Ltd, 1991: 17.

[105]Hermione Lee. Virginia Woolf[M]. New York: Random House US, 1999: 19.

[106]Hills J. Miller. Topographies[M]. Stanford: Standord University Press, 1995: 19.

[107]Homi Bhabha. "Of Mimicry and Man: The Ambivalence of Colonial Discourse". October.28(Spring 1984): 125–133.

[108]Homi Bhabha. "Of Mimicry and Man: The Ambivalence of Colonial Discourse." The Location of Culture[M]. London: Routledge, 1994: 85.

[109]J.B. Harley. The New Nature of Maps[M]. Edited by Paul Laxton. Baltimore and London: The Johns Hopkins University Press, 2001: 6–7.

[110]Jean Rhys. The Letters of Jean Rhys[M]. Edit. By Francis Wyndham and Diana Melly, New York: Viking 1984: 156.

[111]Jean Rhys. Voyage in the Dark[M]. London: Penguin Books, 1969: 8.

[112]Jean Pickering. Understanding Doris Lessing[M]. Columbia, s.c.: University of South Carolina Press, 1990: 158–162.

[113]Jeri Johnson. "Literary Geography: Joyce, Woolf and the City", City4: 2, 2000: 199.

[114]Jon Hegglund. "Defending the Realm: Domestic Space and Mass Cultural Contamination in Howards End and An Englishman's Home", English Literature in Transition, 1880–1920, 40.4(1997): 398–423.

[115]Julian Wlofreys. Transgression: Identity, Space, Time[M]. New York: Palgrave Macmillan, 2008: 3.

[116]Karen R Lawrence. Penelope Voyages: Women and Travel in the British Lit-

erary Tradition[M].Ithaca and London, Cornell University Press, 1994: 157.

[117]Laura Moss. The Politics of Everyday Hybridity: Zadie Smith's White Teeth[J].Wasafiri, Summer, 2003, 18(39): 11–17.

[118]Linda McDowell(2003)Place and Space, IN Mary Eagleton(Ed.)A Concise Companion to Feminist Theory (Oxford: Wiley–Blackwell), pp.11–31; here, p.12.

[119]Lisbeth Larsson. Walking Virginia Woolf's London: An Investigation in Literary Geography[M]. Palgrave macmillan, 2017: 3.

[120]Lyman Tower Sargent. Utopianism: A Very Brief Introduction[M]. Oxford: Oxford University Press, 2010: 29.

[121]Malcolm Bradbury, James Macfarlane. "The Name and Nature of Modernism", Modernism: A Guide to European Literature 1890–1930[M]. Ed. by Malcolm Bradbury and James Macfarlane, London: Penguin Books, 1911: 26.

[122]Margaret Drabble. The Oxford Companion to English Literature[M]. 6th ed. Oxford: Oxford University Press, 2000: 312.

[123]Martha E. Hopkins and Michael Buscher. The Language of the Land: The Library of Congress Book of Literary Maps[M]. Washington, DC: Library of Congress, 1999: 16.

[124]Michel Foucault. "Of Other Spaces" in Heterotopia and the City: Public Space in a Postcivil Society[M]. edited by Michiel Dehaene & Lieven De Cauter, Routledge, London and New York, 2008: 17.

[125]Michel Foucault. Of Other Space[J]. Diacritics, Spring, 1986: 24.

[126]M.H. Abrams. A Glossary of Literary Terms[M]. 7th ed. Boston: Heinle & Heinle, 1999: 328.

[127]Mona Knapp. Doris Lessing[M]. New York: Ungar, 1984: 130–165.

[128]Paul Carter, The Road to Botany Bay: An Essay in Spatial History[M]. London: Faber and Faber, 1987, xxii.

[129]Paul Schlueter. A Small Personal Voice[M]. Alfred A. Knopf, New York, 1974: 14.

[130]Peta Mitchell. "Literary Geography and the Digital: the Emergence of Neo-geography", The Routledge Handbook of Literature and Space[M]. Edited by Robert T. Tally Jr. New York: Routledge: 2017: 85.

[131]Peter Saunders. Social Theory and the Urban Question[M]. London and New York: Routledge, 1986: 157.

[132]Peter Turchi. Maps of the Imagination: The Writer as Cartographer[M]. San Antonio, Texas: Trinity University Press, 2004: 11-12.

[133]Ralph Cohen ed. trans. Deborah W. Carpenter. 'From the Scene of the Unconscious to the Scene of History,' The Future of Literary Theory[M]. New York: Routledge, 1989: 5.

[134]Richard Begam & Michael Valdez Moses, eds. Modernism and Colonialism: British and Irish Literature, 1899-1939[M]. Durham &London: Duke UP, 2007: 56.

[135]Richard Lane, Rod Mengham.et al. Contemporary British Fiction[M].Cambridge: Polity Press, 2003: 143.

[136]Robert Tally Jr. "On Literary Cartography: Narrative as a Spatially Symbolic Act", New American Notes Online, (2011)1(1), 1-10. Retrieved from http: //www.nanocrit.com/~nanocrit/essay-two-issue-1-1/

[137]Robert Tally Jr. Spatiality[M]. New York: Routledge, 2013: 80.

[138]Robert Tally Jr. Utopia in the Age of Globalization: Space, Representation, and the World System[M]. "Introduction", New York: Palgrave Macmillan, 2013: 3.

[139]Robert Tally Jr. Literary Cartographies: Spatiality, Representation, and Narrative[M]. New York: Palgrave Macmillan, 2014: 3.

[140]Rosemary Marangoly George. The Politics of home: Postcolonial relocations and twentieth-century fiction[M]. New York and Melbourn: Cambridge University Press,

1996: 186.

[141]Sally Bushell. The Slipperiness of Literary Maps: Critical Cartography and Literary Cartography[J]. Cartographica 47.3，2012: 152.

[142]Salman Rushdie. Imaginary Homelands: Essays and Criticism 1981–1991[M]. Granta Books and Penguin Books Ltd., 1991: 10.

[143]Sara Luchetta. Exploring the Literary Map: An Analytical Review of Online Literary Mapping Projects[J]. Geography Compass 2017, wileyonlinelibrary. Com/journal/gec3.

[144]Sharada N Iyer. Doris Lessing: A Writer with a Difference[M]. New Delhi: Adhyayan Publishers & Distributors, 2008: 129.

[145]Spain Daphne. Gendered Spaces[M]. Chapel Hill: University of North Carolina Press, 1992: 3.

[146]Stephanie Merritt. Interview: Zadie Smith[J]. The Observer, January 16, 2000.

[147]Susan Stanford Friedman. Mappings: Feminism and the Cultural Geographies of Encounter[M]. Princeton: Princeton University Press, 1998: 119.

[148]Suzanne Lynch，"Virginia Woolf and Ireland: The Significance of Patrick in The Years"，in Anna Snaith & Michael H. Whitworth, eds., Locating Woolf: The Politics of Space and Place[M]. New York: Macmillan, 2007: 127.

[149]Teresa F O'Connor. Jean Rhys: The West Indian Novels[M]. New York: New York University Press, 1986.

[150]Thoman F Staley. Jean Rhys: A Critical Study[M]. Austin: University of Texas Press, 1979.

[151]Tkheresa de Lauretis. Feminist Studies / Critical Studies[M]. Bloomington: Indiana University Press, 1986: 192.

[152]Tiyambe P Zeleza. Rewriting the African Diaspora: Beyond the Place Atlantic[J].African Affairs 2005(104/414): 35–68(41).

[153]Trinh H Minh–ha. Wanderers Across Language[C]. Elsewhere, Within Here: Immigration, refugees and the Boundary Event ed. Trinh Minh–ha, 1June 2016: 34.

[154]Virginia Woolf. Literary Geography[J]. appeared as a review in the Times Literary Supplement on March 10, 1905: 35.

[155]Virginia Woolf. The Diary of Virginia Woolf. Vol.4: 1931–1935[M]. Ed. Anne Olivier Bell. San Diego, New York& London: Harcourt Brace Jovanovich, Publishers, 1982: 210.

[156]Virginia Woolf. The Voyage Out[M]. London: Penguin Books Ltd, 1992: 3–4.

[157]Virginia Woolf. The Years[M]. London: Penguin Books, 1998: 81.

[158]Ward Soja: Postmodern Geographies[M]. London: Verso, 1989: 16.

[159]Zedie Smith. White Teeth[M]. London: Penguin Group, 2001: 407.

附录：作家生平大事记及主要创作年表

弗吉尼亚·伍尔夫

1882 年　1 月 25 日，出生于伦敦，肯辛顿，海德公园门 22 号。父亲斯蒂芬爵士是维多利亚时代出身于剑桥的一位著名的文学评论家、学者和传记家。

1912 年　与作家、社会政治评论家伦纳德·伍尔夫结婚。

1915 年　第一部小说《远航》（*The Voyage Out*）出版。

1917 年　伍尔夫夫妇创立霍加斯（Hogarth）出版社，出版短篇小说集《星期一或星期二》，收入伍尔夫的《墙上的斑点》（*The Mark on the Wall*）与《邱园记事》（*Kew Gardens*）。

1925 年　发表长篇小说《达洛维夫人》（*Mrs. Dalloway*）。

1927 年　发表长篇小说《到灯塔去》（*To the Light House*）。

1928 年　发表长篇小说《奥兰多》（*Orlando*）。

1929 年　发表长篇散文《一间自己的屋子》（*A Room of One's Own*）。

1931 年　发表长篇小说《海浪》（*The Waves*）。

1937 年　发表长篇小说《岁月》（*The Years*）。

1941 年　3 月 28 日去世。

多丽丝·莱辛

1919年　　10月22日，出生在波斯（今伊朗）。

1925年　　全家移居到英国殖民地南罗德西亚（今津巴布韦）。

1949年　　带着小儿子皮特到伦敦定居。

1950年　　发表处女作《野草在歌唱》（*The Grass Is Singing*）。

1951年　　开始写作暴力的孩子们系列 (*Children of Violence Series*) 小说（1952-1969）。

1962年　　发表代表作《金色笔记》（*The Golden Notebook*）。

1971年　　发表《简述地狱之行》（*Briefing for a Descent into Hell*），获得当年布克奖提名。

1974年　　发表《幸存者回忆录》（*The Memoirs of a Survivor*）。

1979年　　开始创作科幻五部曲《南船座中的老人星档案》（*Canopus in Argos: Archives*）（1979-1983）。

1995年　　自传《我的皮肤下》（*Under My Skin*）发表，获得优秀自传类詹姆斯·泰特·布莱克奖和洛杉矶时报图书奖。

1996年　　《又来了，爱情》（*Love, Again*）发表，获得英国作家协会奖和诺贝尔文学奖提名。

1997年　　第二部自传《影中漫步》（*Walking in the Shade*）发表，获得全国书评协会奖提名。

1999年　　《玛拉与丹恩历险记》（*Mara and Dann: An Adventure*）发表，并于2000年获得国际IMPAC都柏林文学奖提名。

2007年　　《裂缝》（*The Cleft*）发表。获得诺贝尔文学奖。

2013年　　11月17日在伦敦去世。

琼·里斯

1890 年　8 月 24 日，出生于西印度群岛的多米尼加共和国。

1927 年　发表短篇小说集《左岸》（*The Left Bank and Other Stories*）。

1934 年　发表小说《黑暗中的航行》（*Voyage in the Dark*）。

1939 年　发表《早安，午夜》（*Good Morning, Midnight*）。

1966 年　发表《藻海茫茫》（*Wide Sargasso Sea*）。

1978 年　里斯被封为高级英帝国功勋爵士。

1979 年　5 月 18 日，在英国逝世。

扎迪·史密斯

1975 年　10 月 27 日，出生于英国伦敦西北，其母是牙买加移民。

1994 年　进入剑桥大学国王学院，1998 年获英国文学学士学位。

2000 年　发表小说《白牙》（*White Teeth*），奠定了她文坛地位。

2002 年　发表第二本小说《签名商人》（*The Autograph Man*），获得 2003 年《犹太人季刊》（*Jewish quarterly Wingate Literary Prize*）小说类奖项。

2005 年　发表《论美》（*On Beauty*），同年获得布克奖提名，2006 年 6 月摘得柑橘奖（*Orange Prize*）的小说类奖项。

后　　记

拙作完成之际，掩卷静坐，还是感慨颇多！专著的集中点主要在于以伍尔夫和莱辛为代表的 20 世纪英国女性小说家，以及依托于空间批评理论的文学绘图学。没有对这两者的最初的接触与了解，便没有它们在我思想中的融合和今日的著作。

对于英国女作家作品的接触与研读应该始于 2004 年我在安徽师范大学外国语学院读研期间，我的导师蔡玉辉教授才学深厚，尤其精通与深耕英国文学与文化，著有《什么是文化史》《每下愈况》《鹡鸰呼周：维多利亚生态诗歌研究》等多部专著。在他的启发与推荐下，我以一部《野草在歌唱》开启了与多丽丝·莱辛近 20 年的"真实而又虚拟"的"交集"，从着眼于女性主义和心理学分析的"走向意识谬误的深渊——《野草在歌唱》的心理层面分析"，到立足于伦理学的"玛莎的奥德赛：多丽丝·莱辛伦理观拓展研究"，再到生态主义的"恶托邦世界的一抹温情—多丽丝·莱辛预言小说中的生存悖论""文明旅行：多丽丝·莱辛的'有毒话语'批判"等，我沉醉于莱辛的文学世界，与其中的人物"同呼吸，共命运"十数载，更深切感受到女作家对于人生旅程与我们生存的这个星球发出的一声声浩叹。

在文学经典伴随的成长岁月中，学界的一场场专题盛会也常常提供给我汲取养料并继续迈步前行的机会。2015 年 9 月，在云南大学举办的一次叙事学会议中，我邂逅了龙迪勇教授，接触到他的空间叙事学。于是"空间"这个神奇的空间在我眼前与脑海中绽放出绚丽的光环，之后的岁月中我开始孜孜不倦地阅读包括龙迪勇教授的著作在内的各种"涉空"资料，一时间，"空间"这两个词对于我的吸引力如磁石般魔幻，而我对于它的沉迷与敏感让我一路跋涉于列斐伏尔、福柯、爱德华·索亚、戴维·哈维、布朗肖、巴什拉、本雅明、雷蒙德·威廉斯，还有詹姆逊。一页页划过指尖的书页，一摞摞厚厚的笔记见证着那些快乐的阅读岁月，每一次研读的开悟，每一场与作者的心灵交流都使一个"读书人"在风花雪月更迭的人世间感受到人生意义的点化与冲击，体会着来自心灵深处的巨大欣喜与满足！

2017 年秋天，我来到了国内英语界的学术殿堂上海外国语大学访学，师从英国文学研究领域的大师李维屏教授。上外一年间，李老师每一堂驾轻就熟、娓娓道来的作品剖析课对我都是醍醐灌顶；图书馆里丰藏的一本本最新的国内外专著让我每每欣喜拈来、受益良多。进一步的研学与思考后，我的兴趣点变得更加明晰，美国德克萨斯州立大学教授罗伯特·泰利的"文学绘图学"深深地吸引了我。它脱胎于泰利教授的恩师詹姆逊的"认知测绘"学说，将作家的创作过程隐喻为一种绘图行为，而作家就像绘图师一样对地点和路线进行选择、排列与规制，这其中就编织进了作家的意识形态与思想观念。我开始尝试联系泰利教授，渴望能师从于他，进一步研究神奇有趣的文学地图学，解读作品中被作家赋予的种种"处所意识"。泰利教授给予我热情的回应与邀请，我也在 2019 年经过申请、网评和严格的中美专家面试，获批了 2020 年中美福布赖特访问学者资助项目，拟赴美国德克萨斯州立大学继续我的深造之旅。然而，一场疫情搁浅了众多人的计划，阻断了一个个曾经的梦想。旅行的道路就此止步，书山的跋涉还可以继续。泰利教授 2020 年新出的《处所意识：地方、叙事和空间想象》继续丰富着"我的文学绘图"，我开始撰写专著《现代英国女性小说家文学绘图研究》。

回想这一路的研读与研究，收获与失落，我还是更满足于读书的过程与自己的成长，也更感恩于我所有的"获得"，一篇篇论文的撰写与发表和一个个科研项目的获批与开展除了凝结着自己的执着与辛劳，更离不开在这个过程中与我发生交集的每一个人。因此，值此专著出版之际，我首先要深深感谢把我领进门的恩师蔡玉辉，没有他对我一直以来的引领与鼓励，我就不会对文学和文学研究生发出巨大的兴趣与钻研动力；其次我要感谢像龙迪勇教授这样的学界作者，他们做学问的踏实精神和斐然的学术成就是激励与推动我辈前行的标准与榜样；我当然还要诚挚地感谢一直热情支持我的泰利教授，虽然失去了做他学生的机会，但教授频频产出的学术成果，以及他在中西方文化交流方面所做的贡献仍然会是我今后前进道路上的宝贵资源。

除了感谢在我学术研究上直接给予我帮助与启迪的专家学者们，我还要深深感谢入职合肥师范学院以来历届领导们每每给我的无私支持，从提供访学与深造机会、支持项目申报与成果发布，到平凡教学生涯中的点点滴滴，我时常都能体会到这个大家庭的和谐与温情。我尤其要感谢我的同事章媛教授和杨家勤教授，两位学姐在职业生涯中才华横溢、硕果累累，给我树立了成功的榜样。同时，她们更以自己的无私和豁达在我每次需要帮助时都能伸以援手，助我渡过一个个难关。

最后，借用英语界的写作"名言"：The last but not least(虽然放在最后，但同样重要的是)，我要感谢我一直以来的好友史以一副教授和我的家人们。是他们让我的生活中除了严肃谨然的工作还充满了欢声笑语；是他们让我的每一次欢乐倍增而每一份苦楚减半。没有他们的支持，就没有本书的顺利出版；缺少了他们的陪伴，再丰厚的成果都会失去光彩。

路漫漫其修远兮，吾将上下而求索。小小拙作只是对前一段努力的阶段性小结，而且由于本人的学养有限它的呈现必然带有诸多的不足与遗憾！

是为记，再次感谢帮助过我的每一位领导、同事，与朋友们！

沈洁玉

2023 年春于翠竹园